Reden ist Silber, Schweigen ist Quatsch

Elisabeth Bonner

Alle Rechte vorbehalten

© 2017 St. Wendalinus Akademie GmbH , St. Wendel

Biografische Information der Deutschen
Nationalbibliothek:
Die Deutsche Nationalbibliothek verzeichnet diese
Publikation in der Deutschen Nationalbibliografie,
detaillierte bibliografische
Daten sind im Internet über http://dnb.dnb.de abrufbar

© der Originalausgabe 2017
St. Wendalinus Akademie GmbH, St. Wendel
Herstellung und Verlag: BoD-Books on Demand, Norderstedt

ISBN: 978-3-7431-5350-9

Vorwort

Eigentlich hätte ich diese Geschichte als Kriminalroman schreiben können. Das hätte mir aber keinen Spaß gemacht und so habe ich mich entschieden, das Ganze mit Humor zu nehmen.
Es ist ja auch schon fast 10 Jahre her.
Deshalb ist die Story nicht weniger wahr. Es hat sich genau so abgespielt, für die Öffentlichkeit vielleicht weniger spektakulär.
Auch die Personen sind nicht frei erfunden, jedenfalls nicht alle. Jedoch die Namen sind es. Falls sich also jemand angesprochen fühlt, dann ist das einzig und allein sein Problem. Der Name des Bundeslandes, in dem sich meine Geschichte abspielt ist nicht genannt. Der ist auch nicht wichtig, denn es könnte überall, in jedem Bundesland passiert sein.
Wenn eine Schule geschlossen wird, weil es nicht mehr genug Kinder in diesem Dorf gibt, die diese Schule besuchen könnten, dann hat niemand etwas dagegen, wenn sie geschlossen wird. Wenn in einem Bundesland plötzlich aber fast ein Drittel aller Grundschulen zugemacht werden, obwohl noch genügend Kinder in diese Schulen hineingehen würden, dann geht das nicht mit rechten Dingen zu. Es ist auch zudem unverzeihlich, wenn zu Lasten von unseren Kleinen gespart wird.
Aber es ist tatsächlich so geschehen. Die Familie Korny ist nur eine von vielen Familien, die es so erlebt haben, wie hier beschrieben. Die Frau Berger ist auch nicht frei erfunden, denn das bin ich.
Meine Familie ist die beste, die es auf der Welt gibt. Ich kann mich zurücklehnen und sagen:

Leute, so eine Familie, in der man sich so geborgen fühlt, die gibt's kein zweites Mal. Oder vielleicht doch? In anderer Form, okay.

Jedenfalls, wenn man jederzeit zu einer Mutter hingehen und sich ausheulen kann, dann ist das von großem Vorteil. Vor Allem, wenn man einen Ehegatten hat, der nicht immer zur Verfügung ist, dann auf jeden Fall.

Wenn der Gatte natürlich da ist, dann heule ich mich bei ihm aus. Dann nimmt er mich in seine starken Arme und tröstet mich.

Sorgen hab ich in diesem Zeitabschnitt genug gehabt, um mich bei irgend jemanden auszuheulen.

Zudem habe ich noch eine Schwester, bei der ich bei Gelegenheit mein Herz ausschütte und das, obwohl sie 10 Jahre jünger ist, als ich. Sie schafft es immer, mich zu beruhigen, wenn ich Sorgen habe. Ich hab meiner kleinen Schwester in dieser Hinsicht viel zu verdanken.

Es gibt ja auch noch die beste Freundin, die sich in dieser Phase beklagt hat, dass ich mich nie, aber auch nie melde.

Sie hatte Recht, aber sie hat mich nie fallen lassen. Danke Mary!

Manche Personen, die sind in diesem Roman frei erfunden. Welche, das verrate ich nicht, das wäre ja auch zu einfach.

Es gibt Menschen in meinem Leben, die sind nicht wegzudenken und denen habe ich Vieles zu verdanken.

Sie haben mir das Gefühl gegeben, dass ich wichtig für sie bin.

Als Schulleiterin hat man ja auch Einiges an der Backe und da braucht man ab und zu mal ein wenig Anerkennung und manchmal auch ein Lob.

Deshalb möchte ich mich ja auch bei der Frau Korny bedanken, die sich in diesem Buch bestimmt wiedererkennt.

Sie ist so eine Person, die mir das Gefühl gibt, wichtig zu sein.

Wenn der jetzige Bildungsminister jedenfalls damals unser Minister gewesen wäre, hätte es diese Geschichte gar nicht gegeben, denn der hätte es niemals zugelassen, dass man 80 Kindern die Schule vor der Nase zusperrt. DER ist jemand, der sich in Kinder hineinversetzen kann und das sollte ein Bildungsminister auch können. Ich bin froh und glücklich, dass es ihn gibt. Endlich kommt unser kleines Bundesland in der Bildung voran!

Alle, die das Buch lesen, wissen genau um welches Bundesland es sich hier handelt und deshalb brauche ich den Namen sowieso nicht zu nennen.

Eines ist sicher: Nach fast 10 Jahren tut's nicht mehr so weh. Aber immer noch ein Bisschen.

Kapitel 1
Um wen handelt es sich bitte?

Heute ist der 14.November 2006. Ein ganz gewöhnlicher Tag.

Ein ganz gewöhnlicher Tag? Ja, bis gerade eben.
Es ist genau 15.30 Uhr und ich sitze im Sprechzimmer von unserem Schulrat, Dr. Breuer.
„Seit heute Morgen steht es fest: 40% aller Grundschulen im Kreis Bad Wendelshofen werden im nächsten Schuljahr geschlossen. Ja, und Ihre Schule ist leider dabei, Frau Berger. Das tut mir insbesondere deshalb Leid, weil gerade Sie sich mit aller Kraft für die Marienberger Waisenkinder eingesetzt haben. Und nun, da diese Kinder sich gerade in der Nickelshausener Grundschule eingelebt haben, müssen sie schon wieder die Schule wechseln.", sagt der Herr Schulrat soeben.
Was? Ich traue meinen Ohren nicht. Was hat der Herr Dr. Breuer da gerade zu mir gesagt? Um wen handelt es sich bitte? Welche Schule? Nee, das kann nicht sein! Ich liege bestimmt noch in meinem Bett und träume und wenn ich gleich aufwache, dann ist das alles nicht wahr! Ich zwicke mir selbst ganz leicht in meinen linken Oberschenkel, so dass es der Herr Breuer nicht sehen kann. Ich sitze ja vor seinem Schreibtisch. Es tut weh. Das ist ein sicheres Zeichen dafür, dass ich nicht träume.
„Frau Berger? Können Sie mir folgen?"
Die Frau Berger, das bin ich, Liz Berger, seit vier Jahren Schulleiterin der Grundschule in Nickelshausen. Jetzt habe ich eine Mords-Wut im Bauch, so dass ich dem Herrn Schulrat noch nicht mal meine Meinung ins

Gesicht schleudern kann. Wenn ich mich richtig aufrege, muss ich den Mund halten, sonst werde ich ausfällig. Deshalb verabschiede ich mich jetzt ganz schnell, murmele etwas von Unpässlichkeit und eile aus dem Sprechzimmer. Der Herr Dr.Breuer ruft mir noch nach:
„Sie können sich an eine andere Schule bewerben, Frau Berger! Frau Berger, hallo... haaloo!"
Auf dem Heimweg, im Auto schimpfe ich die ganze Zeit vor mich hin: „So eine Schweinerei! Na, denen werden wir's zeigen. Die können nicht so einfach eine Schule schließen, nur weil die Schülerzahl unter 80 sinkt. Nee, das können die nicht einfach so!" Diese Sätze wiederhole ich ständig. Es beruhigt mich irgendwie, wenn ich schreie und zetere. Ein Mann überquert gerade die Straße auf dem Zebrastreifen vor mir und schaut mich erstaunt an. Der hält mich sicher für verrückt, aber das ist mir im Augenblick ziemlich schnuppe.
„Sind 79 Kinder etwa nix?!", brülle ich soeben meinem Lenkrad zu.
„Ja, dann können bald nicht mehr zwei Klassen aus einer Jahrgangsstufe gebildet werden. Der Herr Bildungsminister will, dass Parallelkolleginnen eng zusammen arbeiten können. Dann können dieselben Klassenarbeiten geschrieben werden und die Benotung wird untereinander abgesprochen.", hat der Herr Schulrat gerade eben den hochheiligen Herrn Minister verteidigt.
„Pah, der hat doch keine Ahnung, wie man die Leistung von Kindern beurteilen kann. Der war doch nie Lehrer einer Grundschule und hat null Peilung von kollegialer

Zusammenarbeit! Sparen will der, das ist alles. Dieser Futzi!", rufe ich gerade, als ich die Haustür aufsperre.

„Hast du's mit mir?", ertönt es aus der Küche, aus der es übrigens verführerisch lecker duftet. Mein geliebter Mann, Bertram, kocht leidenschaftlich gern und so oft er's einrichten kann, kocht er etwas Leckeres für mich. Wenn ich manchmal halbtot auf allen Vieren ins Haus krieche, dann muntert mich allein der herrliche Geruch aus der Küche schon merklich auf. Wenn dann noch mein starker Bär auf mich zukommt und mich in die Arme nimmt, dann geht's mir schon viel besser. Am besten fühle ich mich nach dem Essen. Meistens bin ich dann wieder topp-fit.

Warum ich meinen Ehemann „Bär" nenne, ist ganz logisch: Wir haben uns in der Straßenbahn kennen gelernt. Ich war in der ehemaligen Bundeshauptstadt Bonn in der Tram unterwegs zum deutschen Museum. Nach der ersten Station stieg einer ein, der mir im Vorbeigehen mit aller Wucht auf den Fuß trat. Ich schrie auf und schimpfte drauf los. Eigentlich tat ich nur so wütend, damit nicht auffiel, dass ich an der ganzen Sache selbst schuld war. Ich hatte meinen linken Fuß nämlich ganz lässig im Flur abgestellt. Der große Kerl entschuldigte sich ungefähr 1000 Mal und stieg auch noch mit mir an derselben Haltestelle aus.

Er wollte natürlich auch ins Museum und so gingen wir doch einfach zusammen. Dieser bärenstarke Mann gefiel mir, interessierte er sich doch für Kunst und Geschichte, im Gegensatz zu allen anderen Männern, die ich bis Dato kennen gelernt hatte. Die interessierten sich nämlich nur für Autos, Computer und Mädels, in **der** Reihenfolge. Beim heiteren Berufe-Raten outete mein Begleiter sich als Fliegerarzt der deutschen Luftwaffe,

der sich zurzeit beruflich im Bonner Verteidigungsministerium aufhielt. Ich selbst stand kurz vor meinem ersten Staatsexamen und schrieb gerade an meiner Examensarbeit über das Thema 'Deutsche Kunst und Geschichte der Neuzeit'.
Dann war es schließlich soweit, dass wir uns gegenseitig vorstellten, und er sagte, dass er 'Bertram' heißt. Ich brach in Gelächter aus. Er war richtig beleidigt. Als ich ihm erklärte, dass ich doch gerade einen Bär in der Tram kennengelernt hatte, schaute er mich verständnislos an.
„Überleg doch mal! Tram, wie Straßenbahn. Bär-Tram – Bertram, hi hi hi", gackerte ich. Da wollte sich Bertram verabschieden. Er fand das gar nicht lustig. Nun war's an mir, mich 1000 Mal zu entschuldigen.
Er blieb bei mir und es blieb bei 'Bär'. Jetzt sind wir 23 Jahre verheiratet, sind Eltern von zwei Kindern, die bereits erwachsen sind. Und er heißt immer noch 'Bär'. Und ich bin immer noch verliebt in ihn wie am ersten Tag. Der Bär mag, genau wie ich, Kinder und Tiere und er besucht noch immer gerne Museen und Theater-Aufführungen mit mir zusammen. Das verbindet.
Als unsere Kinder klein waren, gab's im Hause Berger Hunde und Katzen gleichzeitig. Von den Kindheitstieren ist noch Zorro, unser Stubentiger übrig geblieben. Er streicht mir jetzt freudig um die Beine, weil er genau weiß, dass Frauchen sich um ihn kümmert, sobald sie das Haus betritt. Aber heute ist alles anders. Darunter muss nun auch Zorro leiden. Selbst sein lautes Miau wird nicht erhört.
„Was ist los? War nix los im Büro, dass du schon so früh zuhause bist, Puppe?" „So viele Fragen auf einmal", schnappe ich. „Hey Puppe, weinst du etwa?" „Nein",

weine ich. „Ach herrjeh, was ist passiert?", fragt mein starker Bär und nimmt mich in den Arm. Er weiß, dass ich jetzt erst mal heule, bevor ich ihm von meinem Gespräch mit Schulrat Dr. Breuer berichten kann.

In der Nacht kann ich nicht schlafen. Meine Gedanken wandern zurück zu dem Tag, an dem ich das Schulhaus in Nickelshausen zum ersten Mal als Schulleiterin betreten habe. Ich lächele vor mich hin, als ich daran denke, dass kein einziges Kind im Schulhaus mich auch nur eines Blickes gewürdigt hatte. Meine Vorgängerin hatte mich im Rahmen ihrer Abschiedsfeier den Eltern und Kindern kurz vorgestellt. Wie ich fand, ein ganz klein wenig zu kurz.

Besagte Vorgängerin, Frau Gertrud Bauer war eine hervorragende, äußerst korrekte und gewissenhafte Schulleiterin gewesen. Sie hat alles perfekt im Griff gehabt. Während der Sommerferien war sie zu einem Engel mit Heiligenschein mutiert, glaube ich. Jedenfalls schwebte sie überall hinter, über und vor mir her und flüsterte: „Hab ich das nicht gut gemacht?" „Ja", sagten alle Eltern. „Frau Bauer war toll. Besser geht nicht. Und Sie, Frau Berger, schaffen das eh niemals, sooo gut zu sein, wie Frau Bauer.", klang es aus allen Ecken und Enden. Und tatsächlich bekam ich das zu jeder Gelegenheit zu hören. Selbst der Herr Schulrat rügte mich wegen eines klitzekleinen Rechenfehlers in der Schulstatistik:

„Das wäre Ihrer Vorgängerin nicht passiert, Frau Schulleiterin Berger:" Der sollte sich doch selbst auf den Arm nehmen, dieser...Er machte sich doch tatsächlich über mich lustig.

Die Kinder, ja die Kinder waren in dieser Beziehung ganz anders. Nachdem ich die Begrüßungsrituale mit

ihnen abgeklärt hatte, (Jeden Morgen: Guten Morgen Frau Berger und jeden Mittag: Auf Wiedersehn, Frau Berger) war ich für sie eine vollständig akzeptable Bezugsperson. Schon nach wenigen Wochen war Frau Bauer für sie vergessen. Tut mir Leid, Frau Bauer, aber so sind Kinder eben. Sie können sich schnell an neue Pädagogen gewöhnen.
Die Eltern nun wieder: „Also liebe Frau Berger, Frau Bauer hat viel mehr Hausaufgaben aufgegeben. Wie stellen Sie sich das vor? Mein Kind wird auf dem Gymnasium in ein tiefes Loch fallen." „Was für ein Loch?", frage ich. Darauf konnte mir niemand wirklich antworten. Ich weiß, dass ich allein auf weiter Flur stehe mit meiner Meinung über Hausaufgaben. Meine Meinung ist: Hausaufgaben verderben jegliches Lernen. Sie sind zum Erbrechen (vornehmes Wort für 'Kotzen') Punkt! Und bei dieser Meinung bleibe ich, solange ich lebe. Zur Begründung könnte ich jetzt mindestens 86 Seiten vollschreiben, aber dazu habe ich keine Lust. Ich bin es leid, mich wegen meiner 'modernen pädagogischen Ansichten' unentwegt zu rechtfertigen. Bei den Eltern musste ich es jedoch tun und das tu ich auch bis zum heutigen Tag. Sie sahen und sehen es ein, immer wieder...bis zum nächsten Elternabend, wenn das leidige Thema wieder auf der Tagesordnung steht. Am besten sag ich jetzt nichts mehr, sonst kommt wieder die Wut in mir hoch.
Lieber Erzengel Bauer! Warum hast du so viele Hausaufgaben aufgegeben??? Ach ja, wegen dem Loch, in das die Kinder später nicht reinfallen dürfen. Das Loch, von dem keiner wusste, wie es aussieht, nur dass es tief ist, das wusste jeder. Komisch, die Kinder hatten mit diesem Thema überhaupt kein Problem. Wieso

bloß? Aber es gab auch Eltern, die herzensfroh waren. Zum Beispiel die Frau Korny: „Liebe Frau Berger, endlich kann ich mit meine Kinnern mal was Privates unternemme, gell. (Was immer sie unter ‚Privates' verstand.) Endlich sitzt mei Mizzi nit stunnelang da und guckt Löcher in die Deck. Die is gradzu unternehmungslustig und mal widder kreativ geworde. Jetzt malt und bastelt se nachmittags widder stunnelang, gell. So war se **vor** ihrer Schulzeit. Se is widder fröhlich, mei Mizzi. Das gefällt mir."
Es gefällt auch mir, so etwas Vernünftiges aus dem Mund einer Erziehungsberechtigten zu hören. Leider, leider gibt es viel zu wenige Eltern, die wissen, dass eine gute Schulbildung nichts mit Hausaufgaben zu tun hat. Und eine Lehrerin, die viele Hausaufgaben aufgibt ist nicht zwingend eine gute Lehrerin. Aber jetzt schlüpfe ich ja schon wieder in die Verteidigungsrolle. Ach herrjeh! Falls das Wort wieder gebraucht wird, sage ich 'HA' statt 'Hausaufgaben'. Dann muss ich dieses Unwort nie mehr erwähnen. Liebe Frau Berger, man soll nie „nie" sagen!
Die Kinder der Klasse 2a (2a, obwohl's seit zwei Jahren schon keine 2b mehr gibt) kommen sehr gerne zur Schule Die brauchen ja morgens nicht zu lügen und Ausreden zu erfinden, warum sie dies oder jenes nicht machen konnten. „Meine Mama hat vergessen, mir die HA in den Ranzen zu tun, weil sie heut Morgen erkältet war.", oder „Wir waren gestern bei der Oma in Berlin und da hab ich meine HA liegen lassen." Ach du je, da seid ihr aber heut Nacht weit gefahren!
Nein, die Kinder brauchen keine Ausreden zu erfinden und wir können gleich mit der Arbeit beginnen und

müssen nicht zwei Stunden mit HA-Nachgucken verbringen.
Was manchen Eltern auch nicht passt: Wir versammeln uns jeden Morgen im Kreis und besprechen gemeinsam, was wir an diesem Schultag machen wollen.
Manchmal wird was vorgelesen, manchmal ein Problem besprochen, oder es werden auch freiwillig gemachte HA gezeigt. Ich schaue zu, dass jeder zu Wort kommt. Schon kurze Zeit nach meinem Start in Nickelshausen können die Kinder sich fabelhaft ausdrücken, ohne dass ich sie beim Sprechen verbessern muss.
„Liebe Frau Berger, Sie verschwenden viel zu viel Zeit mit dem Reden. Die Kinder kommen ja viel zu wenig zum Arbeiten!" Was verstehen Eltern eigentlich unter 'Arbeiten'? HA zeigen? Nee, jetzt bin ich ja schon wieder beim Thema!
„Frau Berger, sie gehen zu oft mit den Kindern raus aus dem Schulhaus. Die lernen ja gar nix. Die sollten besser was arbeiten."
Muss ich dazu was sagen? Darüber könnte ich ein eigenes Buch schreiben. Will ich aber nicht. Hab ich schon. Ich drücke den Eltern mein Buch in die Hand und schicke sie damit nach Hause. Manche haben es auch gekauft. Daraus entstand gleich das nächste Problem: In meinem Buch habe ich mich in 'ketzerischer Weise' über das Schreiben von Diktaten geäußert. Ich halte das Schreiben und vor Allem das Benoten von Diktaten für kontraproduktiv. Die Kinder sollen doch schließlich die Rechtschreibung erlernen und nicht das Auswendiglernen von Texten zur Vermeidung von Frustration, sprich schlechten Noten. Die Kinder sollen Rechtschreibstrategien erlernen, damit sie nachhaltig

rechtschreiben können. Warum versteht das denn eigentlich keiner?
Ich wurde zum Herrn Schulrat zitiert. „Liebe Frau Schulleiterin Berger, mir kommt zu Ohren, dass Sie keinen Wert auf Rechtschreibung legen. Sie hätten das sogar in Ihrem Buch schriftlich dargelegt, sagt man. Ist das wahr?"
Ich blieb eine Weile stumm, sonst wäre ich geplatzt. Nach einer ziemlich langen Weile antwortete ich: „Lieber Herr Dr. Breuer, zeigen Sie mir bitte die Stelle in meinem Buch, wo ich mich derart geäußert habe!" Schach matt! Erstens hatte ich ihm nämlich vor geraumer Zeit mein Buch geschenkt. Und obwohl er sich doch sooo dafür interessiert hat, war es ihm zweitens viel zu viel gewesen, auch nur eine einzige Seite dieses Buches zu lesen. Es handelt übrigens von der Lesekompetenz deutscher Schüler. Ha ha ha! Pisa lässt grüßen.
Nun gab es ja nur noch eine einzige klitzekleine Sache, die die Eltern störte: Die Freiarbeit. „Liebe Frau Berger, da dürfen die Kinder ja tun was sie wollen." In der Tat, erledigen die Kinder in der Freiarbeit Arbeiten, die sie sich selbst gewählt haben. Das entbindet sie nicht von der Erledigung dieser Arbeit. Ich drückte den Eltern wieder mein Buch in die Hand und hatte bald keine Bücher mehr. Dann lud ich die Eltern zur Freiarbeit ein und sie ließen sich überzeugen. Sie erfüllten an diesem Abend ihre selbstgewählten Arbeitsaufträge mit heller Freude. Die Mehrzahl der Eltern wählten sich sogar mathematische Aufgaben und waren erstaunt, wie schnell die Zeit vergangen war. Plötzlich war es 22 Uhr. Jeder Einzelne äußerte sich dann noch, wie es ihm während der Arbeit gegangen ist und trug seine

Arbeitsergebnisse vor. Manche haben in der Gruppe gearbeitet, manche auch zu zweit oder allein. Alle waren jedoch sehr zufrieden und sagten, dass die Freiarbeit ihnen großen Spaß gemacht hat.

Wer ganz allein hatte jedoch große Bedenken, dass diese Art von Unterricht nicht funktioniert? Der ständig zweifelnde Großpapa, Herr Böck!

Tills Großvater, der Herr Oberlehrer in Mathematik blieb standhaft davon überzeugt, dass sein Enkelsohn Till nichts lernt bei dieser Frau Berger. Herr Böck kam auch bis dato nicht in die Schule, um sich davon zu überzeugen, dass Till doch, und begeistert und gut lernt. Nein, er stänkerte von Anfang an in der Gegend herum und machte ganz Nickelshausen verrückt. Wieder wurde ich zum Herrn Schulrat zitiert, denn der Herr Ober-Mathe-Lehrer hat einen besonderen Draht zu unserem guten Herrn Dr. Breuer. „Liebe Frau Berger, erklären Sie mir mal bitte, was das Wort 'Freiarbeit' bedeutet!"

Ich kochte. Es kostete mich mehrere Augenblicke, bis ich ihm antworten konnte, ohne ausfällig zu werden. Da ich schon wusste weshalb ich diesmal zitiert wurde. (Frau Korny hatte es mir vor einigen Tagen geflüstert: „Liebe Frau Berger, da is was im Gang. Der Opa vom Till, sie wisse doch: der Mathe-Lehrer, der erzählt überall im Dorf, dass er beim Schulrat war, wege Ihne. Ich hab nix gesagt, gell? Ach ja, und übrigens: Meine Mizzi, die is begeistert von de Freiarbeit un von Ihne. Das wollt ich Ihne schon lang mal gesacht hawwe.") Ich zückte die Unterrichtsstunden-Beurteilung zu meiner Schulleiterprüfung, die Herr Dr. Breuer selbst angefertigt und mit 'Sehr gut' beurteilt hatte. Sollte der liebe Herr Schulrat bei der Notengebung für diese

Unterrichtsstunde geistig umnachtet gewesen sein? Es war dies eine Freiarbeitsstunde, die er daselbst gesehen hatte und ganz begeistert davon gewesen war. Noch immer stumm, legte ich ihm seine Beurteilung auf den Tisch, wo er nachlesen konnte, was er über Freiarbeit geschrieben hatte. Wieder Schach Matt, Herr Schulrat. Da sagen Sie nix mehr, gell! Er sagte auch dann nicht mehr viel an diesem Tag, außer: „Liebe Frau Berger, das ist sicher ein Missverständnis. Bitten Sie doch einfach einmal alle Eltern in die Schule und erklären Sie ihnen, was Sie unter Freiarbeit verstehen."
„Lieber Herr Dr. Breuer, das ist bereits geschehen. Vielleicht ist es nur so, dass ein gewisser Herr Oberlehrer Böck das nicht verstehen will", konterte ich. Das hat gesessen.
„Ach, Sie wissen…?" „Ja, ich weiß", fiel ich ihm ins Wort. „In Nickelshausen haben sogar die Wände Ohren." Nun war unsere kleine Unterhaltung bald schon beendet. Es war dem Herrn Schulrat sichtlich peinlich, dass ich seine Informanten kannte. Ich glaube, er hat sich dann doch noch die Mühe gemacht und mein Buch gelesen, das er ja bereits seit meiner Ernennung zur Schulleiterin in Händen hielt.
„Liebe Frau Berger, mir ist zu Ohren gekommen (Ihm kam immer zuerst alles 'zu Ohren', bevor er es sehen konnte), dass Sie ja eine echte Autorin sind.", hatte er bei meiner Ernennung versucht zu loben. Gibt's auch unechte? Nein, das habe ich nicht geantwortet, nur gedacht. Daraufhin hatte er sich sehr interessiert gezeigt, so als wollte er mein Buch lesen. Tja, lieber Herr Schulrat, Pech gehabt. Dann nämlich wurde das Buch (Titel möchte ich an anderer Stelle nennen) ihm großzügig bei nächstbester Gelegenheit geschenkt…und

in die Ecke gelegt. Als ich nach diesem letzten 'zu Ohren gekommen-Gespräch' das Büro des Herrn Schulrat verließ, konnte ich nicht umhin, ein wenig Schadenfreude zu empfinden. Das leichte Grinsen auf meinem Gesicht konnte der Herr Schulrat gottseidank nicht mehr sehen. Es verließ mich nicht, bis ich auf meinem Heimweg durch Nickelshausen fuhr, nein, da wurde es noch breiter, das Grinsen. Ach, was für ein schöner Tag! Ich lud abends meinen Bär zum Essen ein. Wir feierten danach noch ein wenig. Gerne denke ich an diesen Tag zurück. Bei diesem Gedanken dämmere ich auch endlich ein.

Kapitel 2
Die Schule, die lieben Kinder, ihre Eltern und die Nachbarschaft

Ein unheimliches und lautes Brummen reißt mich aus dem Schlaf. „Was ist das?" Ängstlich hebe ich meinen schweren Kopf und schlage um mich, um dieses nervige Geräusch zu stoppen.
„Es ist der Wecker, Puppe. Du hast heut Nacht kaum geschlafen.", kommt's von nebenan. „Als ob ich das nicht auch wüsste.", brumme ich. Das Aufstehen fällt mir heute Morgen unendlich schwer. Ich habe das Gefühl als hätte ich überhaupt nicht geschlafen. Der Bär wollte aufstehen und für mich Frühstück machen, aber das habe ich ihm untersagt. Ich will ihm ja das Frühstück nicht mit meiner schlechten Laune danken. Es ist auch sehr kurz ausgefallen, das Frühstück. Eine Tasse Kaffee und eine Banane.
Wenn das die Kinder wüssten! „Gehe niemals ohne Frühstück aus dem Haus, sonst kann dein Gehirn keine Leistung erbringen. Ohne Frühstück zur Schule, das ist wie Joggen gehen und sich vorher mit einem Hammer ins Knie schlagen." So was Deftiges verstehen die Kinder gut und merken es sich auch.
„Liebe Frau Schulleiterin, wo bleibt das Vorbild für die Kinder?", höre ich unseren lieben Herrn Schulrat hinter mir, während ich Banane essend ins Auto hechte.
„Frau Berger, Frau Berger, die wollen unsere Schule zumachen!" Die Kinder kommen mir schon beim Aussteigen aus meinem PKW entgegen. Sie sind völlig aus dem Häuschen.
„Heut Morgen haben sie's im Radio gebracht", meinte die Mizzi. „Die Mama hat sich fürchterlich aufgeregt."

„Kinder, wir sprechen gleich darüber.", antworte ich der aufgeregten Kinderschar, die mich bis zu meinem Büro begleitet.

Im Lehrerzimmer herrscht ebenfalls eine große Aufregung. Alle reden durcheinander. Naja "alle", das ist ein wenig übertrieben. Hört sich nur im Augenblick so an, als wären es viele. Unser Team besteht ja nur noch aus fünf Lehrpersonen. Aber die können ganz schön aufdrehen, wenn's drauf ankommt. „Da mach ich gar nix mehr", höre ich gerade Hans Großmann rufen. Der liebe Herr Großmann ist mal wieder ganz groß(mann) im Rebellieren. Ansonsten ist er von Statur ziemlich klein, eher ein Hänschen Kleinmann und macht seinem Namen wenig Ehre. Nun hat er wieder einen Grund, die Arbeit zu verweigern um gegen das Ministerium zu protestieren.

„Ach ja, und das Schulfest fällt deshalb leider für mich aus. Ich tue nur noch meine Pflicht und nichts darüber hinaus!", schimpft er weiter. Dass er damit hauptsächlich die Kinder bestraft und nicht das Ministerium fällt ihm gar nicht auf. Ist ja auch egal, Hauptsache protestieren, Klein-Hänschen, gell?

„Nun bleib mal auf dem Teppich!", beschwichtigt ihn gerade der Kollege Vogler, als ich reinkomme. „So von einem Tag auf den anderen geht das sowieso nicht. Und bis die das durchgesetzt haben, sind wir alle längst in Pension." Alle drehen sich nach mir um und begrüßen mich. „Hast du schon gehört: Alle Grundschulen, die weniger als 8 Klassen bilden können, sollen geschlossen werden?", fragt mein Kollege Egon.

„Ich war gestern beim Schulrat. Der hat's mir gesagt, ja.", brumme ich müde. „Aber ich denke genau so wie

du, dass alles nicht so heiß gegessen wird, wie's gekocht wurde."
Egon Vogler ist mein Lieblings-Kollege, wenn man so was überhaupt sagen darf. Ich kenne ihn schon von Kindesbeinen an, und ich habe mich sehr gefreut, als ich hörte dass er auch in Nickelshausen unterrichtet.
„Warum bist du nicht Schulleiter geworden?", habe ich ihn gleich an meinem ersten Schultag in Nickelshausen gefragt. „Du wirst die Antwort bald selbst wissen.", meinte er geheimnisvoll. Ja, ich wusste es auch nur zu bald, warum er erst gar nicht in Erwägung gezogen hatte, sich für die Schulleiterstelle zu bewerben. Nach und nach dämmerte es mir gewaltig.
Außer Hans Großmann und Egon Vogler gibt es in unserem Team noch zwei weitere Damen: Frau Hermine Blau, die genau wie Egon kurz vor der Pensionierung steht, und Frau Silke Schnee, die erst am Anfang ihrer 'Karriere' steht. Mit beiden verstehe ich mich gut. Hermine nenne ich Herrchen, weil sie als Alleinstehende das Herrchen von drei Hunden ist. Die Tiere sind ihr Lebensinhalt. Ich weiß alles über sie. Wirklich alles. Es ist eine meiner besten Eigenschaften, dass ich zuhören kann.
„Lasst uns zu den Kindern gehen und dann später in der Pause darüber reden!", beende ich das Gespräch. Es ist schon acht Uhr und die Kinder warten. „Ja, was sollen wir den Kindern denn sagen?", ruft Hänschen (so nenne ich ihn heimlich) mir nach als er gerade den Kopierraum betritt und nicht seinen Klassenraum. Er ist ja noch überhaupt nicht dazu gekommen, seine Kopien für den heutigen Tag zu machen, der Arme! Aber diesmal kann er mich nicht aufhalten. Ich tue so, als ob ich nichts gehört hätte und verschwinde in meinem

Klassenzimmer. Kaum bin ich drin, geht der Tumult im Klassenzimmer weiter.
„Frau Berger, Frau Berger…" Ach, hättest du doch bloß auf Bär gehört und wärst einen Rotwein früher ins Bett gegangen! Aber nun muss dir was einfallen, liebe Frau Berger. Ja, Herr Dr. Breuer, ja Erzengel Bauer, was hättet **ihr** denn jetzt gesagt, hä?
 Ich klatsche in die Hände, was das Zeichen zum Zusammenkommen im Stuhlkreis ist. Ganz leise packt jedes Kind seinen Stuhl und kommt damit in den 'Kreis'. Ganz leise? Ja, normalerweise. (Reimt sich) Aber heute ist nicht 'normalerweise':
Alle kreischen durcheinander, stupsen, rempeln und brüllen sich an, sehr zu meiner Freude. Ich werde jetzt ganz ruhig, setze mich auf meinen Platz und atme drei Mal laut und tief ein. Dann mache ich die Augen zu und warte geduldig bis es ruhig wird. Die Kinder kennen dieses Verhalten meinerseits und werden ihrerseits dann irgendwie auch leise. Sie sind jedes Mal irritiert, wenn ich mich so verhalte. Von anderen Lehrpersonen kennen sie das nicht.
Endlich wird es still. Den Erzählstein habe ich schon in der Hand, was bedeutet, dass jedes einzelne Kind dazu aufgefordert wird, sich zu einem bestimmten Thema zu äußern. Heute braucht niemand das Thema anzugeben oder vorzuschlagen. Es geht darum, dass jemand unsere Schule schließen will. Till sitzt neben mir und ist deshalb als Erster dran:
„Also ich weiß gar nix. Keiner hat daheim was gesagt. Nur der Max hat's heut Morgen überall rumerzählt. Wenn die unsere Schule zumachen, dann geh ich in gar keine mehr, fertig."

Der Max kommt gleich als Nächster dran. Er streichelt, wie immer, wenn er an der Reihe ist, den glatten herzförmigen Erzählstein und beginnt eine Rede zu schwingen:
„Leute, das sag ich euch...",
„Max, denk dran, die anderen 'Leute' wollen auch noch was zu dem Thema sagen!", unterbricht ihn die Mizzi.
„Ja ja Mizzi, DU fasst dich ja auch immer gaaanz kurz, ne? Also, Leute, ich meine, wenn sich rausstellt, dass das stimmt, dann müssen wir uns wehren. Meine Mama sagt immer: Wehr dich! Ich schlag vor, wenn die kommen und abschließen wollen, dann hauen wir denen eins über. Dann gehen die von selbst wieder weg."
Gelächter erfüllt den Klassenraum. Alle freuen sich über diese gute Idee und stellen sich das Ganze schon lebhaft vor. Ich seh's an ihren Gesichtern. Sie glauben wirklich, dass die Idee von Max (der sich übrigens zu jeder Gelegenheit tatkräftig wehrt) durchzuführen ist. Die Kathi meldet sich zu Wort:
„Ja ja Maxi, du meinst immer, mit Gewalt regelt sich alles.", worauf sie gleich von Max einen Knuff in die linke Seite abkriegt. Kathi hat sicher bei der 'Anti-Gewalt-AG' gut aufgepasst und gelernt, dass man mit Gewalt nur Gegengewalt erzeugt. Das gibt sie nämlich jetzt zum Besten: „Die sind bestimmt stärker als wir und schlagen uns voll zusammen."
„Du hast Recht.", ruft Anton, unser Klassensprecher. „Die sind doch erwachsen, die sind auf jeden Fall stärker als wir. Da müssen unsere Lehrer uns helfen, gell Frau Berger, ihr helft uns!?"
„Du bist noch nicht an der Reihe, Anton.", wird er von der Mizzi gerügt.

„Du aber auch nicht, Mizzi.", ist die schlagfertige Antwort.
Nun kann ich mich doch nicht, wie heimlich geplant, aus der ganzen Sache raushalten und mir erst mal die Meinungen der Kinder anhören. Die haben nämlich manchmal gute Ideen, wenn man ihnen die Gelegenheit zum Nachdenken gibt. Wie gesagt, einer meiner Leitsätze lautet: Zuhören! Das brachte mich im Leben oft schon ein gutes Stück weiter. Meistens. Manchmal habe ich es auch schon bereut und bin mittlerweile vorsichtig, WEM ich Fragen stelle und wem nicht. Unser Herr Schulrat ist ja ein umgänglicher und freundlicher Mensch, aber stell ihm keine Frage! Du könntest es bereuen. Der Gute verwechselt nicht selten eine Fragestellung mit der Aufforderung, eine lange Rede zu halten. Dabei dreht er sich munter im Kreise und wiederholt gerne Sätze, die er für wichtig erachtet, immer und immer wieder. Die einzige Möglichkeit, ihn in seinem nicht endenden Redefluss zu unterbrechen, ist eine Panikattacke oder ein Schwindelanfall.
 Da ich in der Schauspielerei nicht sehr geübt bin, bleibt mir nur übrig ihm niemals, nie nie mehr (!) eine Frage zu stellen. Darin bin ich mittlerweile geübt. Tja, Fehler sind eben Gelegenheiten zum Lernen. Das sage ich auch immer den Kindern, wenn sie sich über Fehler ärgern.
„Frau Berger, Sie sind an der Reihe!", höre ich jetzt Anton sagen.
„Und wo ist der Erzählstein?", kontere ich. Oft genug bin ich von den Kindern gerügt worden, dass ich ohne Erzählstein losplappere. Diesmal nicht. Ich spüre bewundernde Blicke auf mir ruhen.
„Ich habe eine Idee:", beginne ich. „Wir schreiben einen Brief an die Regierung und bitten darin den Herrn

Minister, dass er unsere Schule nicht schließen soll. Was meint ihr?" Ich schaue mich in der Runde um. Enttäuschte Gesichter. Der Anton meldet sich als Erster: „Ich bin dafür, dass jeder erst mal was dazu sagt und dann können wir immer noch überlegen, ob das mit dem Brief 'ne gute Idee ist."
Das klingt vernünftig und alle sind einverstanden. Die meisten Kinder sprechen sich dafür aus, dass wir abwarten und nichts überstürzen sollten (auch nicht das mit dem Briefe-Schreiben). Die Mathematik-Stunde kann jetzt beginnen.
In der Pause finde ich unter den zahlreichen Briefen, die auf meinem Schreibtisch liegen, eine Einladung vom Herrn Minister persönlich. Darin steht, dass alle Schulleiter zu einer Besprechung ins Ministerium kommen müssen.
Der Herr Minister hat uns was anzukündigen. Was das wohl ist?? Und wie früh er damit dran ist! Normalerweise sollten doch zuerst einmal die aufgeklärt werden, die am Ehesten betroffen sind, oder sehe ich das falsch? Im Lehrerzimmer erwartet mich das Team geschlossen. „Und wer macht die Aufsicht?", mache ich mich wieder bei Hänschen unbeliebt. Unwillig steht er auf mit der Bemerkung: „Immer wenn so was is, hab ich die Aufsicht. Kann einer mitschreiben?" Weg ist er.
„Ich hab hier soeben eine nette Einladung auf meinem Schreibtisch gefunden. Schon am Mittwoch sollen alle Schulleiter und Schulleiterinnen ins Ministerium kommen um sich die Hiobsbotschaft vom Herrn Minister persönlich anzuhören." Ich lese zur Sicherheit den Brief noch einmal vor.

„Das geht ja ziemlich schnell, das Ganze. Ich befürchte, wir erleben die Schulschließung doch noch vor unserer Pensionierung."

Egon ist jetzt gar nicht mehr so zuversichtlich, wie er es heute Morgen vor dem Unterricht war. Hermine ist kurz vor einem Nervenzusammenbruch:

„Das überlebe ich nicht! Man kann doch von mir nicht verlangen, dass ich nach so langer Dienstzeit in Nickelshausen, nochmal woanders hingehen soll!"

(Typisch! Denkt immer zuerst an sich selbst, die Gute!)

Die wird nicht woanders hin wechseln, wetten? Eher geht sie in den vorgezogenen Ruhestand.

„Liebe Frau Berger, das sind aber hinterhältige Gedanken!", höre ich Erzengel Bauer über mir schwebend. Ich zische zurück: „Wetten?"

„Wetten, was?", fragt Herrchen erstaunt. „Äh, dass du nicht woanders hingehst." Schlagfertig, wie immer, Frau Berger!

Silke hat meistens keine Meinung dazu, denn die Meinung von Hans Großmann ist ihr überaus wichtig und ohne ihn äußert sie sich ungern. Warum das so ist, bleibt mir nach wie vor schleierhaft. Ob er sie unter Druck setzt? Aber Frau Berger, was sind das denn schon wieder für Gedanken! Ich schaue auf die Uhr. Die sagt uns, dass die Pause in zwei Minuten vorbei ist. Das Geschrei der Kinder im Flur sagt uns, die Pause ist **jetzt** schon um, und gleichzeitig erscheint das vertraute Gesicht von Hänschen Kopierkönig in der Lehrerzimmer-Tür. Aber weiter kommt er nicht. Ich schiebe mich dazwischen und entwische ihm wieder. Die anderen sind auch schon aufgestanden, machen aber noch keine Anstalten, das Lehrerzimmer zu verlassen.

„Liebe Frau Berger, die Kinder sitzen oft nach der Pause ziemlich lange alleine im Klassenraum. Die Lehrer kommen nicht pünktlich aus dem Lehrerzimmer.", klagte die Schulelternsprecherin, Frau Ursula Harz schon am zweiten Tag nach meinem Dienstantritt in Nickelshausen. „Bitte, tun Sie was!" Ja, sollte die ach so perfekte Frau Bauer da doch etwas versäumt haben??
Gleich bei unserer ersten Dienstbesprechung ging ich das Thema an. Da erfuhr ich, dass nicht nur die Wände in Nickelshausen Ohren haben, nein, auch die Fenster haben Gucklöcher! Aus einem dieser Gucklöcher überwacht Frau Kunz, die Nachbarin, die gegenüber von unserer Schule wohnt, die Ankunft sämtlicher Lehrpersonen am Morgen. Ob die Früh-Aufsicht angetreten wurde und ob die Schulleiterin Frau Berger morgens auch pünktlich angekommen ist.
Die Frau Kunz kann durch ihr Guckloch auch in die Klassenzimmer hineinsehen. Sie besitzt eine überdimensional große Küchenuhr, die sie von ihrem Guckloch aus gut sehen kann. Zu jeder Gelegenheit erzählt die Frau Kunz dann bereitwillig in ganz Nickelshausen, dass die Lehrer nicht ihren Erwartungen entsprechen. Dass die liebe Frau Kunz sich eines schwarzen, ziemlich schweren Hilfsmittmittels bediente, um in solchen Dimensionen sehen zu können hätte man sich fast denken können. Ich sollte es sehr bald erfahren. „Vielleicht sollte ich die arme Frau Kunz mal besuchen? So als Nachbarin, oder was meint ihr?", fragte ich das Team. Das fanden alle nicht so eine gute Idee und ich setzte sie gleich am selben Tag in die Tat um.
Frau Kunz hat an diesem Tag ihr Opfer in mir gefunden. Ich hörte zu. Zwei Stunden lang. Dieses böse

Lehrerkollegium! Kommen zu spät, gehen nach den Pausen nicht in ihre Klassen, wie sich das gehört. „Grüßen können die auch nicht. Die Kinder ja schon gar nicht mehr! Unmöglich! Unverschämt!" Es stellte sich während dieses interessanten (einseitigen) Gesprächs heraus, dass die Frau Kunz mit mir verwandt ist. Sie ist eine Kusine meiner Oma. Oh Gott, wie peinlich! Und das Fernrohr, das sie beim Beobachten benutzt, zeigte sie mir jetzt auch noch ganz offen, so als wäre ich ihre Komplizin. Was ich übrigens auch meinem Kollegium gegenüber bis zu diesem Zeitpunkt noch nicht erwähnt habe: Ich bin eine halbe Nickelshausenerin. Meine Mama ist in Nickelshausen geboren und aufgewachsen. Die Nickelshausener wissen das und reiten bei jeder sich bietenden Gelegenheit darauf herum:

„Liebe Frau Berger, da Sie ja eine halbe Nickelshausenerin sind, müssen Sie doch wissen, dass…..", bekomme ich meistens zu hören, wenn irgendwas schiefgelaufen ist. Sogar der Herr Dr. Breuer wusste Bescheid. Es ist ihm auch zu Ohren gekommen. Sympathisch fand er das. Ich persönlich finde das nicht sehr vorteilhaft, obwohl meine Mama einer der wichtigsten Menschen in meinem Leben ist. Meistens wird mir die Tatsache, dass ich zur Hälfte Nickelshausenerin bin, zum Nachteil ausgelegt. Das findet auch meine Mama. „Mach dir nix draus!", pflegt sie zu sagen „Das geht jedem so, der in Nickelshausen noch nicht anerkannt ist. Das wird sich ändern, Kind, sobald sie dich besser kennen." Ob sie Recht behält mit ihrer Gutgläubigkeit? Meine Mama nimmt von jedem Menschen immer das Beste an. „Wie man in den Wald hinein ruft, so schallt es heraus, Kind.", hat sie schon in meinen Kindheitsjahren immer zu mir gesagt.

„Sei freundlich, dann sind's die anderen Leute auch zu dir." Konnte ich nicht immer und in jeder Situation nachvollziehen. Da ist mir Papa's Spruch schon etwas plausibler: „Umarme deinen Feind, vielleicht kannst du ihn bei dieser Gelegenheit erdrücken."
Leider schaffe ich es irgendwie trotzdem nicht, meine Leute zur Pünktlichkeit zu erziehen. Ich bemühe mich, ein gutes Vorbild zu sein. Frau Kunz ist mir gegenüber gnädig. Sie verrät bis jetzt noch nicht, dass ich manchmal auf den letzten Drücker ins Schulhaus haste, wie zum Beispiel heute Morgen. Ob sie auch verschlafen hat?
Dieser Schultag nimmt kein Ende! Nach dem Unterricht erwartet mich Ursula Harz, die Schulsprecherin vor meinem Büro. Oje, das kann dauern! Unsere (einseitigen) Gespräche sind nie kürzer als zwei Stunden. „Liebe Frau Berger, haben Sie einen Moment Zeit?" „Aber selbstverständlich, Frau Harz, für Sie - immer. Kommen Sie herein!" Ich bin ja gut erzogen.
„Ich bin außer mir!", beginnt Sie: „Ich kann es nicht fassen. Ich gehe davon aus, dass Sie Bescheid wissen." (Ich, ich…) Ich nicke. Ab und zu darf ich auch etwas sagen, z.B., dass ich gestern beim Herrn Schulrat war und mir mitgeteilt wurde, dass unsere Grund-schule von der Schließung betroffen ist und von meiner Einladung ins Ministerium hab ich ihr auch erzählt. Ganz Nickelshausen sei besorgt, jammert Frau Harz und alle Mitbürger wollen sich beschweren. Man habe die Idee, Unterschriften zu sammeln und Demonstrationen anzu-zetteln.
Na sieh mal an, die haben ja Phantasie und sogar Organisationstalent, die Nickelshausener! Hätte ich ihnen gar nicht zugetraut.

„Sie sind renitent und nie zufrieden, aber wenn's drauf ankommt, können die zusammenhalten wie Pech und Schwefel.", hatte mir der Herr Pfarrer vor meinem Amtsantritt hinter vorge-haltener Hand und im Geheimen anvertraut. Unser Pfarrer ist für drei Gemeinden zuständig, von denen die Gemeinde Nickelshausen seine absolute 'Lieblingsgemeinde' ist. Deshalb schickt er Sonntags gerne den Herrn Kaplan nach Nickelshausen, um dort die heilige Messe zu halten. „Sich mit den 'Nickeln' anzulegen ist zwecklos", hat er mir ferner anvertraut „versuchen Sie's erst gar nicht!" Der Herr Pfarrer hat wohl großen Respekt vor denen, dachte ich damals. Heute denke ich: Leg dich bloß nicht mit den Nickeln an. Versuchs erst gar nicht…. Danke Herr Pfarrer!

Stunden später, die Kirchturmuhr schlägt gerade 16 mal, sind wir übereingekommen, dass die Nickels-hausener Unterschriften sammeln, eine Demonstration organisieren werden und ferner den Herrn Ortvorsteher Franz Becker informieren, damit der sie, bei alledem was sie vorhaben, unterstützt.

Ein lautes Brummen unterbricht unsere kurze Unter-haltung. Das ist mein Magen und es ist mir gegenüber Frau Ursula unheimlich peinlich. Gerade hat sie mir das 'DU' angeboten und jetzt das! Was soll ich machen, ich hab eingewilligt. Ist doch gar nicht so schlimm! Geht doch (!), ermuntere ich mich im Geiste. Es dauert ja auch nicht mehr lang mit der Wahlperiode der Frau Ursula. Ihr 'Kurtchen' ist ja schon im vierten Schuljahr (und Gottseidank nicht bei mir in der Klasse). Das schadet Hänschen nichts, denke ich oft, wenn ich Wut auf ihn habe. Er muss sich nämlich öfter einmal 'kurz Zeit nehmen' um mit Ursula über Kurtchen zu

sprechen. Ha ha! Mama Harz nimmt sich nämlich für ihr Kurtchen unendlich viel Zeit. An diesen Tagen kann Hänschen nicht flugs aus dem Schulhaus rennen, während es noch klingelt. Seine Kinder haben selbstverständlich das Klassenzimmer bereits vor ihm verlassen, damit er absperren kann. „Die müssen doch zum Bus!", bekomme ich zur Antwort, als ich ihn einmal vorsichtig frage, warum ich die Kinder der Klasse 4 immer so frühzeitig aus dem Schulhaus rennen sehe.
„Aber das sind doch nur zwei, die zum Bus müssen.", entschlüpft es mir. Tja, der Herr Großmann ist eben ein umsichtiger und rücksichtsvoller Mensch. Er möchte die beiden Fahrschüler nicht allein gehen lassen. Die dürfen doch nicht aus der Klassengemeinschaft ausgeschlossen werden! Eben deshalb müssen alle mit. Punkt.
Wenn das Trampeln im Treppenhaus dann jeden Tag um zwei vor halb eins losgeht und die Viertklässler aus dem Schulhaus stürzen, schauen die Kinder der zweiten Klasse aus dem Klassenfenster und nicht selten höre ich: „Haben die's aber eilig!" Nein, keine Beschwerden. Feststellungen. Ab und zu, wenn der Herr Großmann dann den Viertklässlern gemächlichen Schrittes hinterher schreitet, (er muss sich dabei sehr beherrschen, um nicht in Gleichschritt mit den Kindern zu verfallen), höre ich die liebliche Stimme von Frau Ursula Harz: „Ach, lieber Herr Großmann, schön, dass ich Sie noch erwische! Hätten Sie einen Augenblick Zeit für mich?" Ha ha, 'erwischt', im wahrsten Sinne des Wortes! „Liebe Frau Berger, höre ich da Schadenfreude heraus?", zischelt Erzengel Bauer.
„Gut, liebe Frau Berger, ach nein - Liz, dann machen wir das so.", reißt Ursula mich aus meinen Gedanken.

Und damit bin ich gnädigst entlassen. Sollte das nicht umgekehrt sein? Mein Magen lässt mir keinen Spielraum mehr. Er kann sehr hartnäckig auf sein Recht bestehen. Heute konnte er sogar Ursula Harz überzeugen. Sie gab schließlich nach. Auf dem Heimweg lasse ich diesen Schultag noch einmal Revue passieren. So schlecht war er gar nicht. Die Nickelhausener scheinen mich allmählich (nach drei Jahren Dienst an diesem gastfreundlichen Ort) anzuerkennen. Jedenfalls sind sie bereit, für ihre Schule einzutreten. Da können sie ja nicht umhin, sich auch hinter die liebe Frau Berger zu stellen, oder? Naja, so sicher bin ich mir da doch noch nicht.

Aber jetzt bin ich richtig hungrig. Während der Fahrt brummt mein Magen munter weiter. „Halt's Maul!", gebiete ich ihm, als ich zur Haustür reinkomme und mir ein herrlicher Duft entgegen schwebt. „Hast du's mit mir, Puppe?", ertönt's aus der Küche. Wie kommt er bloß immer auf solche Ideen?

Heute gibt's 'Pizza' à la Bär', die beste Pizza der Welt! Niemand kann besser Pizza backen als mein Mann. Das Mehl dazu wird selbst gemahlen in unserer Getreidemühle, in der wir auch jeden Tag unser Müsli zubereiten.

„Die Frau Berger ist ein Gesundheitsapostel", wird in Nickelshausen rumerzählt. Die Eltern waren erbost, als sie erfuhren, dass ich kein Fleisch esse.

„Liebe Frau Berger, der Till, der lehnt seit Kurzem das sonntägliche Schnitzel ab. Haben Sie etwa den Kindern verboten, Fleisch zu essen?"

Da hört sich doch alles auf! Drei Mal tief durchatmen!

„Liebe Frau Böck. Wie kommen Sie zu dieser Annahme?" „Naja, der Till behauptet, dass Sie auch kein

Fleisch essen und er ab sofort deswegen keins mehr isst."

Ich brauche wieder mindestens drei tiefe Atemzüge, um zu sprechen: "Und Sie meinen nun, weil ich kein Fleisch esse, würde ich es dem Till verbieten?"

"Das kann ich mir eigentlich nicht vorstellen", kommt es etwas kleinlaut aus Frau Böcks Richtung. Ich atme noch einmal tief durch: "Liebe Frau Böck, können Sie sich denn vorstellen, dass Till schon lange kein Schnitzel mehr mag und nur nach einem Grund gesucht hat, es abzulehnen? Da kam ihm vielleicht diese Ausrede gerade recht?"

Frau Böck hat sich dann von mir angehört, dass ich den Kindern Rede und Antwort gestanden habe, als sie mich gefragt hatten, warum ich kein Fleisch mag.

Dass ich aus Protest gegen die Massentierhaltung kein Fleisch mehr esse, habe ich ihnen daraufhin erklärt.

"Oder sind Sie der Meinung, dass ich die Kinder anlügen sollte?" Aber nein, der Meinung ist Frau Böck doch nun wirklich nicht. Es ist mir gelungen, ohne dass ich vorgeladen wurde, die Eltern beim darauffolgenden Elternabend davon zu überzeugen, dass ich kein Kind dazu überredet habe, es mir gleich zu tun.

Aber nun zurück zu einem gemütlichen Mittagessen um 17.30 Uhr, das Bär und mir vorzüglich geschmeckt hat. Jetzt hurtig die Aufsätze nachsehen!

"Och nein Puppe, kannst du nicht mal 'ne Pause einlegen?"

Kapitel 3
Der liebe Minister ohne Stimme

‚Nur keine Aufregung!', denke ich. ‚Nichts wird so heiß gegessen, wie's gekocht wird', höre ich Mama flüstern. Wie sehr ich mich irre, erfahre ich in der nächsten halben Stunde.
Der Saal ist vollgestopft mit Schulleiterinnen und Schulleitern. Die Luft ist dick, es herrscht eine geladene Stimmung.
Das allgemeine Gemurmel verstummt, als ein erkälteter, hustender Herr Minister das Podium betritt. Alle Augen richten sich auf ihn, aber keinesfalls wohlwollend. Mit belegter Stimme entschuldigt er sich dafür, „Ne wahr" dass er sich heute sehr kurz fassen muss, sonst würde ihm auf einmal noch die Stimme versagen „ne wahr!" Tja meine Lieben, keine Zeit für Fragen, der Herr Minister hat leider keine Stimme mehr. Meine bekommt er bei der nächsten Wahl auch nicht mehr. Vor der Landtags-Wahl hieß es:
Was? Schulschließungen, was ist das denn? Das Wort kennen wir gar nicht! „Niemand hat die Absicht, eine Mauer zu bauen." Das hat doch auch mal jemand gesagt, oder?
Aber meine Lieben: VOR der Wahl ist nicht NACH der Wahl, ne wahr! Der Herr Minister hat ja, wie man hört, eine kleine Angewohnheit, aber nach ein paar Sätzen ist man schon dran gewöhnt. Sein Assistent hält jetzt den Beamer schussbereit. Der Bildschirm, darauf eine Tabelle, erscheint in Übergröße vor uns an der Wand. Herr Minister stellt mit kurzen, knappen Worten sein (Spar)Konzept vor. Und sieh mal da, was ist DAS denn??? Der schwarze Peter wird jetzt doch tatsächlich

den Gemeinden zugeschoben! Die Gemeinden entscheiden nämlich, welche ihrer Schulen geschlossen wird und welche unter Umständen noch ausgebaut wird. Wie raffiniert, ne wahr?! Dann ist doch der liebe Herr Minister Meier (so nenn ich ihn jetzt einfach mal) außen vor, ha ha!
Allerdings bleibt keine Schule offen, die weniger als zwei Klassen in jeder Klassenstufe bilden kann. „Nein, das ist doch keine Sparmaßnahme, wie kommen Sie denn auf soo was, meine Damen und Herren? Nein, uns ist es sehr wichtig, ne wahr, dass die Lehrer einer Klassenstufe **zusammen**arbeiten. Die Vergleichbarkeit zwischen zwei Schulkassen muss doch gewährleistet sein, ne wahr!" Gleiche Klassenarbeiten, gleiche Noten für gleiche Leistungen, alles läuft PARALLEL. Zur selben Zeit dieselben Klassenarbeiten?!
„Wie stellt der sich das denn vor? Sollen wir auch parallel auf's Klo gehen?", höre ich die ziemlich laute Stimme eines Kollegen hinter mir. Auweia, der Herr Minister hat's gehört! Jetzt versagt ihm die Stimme komplett. „Aber meine Damen und Herrn! Bleiben wir doch auf dem Teppich, ne wahr! Wir sind doch erwachsene Menschen. Krächz, ne krächz wahr krächz."
Der Herr Minister nickt noch einmal kurz und wütend und verschwindet jetzt endgültig von der Bildfläche. Der Herr Ministerialrat Gettmann tritt vor und entschuldigt sich für den Herrn Minister. „Es geht leider nicht mehr, liebe Kolleginnen und Kollegen, der Herr Minister kann nicht mehr sprechen." Der Arme! Wir bedauern ihn sehr.
Die Kolleginnen und Kollegen aus unserem Kreis treffen sich anschließend zu einem 'Bierchen' im 'Koma', einem Wirtshaus, gleich neben dem Bildungs-

Ministerium. Annemarie, meine Kollegin aus unserem Nachbarort Niederkeil muss mich überreden, mitzukommen, denn eigentlich ist mir schlecht. Nachdem ich aber merke, dass es fast allen Damen und Herren Schulleiter schlecht ist, komme ich mit ins 'Koma'. Dort angekommen, sind bereits die Kollegen aus den Nachbarkreisen zugegen. Wir drücken uns mit neun Personen zusammen an den letzten Tisch, der noch frei ist. Ganz schön eng!

Annemarie schiebt sich neben mich auf die Bank und flüstert mir ins Ohr: „Hast du schon gehört, dass unser Schulrat Breuer in Pension geht?" Das überrascht mich jetzt doch einigermaßen! Deshalb kommt ihm auch nix mehr 'zu Ohren'. Er ist mit seinen eigenen Ohren beschäftigt, der Gute! Annemarie und ihr Mann Eberhard haben persönlichen Kontakt zu unserem Herrn Breuer und seiner Frau. Ab und zu gehen sie zusammen essen oder laden sich gegenseitig zum Essen ein.

„Wie hältst du das aus?", frage ich sie „oder ist er privat ein Zuhörer statt Redner? Würde mich wundern."

„Nee", sagt Annemarie „eigentlich ist Roswitha, seine Frau, die Rednerin." Oh? Aha.

Naja, ein bisschen Psychologie hat ja jeder von uns studiert und nun erklärt sich auch von selbst sein Redendrang uns gegenüber. Er muss ja auch mal zu Wort kommen, der Arme!

Scheinbar hat ihn die Schulschließungswelle ganz schön mitgenommen. In unserem Kreis werden gut die Hälfte aller Grund-schulen geschlossen. Deshalb wird in Bad-Wendels-hofen, unserer Kreisstadt, eine Mammut-Schule ent-stehen, weil ja alle Kinder der umliegenden Orte dann keine Schule mehr haben und in die

Kreisstadt fahren müssen. Das erinnert mich doch irgendwie an ein Kinderbuch, das ich mal gelesen habe. Wie hieß denn das nochmal? Ah ja! „Die Schildbürger", genau, so hieß es!

Na, Prost Mahlzeit lieber Klaus-Peter! Er, seines Namens Schulleiter der Grundschule in Bad Wendelshofen, hat sich links neben mich gequetscht und meint gerade: „Jetzt brauch ich erst mal einen Schnaps. Mir ist schlecht." „Wie bitte, warum ist DIR denn schlecht? Du brauchst doch den Fortbestand deiner Schule nicht zu fürchten!", muss ich einwenden.

„Das nicht, aber ich sehe jetzt schon, was da an Schülermassen auf uns zukommt. Wir haben ja jetzt schon nach jeder Pause genug damit zu tun, unsere Streithähne auseinander zu bringen. Was wird das erst, wenn wir das Doppelte an Schülern haben?", jammert Klaus-Peter.

Ja, da fragt sich, was schlimmer ist: Ein Ende mit Schrecken oder ein Schrecken ohne Ende, geht mir gerade durch den Kopf, als die Tür aufgeht und meine ehemalige Schulleiterin Hilde hereinkommt. Sie sieht ziemlich niedergeschlagen aus.

„Kann ich mich noch zu euch setzen?", fragt sie. Klaus-Peter rückt von der einen Seite noch ein Stück näher ran und zerquetscht mich fast, weil Annemarie an der anderen Seite keinen Spielraum mehr hat und nicht weiter zur Seite rücken kann.

„Sag mal, wird eigentlich eure Schule auch geschlossen?" fragen Annemarie und ich gleichzeitig.

„Eigentlich kann sie nach den Richtlinien des Ministeriums gar nicht geschlossen werden, aber die Gemeinde will sie schließen und in Roth die kleinere Grundschule ausbauen. Das habe ich gerade eben von

Dr. Breuer erfahren. Ich finde, das ist eine Schweinerei! Die Leute im Dorf werden Amok laufen, wenn sie das erfahren." Wir sind alle ganz bestürzt als wir das hören, denn uns wird klar, dass dasselbe in jeder Gemeinde passieren kann:
Der Gemeinderat entscheidet, welche Grundschule geschlossen wird. Also können sogar Schulen, die längerfristig zweizügig bleiben, (Das heißt: Schulen, die von jeder Altersstufe zwei Klassen bilden können..) geschlossen werden, wenn's den Gemeinderatsmitgliedern so einfällt. Und das nur, weil der Ort entscheidet, aus dem die meisten Gemeinderatsmitglieder im Rat sitzen.
Außer Klaus-Peter und Hilde weiß von uns ja noch niemand wie die Gemeinderäte entscheiden werden.
Annemarie findet: „Das haben die sich ja fein ausgedacht! Sollen doch die Gemeinden sich mit ihren Gemeinderatsmitgliedern (die ja aus allen Orten der Gemeinde dort sitzen) die Köppe einschlagen, ne wahr! Na, fröhliche Ostern!"
Ich frage Annemarie, wie das bei ihr aussieht, wo sie doch mit dem Herrn Schulrat Breuer befreundet ist.
Annemarie weiß es nicht:
„Der hat mich überhaupt noch nicht eingeladen, um mir mitzuteilen, dass unsere Schule geschlossen wird. Komisch, nicht wahr?"
„Ja, sehr komisch, denn eure Schule müsste nach Adam Riese doch auch geschlossen werden." Das ist meine Vermutung. „Was sagt denn deine Kollegin Fischer, die Frau des Bürgermeisters von Wendeshofen dazu?"
„Keine Ahnung. Bis jetzt hat sie noch gar nichts dazu gesagt.", meint Annemarie. „Die hält sich bedeckt. Ihr

Mann ist schließlich in derselben Partei wie unser lieber Minister Meier."

„Leute, mir reicht's für heute. Ich fahre jetzt.", kündige ich an. Abgesehen davon, dass ich mir wie ein zusammengedrücktes Sandwich vorkomme, habe ich eine Mordswut im Bauch.

„Wann gehen wir wieder auf Wanderschaft?", ruft Annemarie mir nach als ich mich an der Theke vorbeiquetsche. Die Herren Schulleiter vom Nachbarkreis sind zum 'Bierchen an der Bar' übergegangen.

„Ruf mich an!", schreie ich, weil ich kein Wort mehr verstehen kann. Annemarie und ich gehen regelmäßig wandern und erkunden dabei die Gegend, nicht ganz ohne Hintergedanken. Der nächste Schulwandertag, den Annemarie und ich immer akribisch einhalten, steht dann vor der Tür und anschließend, nach unserer Wanderung steht die Route fest, mit Pausen und Einkehr, alles ist vorgeplant. So etwas wird von unseren Teams begeistert angenommen. Dann brauchen sie sich um nichts mehr zu kümmern (Eigentlich Haupt-Job von Personalrat Hänschen).

Auf dem Heimweg schimpfe und schreie ich schon wieder vor mich hin, dass mein Auto regelrecht wackelt. Es ist mir egal was die Leute denken, die helfen mir jedenfalls nicht, aber mir hilft's, wenn ich schreien kann. Gerade stelle ich mir unseren feinen Gemeinderat vor: Die Parteien-Verteilung ist mir bekannt. Die Nickelshausener sind zwar nicht in der Mehrzahl, aber die meisten Gemeinderats-Mitglieder aus Nickelshausen sind in der Partei, die gerade an der Regierung ist und die Schulschließungen angeordnet hat. ‚Aber denen wird ihr Ort doch wohl wichtig sein, oder?', geht mir so durch den Kopf und ich beruhige mich allmählich. Eins weiß ich ja bereits: „Wenn's darauf ankommt, halten die zusammen, wie Pech und Schwefel." (Zitat von Herrn Pfarrer) Wie sehr ich mich in dieser Angelegenheit doch getäuscht hab, das erfahre ich nur zu bald.

Kapitel 4
Die liebe Familie

„Bin wieder zuhause!", rufe ich, als ich in unser kuscheliges schnuckeliges Haus eintrete. Keine Antwort. „Haaloo, bin wieder daha!" Nichts rührt sich und von der Küche herkommend steigt mir der Geruch von abgestandenem Katzenfutter in die Nase. Igitt! Auf dem Wohnzimmertisch sehe ich schon den berühmten 'Bärenzettel' liegen, den ich immer dann vorfinde, wenn der Bär mal wieder 'ausgeflogen' ist:
Puppe, bin dann mal weg. Lande heute Abend spät in Kairo. Rufe dich von dort aus an. Essen findest du im Backofen. Guten Appetit! Dein Bär.
Bertram hat sich nach seiner Pensionierung als Fliegerarzt bei der Bundeswehr dazu entschieden, das Steuer eines Flugzeugs noch mal selbst in die Hand zu nehmen. Wäre ja nicht das erste Mal.
Schon als 15-Jähriger hat er seinen ersten Alleinflug im Segelflugzeug angetreten und dann jahrelang hobbymäßig Segelflugzeuge geflogen. Und wie das Schicksal so spielt: Ein Freund trifft einen Freund, der einen Freund hat u.s.w. Jedenfalls hat der Bär einen Freund, den er früher als Fliegerarzt immer untersuchen musste, der nach seiner Pensionierung in den weltweiten Rettungsdienst gegangen ist. Nachdem der Bär dann in monatelanger Selbstdisziplin für die Prüfung zum ATPL (die Berechtigung, Personen zu befördern) gebüffelt hat, sagte sein Freund Steffen zu ihm:
„Warum kommst du nicht in die Rettungsfliegerei? Wir können noch gute Leute gebrauchen. Du bist ja doppelt geeignet, nicht wahr?"

Ich biss auf die Zähne. Eigentlich habe ich mir ein ruhiges Leben mit einer Praxis auf dem Land vorgestellt.

„Warum eigentlich nicht?", stellte der Bär die Gegenfrage. „Puppe, was sagst du dazu?"

„Äh nix, was soll ich dazu sagen? Ist nicht immer ungefährlich, was?" Es ist in der Tat fast **nie** ungefährlich, das sollte ich bald erfahren. Ich halte jedoch nicht viel davon, Bären einzusperren. Sie brauchen ab und zu ein wenig Auslauf in Freiheit.

„Ist es nicht schlimm für dich, so oft allein zu sein?", werde ich nicht selten gefragt. „Nein", sage ich. „Mein Mann kommt immer wieder zu mir zurück und er braucht ab und zu seine Streifzüge durch die Welt. Und ich habe ja noch Zorro. Der macht zwar auch Streifzüge, aber immer nur im Umkreis von höchstens 500 Metern." Das ist meistens meine Antwort. Aber heute finde ich es echt schlimm, dass er weg ist, mein Bär. Heute fehlt mir seine starke Schulter, an der ich mich mal wieder ausweinen könnte. Gerade als ich mich bücke, um Zorro zu füttern, der mir um die Beine streicht, klingelt das Telefon.

„Hallo Mama, was ist denn bei euch los? Da erreicht man ja nie jemanden!" Es ist Barbara, meine Älteste. Sie lebt seit einem Jahr in Texas und studiert in Dallas Amerikanistik und Betriebswirtschaft. „Kind, hier herrscht gerade ein wenig Chaos, aber das kannst du ja nicht wissen. Ist bei euch auf dem Kontinent alles in Ordnung?", will ich zuerst wissen.

„Mama, ich hab dir eine wichtige Mitteilung zu machen. Bob und ich, wir wollen heiraten. So, jetzt ist's raus." Nun muss ich mich aber erst mal hinsetzen.

Zorro springt mir freudig auf den Schoß. „Mama bist du noch da?"
„Aber Kind, das kommt ja wirklich sehr überraschend! Habt ihr euch das auch gut überlegt?" Abgesehen davon, dass ich Bob überhaupt nicht kenne, kommt mir meine Antwort ziemlich doof vor. „Aber wann- und vor Allem wo? Dein Studium ist doch noch nicht abgeschlossen. Bist du etwa schwanger? Oh Gott, sag jetzt nicht, dass du schwanger bist!", rutscht es mir raus. Sofort bereue ich das.
„Aber nein Mama, du musst nicht immer von dir auf andere schließen." Das hat gesessen. Barbara war nämlich schon unterwegs, als Bertram und ich vor dem Traualtar standen. Meine Mama hatte etwas anders reagiert, als sie erfuhr, dass ich schwanger war. Sie hat sich damals unbändig gefreut, dass sie Oma wurde.
„Mama, bist du noch da? Mama, wir lieben uns und wollen eine Familie gründen. Bobs Eltern sind ganz begeistert. Sie werden uns eine große Hochzeit ausrichten. Ihr müsst zur Hochzeit nach Dallas kommen! Wo ist eigentlich Papa? Und wo ist Nick? Den erreiche ich auch nicht."
Ich bin total erschlagen. Während ich Zorro füttere, den Hörer zwischen Schulter und Ohr geklemmt, gebe ich Barbara Auskunft darüber, wo sich die übrigen Familienmitglieder befinden: „Papa ist ausgeflogen, ich glaube, nach Ägypten und Nicky ist mit Bine nach Dubai geflogen. Denen war's zu kalt hier in Europa. Und außerdem wollen sie meine Schule schließen. Nee, nicht Nicky und Bine, sondern das Ministerium."
Jetzt weiß sie einen Moment lang gar nichts zu antworten, meine kleine Barbara. Für mich bleibt sie immer mein Kind. Dass sie jetzt diesen Bob heiraten

will, den wir nicht kennen, schockiert mich irgendwie. Viel weiß ich nicht von ihm. Barbara hat uns erzählt, dass Bob's Eltern 'in Öl machen'. Sie sind eine der reichsten Familien in Dallas. Da muss ich immer an diese Fernsehserie denken und gleichzeitig an Familienzwist und Scheidung. Bob erbt einmal das Familien-Imperium. „Jetzt sag bloß noch, dass die 'Ewing' heißen, dann brech ich zusammen!", rief ich, als Barbara mir das erste Mal von ihm erzählte.
„Nein, er heißt nicht 'Ewing' sondern 'Browning'." Klingt ja ähnlich. „Was macht er denn so, dein Bob?", wollte ich wissen. „Na was denn schon? Natürlich Betriebswirtschaft, damit er den Ölkonzern seiner Eltern einmal weiterführen kann. Du Mama, Bob's Eltern sind total lieb. Sie verwöhnen mich wie ihr eigenes Kind. Bob's Mum sagt immer, dass sie durch unsere Heirat keinen Sohn verliert, sondern eine Tochter dazu bekommt. Ist doch nett, oder?"
Na prima. Und wer verliert dann die Tochter in Echt? Und bekommt noch nicht mal einen Sohn dazu? Und außerdem: Ein bisschen eifersüchtig macht mich das schon, dass ich meine Tochter mit einer anderen 'Mum' teilen muss. „Aber Puppe, sei doch froh, dass sie so umsorgt wird! Das ist doch besser als wenn sie alleine irgendwo ganz einsam wäre!" Stimmt. Hat mal wieder Recht, der Bär, wie immer.
„Aber Mama, das ist ja schrecklich!", kommt's nach einer Weile zurück. „Warum wollen die denn deine Schule schließen?" „Kind, das wird zu teuer. Ich schreib dir 'ne Mail heute Abend. Muss sowieso aufbleiben, bis Papa anruft." Barbara ist einverstanden und verabschiedet sich mit einem Kuss durch die Leitung. „Bin morgen den ganzen Tag in der Uni und kann dich

leider nicht anrufen, Mama. Ich wünsch dir einen besonders schönen Tag morgen.°, ruft sie noch, bevor sie auflegt. Nanu, sie hat mich doch gerade angerufen, dann braucht sie doch nicht morgen schon wieder anrufen, zumal ich ihr ja heute Abend noch eine Mail schreibe. Na, ist wohl überlastet, die Kleine. Ist vielleicht alles ein Bisschen viel, die Hochzeitsvorbereitungen und die Uni…
Nun muss ich erst mal tief durchatmen. Heute habe ich echt viel zu verdauen. Dazu habe ich aber keine Zeit, denn das Telefon klingelt schon wieder.
„Hey Mama, seid ihr endlich mal zuhause?", höre ich Nick's Stimme. „Nein, das heißt, ja, ICH bin zuhause. Papa ist nicht allzu weit weg von euch. Er landet in ein paar Stunden in Kairo. Seid ihr gut angekommen?", frage ich. „Ja, deshalb versuche ich ja seit Stunden, euch zu erreichen. Hier ist ein Superwetter! Endlich Sonne! Wir sind gerade am Strand. Hörst du das Meer rauschen?" Ich höre nix: „Ja, mein Schatz, ich höre es! Habt ihr ein gutes Hotel? Wie geht es Bine?" „Naja, den Umständen entsprechend."
„Ach du lieber Gott, nein! Sag jetzt nicht, dass Bine schwanger ist!"
„Ach Mama, wie kommst du denn auf so was? Nein, aber Bine ist beim Einsteigen ins Flugzeug umgeknickt und hat sich den Fuß verstaucht. Zufällig war ein Arzt an Bord. Der hat ihr eine Schmerzsalbe in die Hand gedrückt. Die hat sie sich auf den Fuß geschmiert und jetzt tut's nicht mehr so weh. Deshalb sagte ich: 'den Umständen entsprechend'."
Erleichterung! Die beiden Kinder studieren doch noch. Gerade haben beide die Semester-Abschlussprüfungen hinter sich gebracht. Es wäre jetzt nicht der richtige

Zeitpunkt, ein Kind zu bekommen. Aber sag mal Liz, was maßt du dir eigentlich an? Gibt es überhaupt den richtigen Zeitpunkt für ein Kind, frage ich mich.
„Nein", rutscht es mir raus.
„Wie - nein?", kommt's aus der Leitung.
„Nein, ich hab wohl mit mir selbst geredet, mein Schatz. Das kommt daher, dass ich mich gerade mit Zorro um sein Futter streite."
„Ach so, dachte schon, du hältst Selbstgespräche, weil du so oft allein bist." „Das ist nicht tragisch, Nick. Papa muss ab und zu mal raus und ich hab ja Gesellschaft (Zorro) und immer viel zu tun, wie du weißt. Du Nick, sie wollen unsere Schule schließen. Vorgestern stand's in der Zeitung und gestern haben wir Schulleiter es auch schon erfahren. Heute waren wir dann alle zum Minister vorgeladen, der uns sein Sparpaket, anders kann ich es nicht nennen, erklärt hat. Wie findest du das denn?"
„Wie bitte? Was wird dann aus dir, Mama? Gehst du dann an eine andere Schule?"
Darüber habe ich mir noch gar keine Gedanken gemacht. Zunächst einmal wollen die Nickelshausener und ich uns mal wehren. Zu Nick sage ich: „Wir geben so schnell nicht auf. Die Nickels halten zu mir und der Schule. Die werden kämpfen, da bin ich sicher."
„Ja? Bist du dir da wirklich sicher, Mama? Wie ich die Nickels kenne, kämpfen die die nur, wenn's um ihre eigenen Interessen geht. Wenn ich da an die Hanseln im Gemeinderat denke…Das sind doch Luschen! Mama, mach dir nix vor! Nickelshausen bleibt Nickelshausen und Nickels bleiben Nickels."

„Ja, und Nickys bleiben Nickys, du wirst auch nie ein Optimist! Musst du mir ständig alle Illusionen nehmen?"

„So bin ich nun mal, Mama. Und du, reiß dir mal deinen rosaroten Vorhang vom Gesicht runter! Tschüß Mama! Wir melden uns in ein paar Tagen wieder."

„Tschüß Junge, und schöne Grüße an Bine!"

Er hat schon aufgelegt. Ja, so ist er, mein Junge. Ein Realist, so nennt er sich immer. Pragmatisch veranlagt, wie sein Vater. Ist ja nicht verkehrt. Als er mir nach dem Abitur ankündigte, dass er Mathematik studieren wollte, bin ich fast aus den Latschen gekippt. „Du willst doch nicht etwa Lehramt machen?"

„Aber nein Mama, wie kommst du denn auf so eine irrsinnige Idee? Ich geh in die freie Wirtschaft. Dort kann man wenigstens Geld verdienen." ‚Und tief fallen', murmele ich. „Was hast du gesagt, Mama?"

„Ach nix, Nicky. Du machst schon deinen Weg."

Mathematik! So ein Schmarren! Ich hab mir geschworen, ich werde meinen Kindern nicht dreinreden bei ihrem Berufswunsch. Aber Einwände darf man doch wohl haben, oder? Mann, Liz, du kannst dich einfach nicht an deine guten Vorsätze halten! Sei doch mal froh, dass deine Kinder ohne Druck und Zwang ihr Abitur geschafft haben! Jetzt willst du auch noch, dass sie ohne Druck und Zwang genau das studieren, was DU dir vorgestellt hast? Jetzt mach aber mal halblang! (Höre ich da wieder meine Mutter zu mir sprechen?)

Da die medizinische Fakultät gleich neben der mathematischen liegt, haben Bine und Nicky sich in der Mensa kennen gelernt.

Die beiden Streber wären sich sonst nie begegnet, glaube ich. Zwei Pragmatiker und beide so extrem realistisch! Wo soll das hinführen? Liz, halt dich da raus! Und vor Allem: Hör endlich auf, Selbstgespräche zu führen!

Kapitel 5
Eine liebe Überraschung

Gestern Abend war ich sehr müde. Ich habe mich jedoch noch an den Computer gesetzt und, wie versprochen, eine Mail an meine Tochter geschrieben:
Liebe Barbara,
wie gut, dass es das Internet gibt! Nun habe ich die Möglichkeit, dir in aller Ruhe zu erklären, was hier los ist. Zunächst möchte ich dir aber sagen, dass ich mich ganz doll für dich freue!!!! Die Brownings scheinen ja wirklich eine herzliche und nette Familie zu sein. Ich denke, wenn du deine Hochzeit in irgendwelche Ferien, Sommer- Herbst- oder Weihnachtsferien legst, dann kann ich dir jetzt schon zusagen, dass wir deiner Einladung Folge leisten werden. Papa kann es bestimmt so einrichten, dass er Urlaub bekommt und Nick und Bine sind ja noch Studenten. Sie können sicher mitkommen, wenn sie nicht gerade Klausuren schreiben, diese Streber.
Ich bin total gespannt auf deine Schwiegereltern in Spe. Und natürlich ganz besonders auf meinen zukünftigen Schwiegersohn, den lieben Bob! Heute hatte ich einen sehr anstrengenden Tag, von dem ich dir jetzt erzählen möchte:
Bevor wir, die Schulleiter unseres Bundeslandes, von unserem lieben Bildungsminister informiert wurden, stand es schon in der Zeitung:
Alle Schulen, die auf längere Sicht die Schülerzahl von 80 unterschreiten, werden geschlossen. Punkt. Wie findest du das?
Barbara, du kennst mich. Ich bin hart im Nehmen, aber das hat mich doch echt vom Hocker gehauen. An einem

Tag erfahre ich, dass unsere Schule geschlossen wird und am nächsten muss ich vom Minister hören, dass jedoch hauptsächlich noch von den einzelnen Gemeinderäten entschieden wird, ob und welche Schulleiter ihre Schule demnächst abschließen dürfen.
Verstehst du: (?) Die Gemeinderatsmitglieder der Gemeinde Marienberg bestimmen, welche unserer drei Grundschulen geschlossen wird und welche dieser Ortschaften ihre Grundschule behalten darf.
Tja, da fällt mir im wahrsten Sinne des Wortes nix mehr ein. Die Nickelshausener haben einen Schlachtplan entworfen, den sie mir morgen unterbreiten wollen.
Der Ortsvorsteher Franz Becker will ihnen behilflich sein. Dem trau ich aber überhaupt nicht, denn er gehört der Partei an, die in unserem Bundesland die Schulschließungen beschlossen hat.
 Nick hat gemeint, ich soll mir bezüglich der Nickels im Gemeinderat nicht allzu große Hoffnungen machen. Aber der ist ja ein Schwarzseher vor dem Herrn. Möchte bloß wissen, wie seine Eltern den erzogen haben. Oh, das sind ja Papa und ich! Wie haben wir den bloß erzogen?
Ich persönlich glaube fest an das Durchsetzungsvermögen der Nickelshausener. Ob Franz Becker nun mitmacht, oder nicht. So, jetzt merke ich aber doch, dass mir die Augen so langsam zufallen. Machs gut, Kleines und arbeite nicht so viel! (Das sagt die Richtige, was?)
In Liebe
Deine MAMA
Heute Morgen ist mir der Erzengel Bauer persönlich erschienen. Vor meiner Bürotür und vor dem Unterricht. Meine Vorgängerin ist in Gesellschaft von

unserer lieben Frau Ursula, mit der ich ja jetzt auf Du bin.

„Liebe Frau Berger, wir werden kämpfen. Ganz Nickelshausen steht hinter uns.", ist ihre Parole. Uns? Wir? Bis jetzt hab ich von unserer lieben Frau Bauer nicht mal den kleinsten Rockzipfel gesehen. Wo war sie, als ich verzweifelt über den Schulstatistiken saß und ihre Hilfe gebraucht hätte? Und wo war sie, als ich mich gegen das (un)gesunde Schulfrühstück wehren wollte, das einmal im Monat von den Eltern eines Jahrgangs verbrochen wurde? Da hätte ich sie gebraucht! Wo war sie, hä? Im Urlaub natürlich. Weit weg, in Gran Canaria." Dort hat sie den Winter verbracht. Und jetzt auf einmal „Wir" und „uns"! Naja, besser (zu) spät als nie.

„Seien Sie ganz entspannt, liebe Frau Berger: Im nächsten Jahr werden in Nickelshausen 31 Kinder geboren, ohne die Dunkelziffer." Weiß der Himmel, woher der Erzengel Bauer das schon wieder weiß. Ich glaube, in Nickelshausen haben sogar die Schlafzimmerwände Augen und Ohren.

„Liebe Frau Bauer, nun muss ich aber! Es ist 8 Uhr. Wie Sie wissen, beginnt jetzt der Unterricht." Schon höre ich die Kinder ins Schulhaus kommen. Doch, wer kommt denn da?

„Gertrud! Ja, bist du wieder im Lande?!" Der Kopierkönig ist's mit einem Stapel Kopierpapier in der Hand, aus dem Kopierraum kommend. Die Arme weit ausgebreitet, das Papier fallen lassend, kommt er auf Erzengel Bauer zu. Erzengel Bauer fliegt in seine Arme. Was für eine herzliche Begrüßung! Ich drücke mich an den Beiden vorbei in Richtung Klassenraum 2a.

„Liebe Frau Berger, ich komme nach dem Unterricht wieder. Dann habe ich den Schlachtplan. Wir sehen uns!", ruft sie mir noch nach, die liebe Gertrud. Ursula hechtet hinter mir her. „Frau Berger, äh, Liz, ich komme auch. Wir haben einen Plan. Den wollen wir dir unterbreiten." Ich wimmele sie an der Klassentür ab: „O.K., bis dann!" und verschwinde in meinem Klassenraum, wo mich eine total stille Klasse empfängt. Alle sitzen auf ihrem Platz, Arme verschränkt, Mund fest geschlossen. Es ist mucksmäuschenstill. Was ist los? Normalerweise ist jeder schon mit irgendeiner Arbeit beschäftigt, wenn ich morgens in die Klasse komme. In der Regel werde ich gar nicht bemerkt. Heute sitzen sie da, wie erstarrt und scheinen auf etwas zu warten. Doch nicht etwa auf mich!? Auf meinem Pult steht ein Blumenstrauß und ein in Geschenkpapier eingewickeltes Päckchen steht daneben. Hä? Was ist **das** denn? Ich hab doch nicht Gebu..

„Happy birthday to you!" Alle Kinder erheben sich und singen voller Inbrunst: „Happy birthday to you!"

Oh Gott, jetzt hab ich doch tatsächlich meinen eigenen Geburtstag vergessen! (Normalerweise vergesse ich immer, zum alljährlichen Erheitern meines Mannes, unseren Hochzeitstag.)

Wieso hat der Bär denn da nicht dran gedacht? Als er mich heut Nacht angerufen hat, so kurz vor Mitternacht, hat er doch gar nicht meinen Geburtstag erwähnt! Wie kann denn der nur meinen Geburtstag vergessen? Also, so eine Unverschämtheit! (Dass ich ihm mal wieder Unrecht tue, stellt sich ja erst heut Nachmittag raus.)

Die Kinder kommen auf mich zugestürzt und wollen mir alle gleichzeitig gratulieren. „Frau Berger, Frau

Berger, machen wir zuerst die Geburtstagsrunde oder erst nach der Pause?", fragt die Mizzi.

"Na gut, dann gleich, denn nach der Pause habt ihr ja Sport." Ich setze mich in den Kreis. Alle Kinder nehmen leise ihren Stuhl und gesellen sich zu mir. Die Mizzi stellt den Blumenstrauß (bestimmt von Frau Korny, die denkt immer an alles) und das Geschenk in die Mitte. Max holt die Geburtstags-Schale aus dem Regal und stellt sie dazu. Die Schale ist mit Sand gefüllt und mit bunten Teelichtern geschmückt, die ich nach Bedarf aus der Klassenkasse nachfülle.

"So viele Teelichter haben wir gar nicht!", sage ich gerade, als die Kathi mich auffordert, zuerst das Geschenk zu öffnen. In diesem eingepackten Kistchen finde ich genau 49 Kerzen. Wer war denn da wieder so umsichtig und hat 1. an meinen Geburtstag gedacht und 2. hat er auch noch gewusst, wie alt ich werde?

"Der Herr Vogler hat's uns verraten." So so! Die Kerzen und den Blumenstrauß hat natürlich die Frau Korny besorgt. Wusste ich es doch! ‚Mit der muss ich mal ein ernstes Wort reden', denke ich geschmeichelt. Mit großer Sorgfalt zünde ich alle 49 Teelichter an und wundere mich, dass ich schon sooo alt bin. Die Kinder finden mich gar nicht alt. Sie sagen oft aus Versehen 'Mama' zu mir. Gerade sagt der Max: „Mönsch, Frau Berger, dann sind Sie ja so alt wie meine Oma! Nee, das glaube ich nicht."

"Fehlt nur noch eins, dann sind's 50.", stellt gerade Till, unser Rechengenie fest. Na danke, das ist doch mal ermutigend. Die Zahl 50 erscheint mir unverhältnismäßig hoch. **Zu** hoch für mich!

„Till, so genau will ich es ausnahmsweise gerade mal nicht wissen." unterbreche ich die weiteren Berechnungen. (In 10 Jahren 60 usw…)

Die nun folgenden Streicheleinheiten bringen mich wieder in meine gute Laune zurück. Jedes Geburtstagskind bekommt an seinem Geburtstag eine Streichelrunde geschenkt. Alle sagen in dieser Gesprächsrunde etwas Nettes über das jeweilige Geburtstagskind. Z.B.: „Ich finde es gut, dass du dich immer um unsere Blumen kümmerst.", oder: „Du siehst heute besonders hübsch aus." Oder: „Ich freue mich, dass du meine Freundin bist." So oder so ähnlich klingen dann die Streicheleinheiten.

Ich persönlich fühle mich heute ordentlich gestreichelt und geschmeichelt. Ach, liebe Frau Berger, wie geht es dir doch so gut! Als 'Lieblingslehrerin, gute Zeichnerin, immer gut gelaunte, mitfühlende und niemals Schreiende, beste Lehrerin der Welt' schwebe ich in der Pause in Richtung Lehrerzimmer. Da kommt die zweite Überraschung auf mich zu: Es riecht schon von Weitem nach Kaffee und Kuchen. Als ich die Tür zum Lehrerzimmer öffne, springen Hermine, Silke, Hans und Egon auf und singen: „Wie schön, dass du geboren bist!" Sogar die 'liebe Gertrud' ist in der Schule geblieben und begleitet nun das Team mit der Schulgitarre. Ach wie schön, dass ich geboren bin! Ich bin heute Morgen bestimmt drei Zentimeter gewachsen! So viele Streicheleinheiten habe ich gar nicht verdient.

„Meine Lieben, ich muss euch was gestehen: Ich habe heute das erste Mal in meinem Leben meinen eigenen Geburtstag vergessen.", sage ich, nachdem mich alle umarmt haben. „Wer hat denn so schön den Tisch gedeckt und an Kaffee und Kuchen gedacht?"

„Mach dir darüber mal keine Gedanken!", antwortet Egon, für meine Begriffe ein wenig zu prompt. „So, und jetzt guten Appetit!", sagt er und will in Richtung Schulhof verschwinden.

„Stopp!", ruft Erzengel Bauer ihm hinterher. „Heute übernehme **ich** die Aufsicht. Bleibt ihr nur alle im Lehrerzimmer und feiert!" Perfekt, unser Erzengel! Sein Heiligenschein wird uns immer und ewig leuchten.

„So macht man das, liebe Frau Berger!", höre ich unseren Herrn Dr. Breuer predigen.

Da wird meine Urgroßkusine, die liebe Frau Nachbarin Kunz, heute bei ihrer Pausenüberwachung glauben, sie sei im falschen Film, ha ha! Die gute alte Frau Bauer auf dem Pausenhof als Aufsichtsführende, das ist bei Gott nicht das Alltägliche! Spätestens morgen wird ganz Nickelshausen darüber informiert sein. Frau Berger, was sind das für Gedanken! Heute hast du Geburtstag. Jetzt wirst du gefeiert. Ich esse meinem Team zuliebe sogar ein Stück Kuchen. Alle sind zufrieden. Das Schulschließungsthema ist heute tabu. Wie gut! Am Ende der Pause erinnere ich noch alle an die morgige Konferenz und an unser Thema, mit dem sich jede Lehrperson (hoffentlich) beschäftigt hat.

Frau Bauer kommt gerade aus der Pause zurück, als ich in mein Büro eintrete. „Liebe Frau Berger, ich habe ja gar nicht gewusst, dass Sie heute Geburtstag haben.", meint sie und schlüpft hinter mir ins Büro.

„Das habe ich heute Morgen selbst nicht gewusst", gebe ich zu „aber treten Sie doch ein!", lade ich sie nachträglich in ihren ehemaligen Wirkungsbereich ein. „Bin ja schon drin.", bemerkt sie folgerichtig.

„Ja, dann können wir uns ja vielleicht jetzt sofort Ihren 'Schlachtplan' anschauen.", schlage ich vor.

Und dieser Schlachtplan, der ist gar nicht so schlecht. Hätte ich dem Erzengel Bauer irgendwie nicht zugetraut. Vielleicht habe ich die gute Frau doch in die falsche Schublade gesteckt. Vielleicht bin ich aber auch nur neidisch, weil die liebe Frau Bauer alles so gut im Griff hatte. Aber es ist doch auch noch kein Meister vom Himmel gefallen, denke ich. Jedenfalls habe ich ihr Unrecht getan.
Der Plan geht folgendermaßen:
Die Eltern der Grundschüler wollen sich bei der Gemeinderats-Sitzung vor dem Rathaus postieren und mit Schildern auf sich aufmerksam machen. Die Schilder will Frau Bauer zusammen mit den Kindern bei sich zu Hause basteln. Auf den Schildern soll dann so was stehen, wie:
Lasst uns unsere Grundschule oder **Wir wollen unsere Schule behalten** usw.
Außerdem sollen die Kinder an den Herrn Bürgermeister persönlich schreiben. Jedes Kind soll einen Brief verfassen, den die Frau Bauer dann, zusammen mit einer Elterndelegation, im Rathaus abgeben wird.
Richtig gut, dieser Plan! Die Bauer hat doch immer noch die Eltern im Griff. Unglaublich!
Ursula hat mir gnädig für den Nachmittag freigegeben, weil ich ja nur einmal im Jahr Geburtstag habe. Nett von ihr, oder? Auf der Heimfahrt fällt mir wieder Barbaras Entschuldigung von gestern Abend ein, dass sie heute nicht anrufen kann. Jetzt weiß ich den Grund: Meine Tochter hat natürlich an meinen Geburtstag gedacht. Und weil sie heute aus Zeitgründen nicht zum Telefonieren kommt, hat sie gestern schon angerufen.

Was bin ich doch manchmal für ein Dummchen! Stehe des Öfteren schon mal auf der (Telefon)Leitung.

Ins Bett habe ich es dann nicht mehr geschafft, auf der Couch bin ich eingeschlafen, nachdem ich die Mail an Barbara geschrieben hatte und genau dort bin ich heute Morgen zerknittert aufgewacht, schnell ins Bad gehuscht und den Rest kennt man ja.

Als ich die Haustür aufschließe, falle ich vor Schreck fast um. Die komplette Familie, samt Bär, steht im Flur und alle singen:

„Wie schön, dass du geboren bist!" Mein Bär singt am Lautesten und am Falschesten und breitet seine starken Arme aus. Danach kommen Papa und Mama dran, dann Schwesterherz und Schwager. Schwiegermama ist auch gekommen. Alle sind sie da!

Wie schön, dass ich geboren bin. Nun kann ich mich fallenlassen. Und wie Unrecht habe ich dem Bär getan! Er hat für mich ein Geschenk aus Afrika mitgebracht, das mir sehr gefällt: Arganöl aus Marocco, direkt aus der Hand eines Berbers abgekauft. Aus biologischem Anbau. Ich freue mich unbändig. Mein Kosmetik-Problem der vergangenen drei Tage ist gelöst. Ich musste sehr sparsam mit den letzten Tropfen dieses kostbaren Öles umgehen, denn außerdem brauche ich es ja auch noch für meinen Salat, der dem Bär immer so gut schmeckt.

Aber jetzt wird gefeiert.

Kapitel 6
Liebe Frau Berger – Eine ganz persönliche Sicht

Also ich find ja auch, dass die Frau Bauer ne gute Schulleiterin is, aber der Frau Berger habe se ja am Anfang überhaupt kei Schangse gegebe. S'is doch noch kei Meister vom Himmel gefalle, gell? Also ich persönlich find die Frau Berger richtisch Klasse. Se is mit Abstand die beste Lehrerin, die ich kenne. Mei Mitzi, die rennt jede Tach in die Schul wie bekloppt. Als ob's dort was umsonst gäb, gell. Ch'habs auch der Frau Berger mal gesacht. Ich glaub, die hat sich gefreut, weil se doch sonst immer nur Kritik zu höre kriegt.
Ach Gott, wenn ich noch an das Schulfrühstück denk! Des war echt e Fraß, den die Kinner da bekomme habe. Die Frau Berger hat sich dann gewagt, 'n Elternabend deswege zu mache. Erstens mal sinn kaum welche gekomme un zweitens sinnse so frech geworde. Se hawwe se richtig provoziert, die arm Frau!
„Liebe Frau Berger, was ist denn Gemüse, können Sie mir das mal erklären?", hat die dicke Julia Schmitt, die Mama von der Silke aus der Klasse 1a scheinheilig gefragt. Die Frau Berger hat's net gemerkt, dass se verarscht worde is und hat der dumme Kuh des noch erklärt.
„Aber ist Apfel nicht Gemüse, liebe Frau Berger?", hat se dann noch nachgeschobe. Da hat's die Frau Berger auch gemerkt und hat sich für ihr Verständnis bedankt, dass se jetzt noch zu Punkt 2 komme müsst, des war nämlich de Wichtigste!
Welchen Zusammenhang gibt es zwischen einem guten Pausenfrühstück und erfolgreichem Lernen?

Das hat die Frau Berger richtig gut gemacht. Die hat die Antwort nämlich nit vorgekaut, sondern hat se uns finde lasse, gell. Des war richtig lustig. Zunext hat sich de Böck gemeldet un hat gesacht, dass er kei Zusammehang sehe würd. Dann hat die Frau Berger awwer Zettelscher ausgeteilt, wo drauf all Leut schreibe musste, was se dazu meine un se hawwe kei Name müsse drauf schreibe. Zum Schluss hat se dann die Zettelscher ingesammelt un an die Magnettafel gehängt. Awwer nit einfach so, sondern se hat se nach Theme geordnet. Gescheit, gell? Da hawwe die Leut doch gesehn, dass es e ganz doller Zusammehang zwische dem, was mer isst un was mer lernt, gibt. Ich war selbscht ganz üwwerrascht, obwohl ich der Frau Berger komplett vertraut hab, dass die's weiß, was se sacht. Jetzt hawwe die Leut selbst schwarz uf weiß gesehe, dass die Ernährung sehr wohl Einfluss uff des Lernverhalte hat:

Uff der eine Seit stand des Esse un uff der annere Seit was es bewirkt, z.B., dass Süßigkeite sich negativ uff die Konzentration auswirke, dass awwer 'n Käsbrot die Konzentration fördert. Die Frau Berger hat uns dazu die Ergebnisse von Forschunge vorgelese, die des beweise.

So allmählich hawwe die Leut ja auch die Frau Berger akzeptiert un se schwätze ach net mehr so viel üwwer se im Dorf, awwer schwer hat se's noch immer, die Frau Berger. Zum Beispiel wege der Inflation, odder wie des heißt. Nee, Inklusion heißt des ja. Ich hab nix gesacht, aber die Leut wolle kei 'Bekloppte' bei uns in de Schul hawwe. Der Böck is wieder ganz aktiv geworde und hat de Schulrat angerufe und dem von dene Pläne von de Frau Berger erzählt. Dass die Geistig Behinderte bei uns in de Schul will uffnemme, hat er gesacht, gell? Awwer der Schulrat hat dem doch tatsächlich geantwortet, dass 'n das nix mehr anginge un dass er seit 'n paar Tach in Pension is. Da war der Böck richtisch fertisch, gell?

„An wen soll ich mich denn jetzt wenden?", hat er nach dem Elternabend drause off de Straß beim 'Danach-Schwätzje' gefracht.

„Niemande mehr", is mir rausgerutscht. Was meine se, was der mir geantwort hat?

„Ach Sie haben doch überhaupt keine Ahnung, Frau Korny. Sie sind doch eine typische Jasagerin! Kriechen Sie der lieben Frau Berger doch einfach in den.." Da hat 'n doch sei Frau, die Magdalena, ganz fescht in die Seit geknufft. Der hat vielleicht geschrie, so weh hat's 'm getan. Schad dem nix, dem olle Meckerer. Dabei is de Till so e nettes Kerlche. Mei Mizzi un de Till, die vertrache sich richtig gut. Kann echt gut Mathe, der Kerl. Vor Kurzem hat der doch im Kinnerzimmer de Mizzi die Bruchrechnung gezeicht. Ich hab gehört, wie er gesacht hat:

„Schau mal Mizzi, wenn ich den Kreis da einmal durchschneide, genau durch den Mittelpunkt, dann hab ich zwei Hälften. Das da ist ein Halb und das da ist ein Halb." Da hab ich durch de Türspalt gesehn wie se mehrere Kreise aus Pappe ausgeschnitte hatte und wie der Till der Mizzi dann weiter erklärt hat, was e Viertel is, dann was e Achtel is un so weiter. Also ich war von de Socke! Un des im zweite Schuljahr!

Da bin ich reingegange ins Kinnerzimmer un hab 'n gefracht, wo er das herwüsst. Da hat er gesacht: „Die Frau Berger hat's mir heute Morgen in der Freiarbeit erklärt und die Mizzi hat zugeschaut. Da hat die Frau Berger zu uns gesagt, wir könnten das doch zuhause mal nochmal ausprobieren. Macht richtig Spaß, gell

Mizzi?" Un mei Mizzi hat genickt. Ich krieg die Tür net zu! Das wär uns früher nie eingefalle, so was freiwillig un dann in dem Alter. Da hat's uns doch üwwerhaupt nit interessiert, was e Viertel oder e Achtel is. Oder doch? Oder hat uns nur keiner geantwort, wenn wir gefracht hawwe? Wie's ach is, die Frau Berger, die weiß echt, wie mer Kinner für was interessiert. Se hat uf dem Elternabend gesacht, dass Kinner mit geisticher Behinnerung ach was lerne könne un dann hat se was von so 'ner Frau erzählt, die Montessori hieß, und die e Lernmethod erfunne hat, wo die Kinner alles ausprobiere könne und wo se nur Freiarbeit mache würde. „Lernen durch Tun", hat se das genannt. Und dann hat se noch gesacht, dass die Frau Montessori immer gesacht hätt: „Hilf mir, es selbst zu tun!" un dass es wichtich wär, dass die Kinner selbständig werde würde. Dann brauche se niemand mehr, wo's ne zeicht, gell?

Genau die Method, die wollt die Frau Berger noch studiere und wollt das mit dene geistisch behinnerte Kinner mache. Die Frau Berger, die is fest devon üwwerzeugt, dass das all unser Kinner gut tun würd. Ach du lieber Gott, da is de junge Böck awwer aufgesprunge und hat gesacht, er würd es nie dulde, dass de Till die blöd Freiarbeit noch de ganze Tach mache müsst. Der würd dann gar nix mehr lerne. Wenn ich so'n Blödsinn hör! Da bin ich awwer auch aufgesprunge und hab gesacht, dass ich die Freiarbeit richtig gut finne würd, weil mei Mizzi mir jede Tach erzähle würd, was se alles in de Freiarbeit gelernt hätt. Das hawwe dann auch e paar Eltere bestätigt. Die hawwe sich nur nit getraut, gege de Böck anzugehe. Ja ja, klatsche un traatsche, das könne se, die Nickels.

Awwer wenn du selbst in de Klemme sitzt, dann helfe se dir nit. Als mei Frank mich mit de Kindergärtnerin hinnergange hatt, da ham se sich die Mäuler zerriss, awwer keiner hat's mir gesacht. Ich bin mit Riesehörner rum gelaufe un hab's net gewusst.
Heut denk ich, dass wenn ich's gewusst hätt, ich dem Dirmel ach noch hinnerher gelaufe wär. Ich glaub, dass mir's jetzt deutlich besser geht ohne de Frank. Der hat üwwer-haupt nix geschafft im Haus un hat sich bediene lasse von hinne bis vorne, gell? Selbscht de Rase hab **ich** gemäht. Das is doch echt Männerarbeit, oder, gell? Einmal hätt ich mir fast de Finger abgeschnidde. S'is nochmal mit 'nem kleinere Blutbad abgegange. Ich hatt Glück, dass unser Doktor in de Nähe sei Praxis hat. Der hat mir dann die Fingerkupp widder angenäht. Des war vielleicht was! Alle ham nachher gefragt:
„Wieso musst du denn bei euch den Rasen mähen?" Blöde Frage, ihr Lieben! Ihr hawwe's doch gewusst, das mit der Meggie und dem Frank!
 Des Einzige, was der gemacht hat – freiwillig – war, dass er die Mizzi vom Kinnergarte abgeholt hat. Warum der dann erst e Stunn später heimgekomme is, des hab ich ja später erfahre, awwer da war's ZU spät.
Jetzt schlach ich mich allein mit de Kinner durch. Der Mattis is ja schon im Gymnasium und schlächt sich aach tapfer durch. Die Mizzi is des beste Kind, was mer hawwe kann. Der muss ich nur einmal was sache, dann macht se's. Da is der Mattis schon zäher. Dem muss ich was dreimal sache, dann macht der's immer noch net. Kommt ganz nach seinem Vadder, denk ich dann immer.
Die Frau Berger, die is mir gegeüwwer sehr verständnisvoll, gell? Die sacht immer: „Frau Korny, das geht

nicht spurlos an einem Kind vorüber. Lassen wir der Mizzi noch etwas Zeit! Ich werde sie beobachten und ihr helfen, wenn sie Hilfe benötigt." Un das hatt se auch gemacht. Die Mizzi hat sich ganz gut von dem Schock erholt, wo se erfahre hat, dass ihr Papa nimmer heimkommt. Ich hab se getröst un gesacht, dass se ja die Frau, mit der der Papa jetzt zusamme is, auch gut kennt. Von meinem Schmerz konnt ich ihr ja nix erzähle. Das versteht se ja noch nit. Von ihrem Papa hat se doch sowieso nit viel gesehn in de letzte Woche un Monate. Der war ja eh kaum daheim, gell? Awwer der Mattis war vielleicht stinksauer. Der wollt sei Vadder mit der Spritzpistol erschieße gehe. Ich konnt 'n nit davon abhalte un er hat sich ach nit erkläre lasse, dass e Spritzpistol nur nass macht. Der war so schnell weggelaufe mit dem Ding, dass ich 'n hab laufe lasse. Das war am nächste Tach widder Dorfgespräch, weil die Meggi ja nur um die Eck ihr Wohnung hat, un der Mattis laut schreiend durch die Straße gelaufe is un geschrie hat:
„Du blöder Papa, jetzt kannst du was erlebe! Ich schieß dich nass, bis du so nass bist, dass du nimmer laufen kannst, du blöder Papa!"
Der arm Kerl hat das Ganze noch immer nit verarbeit. Ich hab uns dann beim Psychologe angemeldet. Da wollt er zuerscht nit mit, awwer sogar die Oma, mei Mama, hat ihm gut zugeredt, da is er mitgegange, awwer nur weil die Oma's gesacht hat. Auf mich war der aach wütich, als ob ich de Frank weggeschickt hätt. Das is nachher dann alles rauskomm beim Herr Maurer, so heißt der Psycho-Onkel, wie Mattis 'n nennt. Aber der hat 'n gute Draht zum Mattis gefunne. Der hat den Mattis Figure aufstelle lasse für uns all in der Familie

und hat den Mattis dazu ausgefracht. Ich war selbst nit dabei awwer hinnerher war der wie umgedreht, der Mattis. In der Schul is der dann auch widder besser geworde und jetzt müsse der Mattis und ich nit mehr zusamme dort hin, der Herr Maurer arbeit jetzt allein mit dem Mattis und der is auf 'm aufsteigenden Ast, wie der Herr Maurer das jetzt ausdrückt. Die Frau Berger hatt mir zu dem Herrn Maurer gerate un se hatt auch defür gesorgt, dass ich schnell e Termin bekomme hab.

Ich halt jedefalls immer zu der Frau Berger. Egal was die Annere sache. S'gibt kei Bessere für mei Mizzi.

Un das mit der Infusion, das is meiner Meinung nach richtig. Ach nee, Inklusion, heißt's ja! Ich find aach, dass die Kinner, die in unserem Dorf wohne, aach bei uns in die Schul gehe sollte, egal, ob se e Daunsindrom, oder wie des heißt, hawwe oder ob se nit richtig laufe könne oder nit richtig sehe könne. Des is doch egal, Hauptsach, se könne mit de annere Kinner in die selb Schul gehen, odder? Da hat die Frau Berger sich widder was angang! Die sucht sich aach nit die leichteste Aufgabbe raus, gell?

Awwer des Schlimmste is die Woch komm: Morgens im Radio hawwe se's gesacht: Alle Schulen, bei dene die Schülerzahlen unter 80 falle, oder so ähnlich, werden geschlossen. Da hab ich sofort gedacht, ojeh, da is unser Schul debei! Ich hab's laut gedacht un die Mizzi hat's gehört. Direkt hat se natürlich gefracht:

„Mama, wo is unser Schul debei?" Ich hab's ihr dann erzählt, was ich gehört hab im Radio. Lügen kann ich ja net. Die Mizzi hätt mich eh so lang ausgequetscht, bis ich ihr's gesacht hätt. Da sach ich's lieber gleich. Das war e Theater! Die Mizzi hat sogar nach mir gehaue un geschrie: „Du lügst, Mama! Das sach ich der Frau Berger!", un dann is se weggerannt in die Schul.

Kapitel 7
Eine Konferenz, die gut verläuft und ihre Folgen

Wir sitzen im Lehrerzimmer. Es ist Dienstagnachmittag 13.30 Uhr. Gleich beginnt unsere Konferenz. Ich spüre förmlich das Damokles-Schwert über uns hängen. Das Thema Schulschließung rückt immer näher. Am morgigen Mittwoch wird in der Gemeinderatssitzung in Marienberg darüber diskutiert, welche der drei Grundschulen geschlossen werden. Am kommenden Samstag sind in der Landeshauptstadt Demos angesagt. Nahezu alle Eltern von Grundschulkindern im Land leben zurzeit in der Angst: Wird mein Kind weiterhin in unserem Dorf zur Schule gehen können, oder muss es früh am Morgen schon in einen Bus steigen und in den Nachbarort fahren. Wird mein Kind in einer sogenannten Mammut-Schule unterrichtet, die von Kindern aus allen umliegenden Orten besucht wird? Das betrifft dann nämlich auch die Eltern, deren Kinder am Ort und in der Schule bleiben können, wo sie wohnen.
Die Nickelshausener wollen sich mit einer großen Gruppe von Leuten vor der Sitzung an der Pforte der Gemeindeverwaltung einfinden. Sie werden mit Schildern bewaffnet sein, auf denen steht:
Wir wollen keine Schulschließung
Dann wollen sie der Sitzung beiwohnen und wenn notwendig, stänkern. Das wird bestimmt ein Gaudi. Ich bin als Schulleiterin extra zu dieser alles entscheidenden Sitzung eingeladen worden. Welch eine Ehre! Zu sagen habe ich dort aber nix. Wie ich die Marienberger kenne (und ich kenne sie gut, denn ich bin ja eine von ihnen),

werden sie sich in ihrer Entscheidung nicht zu Ungunsten Marienbergs einsetzen.
Die Marienberger haben mit den Stimmen der Nickelshausener zusammen schon so einige Schildbürger-Entscheidungen getroffen, deshalb traue ich denen jeden Schwachsinn zu.
„Aber liebe Frau Berger, zügeln Sie sich!", flüstert eine bekannte Stimme in mein Ohr.
Gestern, als ich gerade nachhause fahren wollte, standen Erzengel Bauer und Schulelternsprecherin Ursula vor meiner Bürotür und baten um Einlass. Sie hätten eine wichtige Message für mich: Ich solle mich in der Sitzung am Mittwoch als Schulleiterin überhaupt nicht äußern, denn ich wäre ja beamtet. Da steht man immer mit einem Fuß im Gefängnis, klärte mich Erzengel Bauer auf. Ich solle also so tun, als wäre ich gar nicht da. Wenn die Nickels dazwischen rufen würden, solle ich so tun, als hätte ich von Allem nichts gewusst. Na prima, und warum informiert man mich dann überhaupt? Auf der Konferenz würde ich also kein Sterbenswörtchen über das Vorhaben der Nickels verlieren dürfen.
„Was ist eine gute Schule?", eröffne ich die heutige Konferenz. „Ihr habt euch darüber Gedanken gemacht und tragt uns heute eure Überlegungen dazu vor." Ich schaue in die Runde, zu der sich unser Sonderschullehrer Herbert Herz und unsere AG-Leiter für die AG's "Theater" Eva Schmidt und "Body-Percussion" Henner Goldwein freiwillig dazu gesellt haben.
Herbert Herz, seines Zeichens Sonderschullehrer an unserer Schule, ist für insgesamt drei Kinder eingesetzt und deshalb mit 6 Wochenstunden an 2 Tagen hier bei uns. Die drei Kinder, die Herbert betreut, sind alle in

meiner Klasse. Das sind Anni und Karlchen aus dem Kinderheim in Marienberg und der andere Junge, Tom, ist seiner vorherigen Lehrerin (Er wohnte früher in einer anderen Stadt und ist erst seit ein paar Monaten bei uns in Nickelshausen) wegen Verhaltensauffälligkeiten ein Dorn im Auge gewesen. Mit seiner Schülerakte kam ein Riesen-Ordner mit, in dem stand, was er alles getan und nicht getan hat. Ich habe nur die ersten Seiten überflogen. Dann wurde das Strafregister von Tom mir langweilig. Scheinbar hatte diese Kollegin nichts anderes zu tun als Toms Missetaten zu dokumentieren?
Tom ist mir inzwischen ans Herz gewachsen. Er übernimmt sehr gerne bestimmte Aufgaben für die Klassengemeinschaft. So wischt er zum Beispiel jeden Morgen die Tafel aus, auch wenn noch was Wichtiges draufsteht. Gottseidank schreibe ich nicht oft Wichtiges an die Tafel. Ich schreibe überhaupt nicht viel an die Tafel. Sie wird meist von den Kindern als Mitteilungsobjekt benutzt und dient dazu, wichtige Zeichnungen zu beherbergen. Diese wurden mit Magneten von den entsprechenden Zeichnern dort hin gehängt. Tom hängt sie gegebenenfalls wieder sofort ab, wenn sie nicht seinen eigenen Vorstellungen entsprechen. Das geht ihm natürlich selten durch. Er hat es mit willensstarken Gegnern zu tun, die sich nicht so leicht damit abfinden, wenn sie fremdbestimmt werden. Meistens gehen diese Auseinandersetzungen ohne Schlägerei über die Bühne. Insofern hat Tom auch Glück gehabt, dass er in eine recht friedliebende Klassengemeinschaft hinein geraten ist. Es finden sich nämlich fast immer Streitschlichter, wenn Tom mit dem nicht immer friedliebenden Max aneinander gerät.

Herbert Herz war bereitwillig auf meinen Vorschlag eingegangen, mit im Klassenraum zu bleiben, anstatt wie bisher üblich, seine Schützlinge aus dem Unterricht raus zu nehmen und in einem Nebenraum irgendwas zu machen, was keinen Zusammenhang zum Unterricht in der Klasse hat. Nein, er bleibt im Klassenraum und kümmert sich während des Unterrichtsgeschehens, sozusagen als Co-Lehrer um alle Kinder. Das genießen wir beide sehr, da keiner von uns bisher die Erfahrung enger Zusammenarbeit so positiv erlebt hat und weil die entsprechenden Kinder nicht ausgeschlossen, sondern integriert werden. Herbert schreibt gerade an einer Doktorarbeit über dieses Thema, das er 'Inklusion' nennt, weshalb er vom Team des Öfteren einmal auf den Arm genommen wird, etwa mit den Worten:
„Ach, da ist ja der Herr Doktor! Vielleicht fragen wir doch den mal, was der davon hält?" Herbert macht sich da nix draus. Er bleibt recht cool in diesen Situationen und steht Rede und Antwort, als hätte er das nicht gehört. Aber weil er wegen seiner Doktorarbeit sehr an handlungsorientiertem Unterricht interessiert ist, meldete er sich gleich an, als er von der Konferenz erfuhr, in der das Thema "Gute Schule" vom Lehrerteam ausgewählt wurde. Er hat mir letzte Woche erzählt, dass er sich auch Gedanken gemacht hätte und fragte ob er die in der Konferenz zum Besten geben dürfte. Aber hallo! Natürlich darf er das! Für mich gehört er zum Team und ich hätte ihn am liebsten ganztägig und jeden Tag als Co-Lehrer in meiner Klasse. Aber das ist, wie wir alle wissen, Zukunftsmusik. Till fragte mich einmal bei einer Klassenfahrt:
„Frau Berger, wieso ist denn der Herr Herzchen nicht dabei? Ist der Herzchen nicht ihr Mann?". Da bekam er

von der Mizzi einen kräftigen Knuff in die Seitenleiste: „Bist du bescheuert? Die Frau Berger ist doch mit'm Herrn Berger verlobt, weißt du das denn nicht?" Da guckte Till mich irgendwie verständnislos aus seinen wasserblauen Augen an. Er hat wohl tatsächlich geglaubt, ich sei mit Herbert verheiratet.
Eva Schmidt ist eine hervorragende Regisseurin im örtlichen Theaterverein. Sie leitet seit vielen Jahren die Kinder- und Jugendgruppe des Theatervereins. Außerdem ist sie vierfache Mutter und zählt mit zu den aktivsten Eltern unserer Schulkinder. Ihre Jüngste, die Kathi geht in meine Klasse. Als ich die erste Kinder- und Jugendaufführung in Nickelshausen gesehen hatte, habe ich Eva gleich nach der Vorstellung vom Fleck weg für die Schule engagiert. Die Vorstellung "Des Kaisers neue Kleider" war Film-reif. Der Bär und ich hatten uns köstlich amüsiert. Das Ganze war eine glückliche Fügung, da mehrere Wochen vor Schuljahresbeginn vom Ministerium für die Aktion 'Wir im Verein mit dir' geworben wurde. Um die Vereine in den Dörfern zu fördern, lässt das Ministerium sich nicht lumpen und spendet den Akteuren aus den Vereinen, die in den Schulen AG's leiten, jeweils 20 € pro Doppelstunde. Ich, nicht faul, meldete mich sofort beim Ministerium, um gleich zwei Vereine für unsere Schule heran zu ziehen. Glück gehabt! Beide sind genehmigt worden, aber nur, weil sich im ganzen Umkreis keiner die Mühe gemacht hat, einen Antrag zu stellen. Sind einfach zu beschäftigt, die Herren Kollegen!
Der "Spielmannszug" ist in der heutigen Zeit so manchem Erdenbürger als Begriff nicht mehr bekannt. Um nur ein Beispiel zu nennen: Beim Karneval ist der Spielmannszug immer ein Glied im örtlichen Karneval-

sumzug, das man sich nicht wegdenken kann. Henner Goldwein ist ein junger Musiker, der die Kinder in unserer Schule für sein Projekt 'Body-Percussion" begeistern konnte. Da ich persönlich schon einen selbigen Kurs besucht habe, wusste ich sofort, was er meinte, als er bei mir an der Büro-Tür angeklopft hatte und sein Gesicht kannte ich sofort. Den Marienberger Karnevals-Umzug habe ich mir noch nie entgehen lassen.

Musik mit dem eigenen Körper zu machen, das birgt unvorstellbare Variationen in sich: Schnipsen mit den Fingern, mit der Zunge schnalzen, klatschen mit den Händen, trampeln mit den Füßen, um nur ein paar Möglichkeiten zu nennen. Die Kinder lieben das. Mittlerweile ist Henner Goldwein durch seine Auftritte mit unserer Kindergruppe schon im ganzen Bundesland bekannt. Kein Wunder, dass unser Marienberger Schulleiter, Erich Gropius ist sein Name, jetzt natürlich seinen Antrag beim Ministerium angeblich auch schon gestellt hat. Ja, hat er natürlich schon längst gemacht, na klar! Nur Henner weiß davon noch nix, wie seltsam.

Erich Gropius ist seines Zeichens auch noch Ortsvorsteher von Marienberg.

Der Franz Becker, Ortsvorsteher von Nickelshausen, und der Erich Gropius, die sind zwar in derselben Partei, können sich aber gegenseitig überhaupt nicht riechen. Wie heißt's doch so schön? Feind, Erzfeind, Parteifreund. Soll eine Steigerung darstellen. Ich hab's zuerst auch nicht kapiert, bis ich die beiden kennengelernt habe. Das heißt, den Erich kenne ich ja schon seit Kindesbeinen. Er ist der große Bruder meiner Kinderfreundin Marie-Theres. Für uns beide war er eine Landplage. Auf Schritt und Tritt verfolgte er uns und wenn ich bei Marie-Theres geschlafen habe, hat er uns des Nachts als Geist erschreckt. Jetzt erschreckt er mich neuerdings mit seinen Ideen für Marienberg. Dort will er in die Ortsmitte eine Grundschule reinquetschen. Absurd, diese Idee. Wird ja hoffentlich keiner ernst nehmen. Noch ist die Grundschule ja der Gesamtschule Marienberg angegliedert und befindet sich im selben Gebäude. Für seine Grundschulkinder hat Erich nicht ganz so viel Zeit, wie für die Politik, wird ihm nachgesagt. Aber das sind böse Nachreden und ungerecht dazu! Ist doch ganz natürlich, dass mal das Telefon klingelt während des Unterrichts, oder? Man ist doch schließlich viel beschäftigter Politiker und da haben Störungen Vorrang. Sein bester Freund, der Staatsminister für Bildung, ruft ab und zu mal an, newahr. Da kann man doch den Unterricht mal unterbrechen. Für den Henner hat Erich jedenfalls keine Zeit gehabt, als der an seiner Bürotür angeklopft hat. Er wollte sich nicht mal anhören, was der Henner zu bieten hat. Naja, Pech gehabt, Erich! „Aber liebe Frau Rektorin Berger!", höre ich Schulrat Dr.Breuer zu mir sprechen „was sind das denn für Gedanken?"

„Ähem", räuspert sich unsere Jüngste, Silke Schnee, jetzt. „Ich habe mir einige Gedanken gemacht und auch in der Literatur nachgeschaut. Darf ich anfangen?", fragt sie in die stille Runde der Kollegen. Diese nicken eifrig, denn keiner von ihnen will den Anfang machen, oder hat vielleicht keiner überhaupt was gemacht, außer Silke? Etwas für eine Konferenz vorzubereiten, das sind sie ja gar nicht gewohnt.

Erzengel Bauer hat nämlich die Konferenzen selbst geführt. Das heißt: Sie hatte das Wort. Immer. Man brauchte sich nicht vorzubereiten und man brauchte

auch überhaupt nix zu sagen. Man konnte sich zurücklehnen und zuhören.
Hermine hat es sogar einmal fertig gebracht, während einer Dienstbesprechung für ihr ältestes Hündchen ein neues Winterkostüm zu stricken.
Silke hat immer fleißig Protokoll geführt und konnte deshalb kaum aktiv an den Konferenzen teilnehmen. Hänschen ist meistens sanft eingenickt und der einzige der wirklich zugehört hat, war Egon. Der hat aber auch ab und zu mal widersprochen. Woher ich das weiß? Als feststand, dass ich in Nickelshausen Schulleiterin werde, durfte ich zwei Mal an diesen spannenden und überaus nervenaufreibenden Sitzungen teilnehmen. Als Gast natürlich, versteht sich.

Jetzt müssen sich ALLE vorbereiten und niemand kann sich einfach ausklinken, da wir im Anschluss an die Vorträge eine Diskussion führen werden, in der es um die Vorschläge für unser neues Schulkonzept geht. Da sind ALLE gefragt und alle müssen daran mitarbeiten, auch die Kinder. Sonst ist es ja kein Schulkonzept, sondern ein Schulleiter- oder Lehrerkonzept.
„Was, die Kinder?!" hat Hänschen entrüstet gefragt. „Das hat's ja noch nie gegeben, dass Kinder mitbestimmen können. Die sind doch noch viel zu klein dafür." Es stellte sich dann aber raus, dass die Kinder sehr konkrete Vorstellungen davon haben, was eine gute Schule ist und sie haben es uns auf Zettel geschrieben und bei den Schülersprecherinnen und - Sprechern eingereicht. Diese Zettel lese ich zum Schluss der Konferenz vor, sozusagen als Beweis dafür, dass Kinder DOCH eine eigene Meinung zu einer guten Schule haben.

„Also:", beginnt Silke ihren Vortrag „Ich habe bei dem Gründerteam der Laborschule in Bielefeld, Otto Herz und Hartmut von Hentig nachgelesen, was die dazu meinen: ‚Die Aufgabe der Schule ist es, das Gelingen zu organisieren und nicht das Misslingen zu dokumentieren." Das ist ein Kernsatz von denen. „Lernen muss eine gute Erfahrung sein", sagen beide, denn nur durch gute Lernerfahrungen ist lebenslanges Lernen möglich. Die sagen, dass man in der Schule intelligentes Wissen erfahren soll. Wenn z.B. auf der Autobahn mir mein GPS die Anweisung gibt „Bitte wenden!", dann hilft nur intelligentes Wissen.
Deshalb sollen wir die Kinder nicht mit Wissen vollstopfen, bis ihre Köpfe verstopft sind, sondern wir alle sollten die 'organisierte Lernverstopfung' umorganisieren.
Die Kinder sollen das 'Lernen lernen'.
‚Um eine gute Schule zu organisieren, brauchen wir alle Beteiligten: die Kinder, die Eltern und auch Partner im Gemeinwesen.' Das sind zum Beispiel Menschen aus Vereinen oder Künstler u.s.w.", sagt Silke und schaut dabei Eva Schmidt und Henner Goldwein ganz herzlich an. Und zum Schluss stellt Silke heraus, dass die Präsenz eines Schülerparlaments zu einer Atmosphäre der Achtung, der Anerkennung und der gegenseitigen Akzeptanz führen würde.
Ich bin total fertig. Das hätte ich von unserem Küken nicht erwartet. Jetzt schaut sie scheu in die Runde, in der es ganz still geworden ist. Ich sehe ihr an, dass sie ganz unsicher ist und breche als Erste das Schweigen:
„Liebe Silke, du hast dir echt Gedanken gemacht und ich finde deinen Beitrag deshalb so gut, weil du alle Beteiligten in einer Schule mit bedacht hast. Du hast

auch die Leistungsbeurteilung angesprochen indem du aufgegriffen hast, dass meistens das 'Misslingen' dokumentiert wird. Was können wir also in unserer Dokumentation des Lernens hier konkret an unserer Schule verändern? Nimmst du das bitte ins Protokoll auf, Egon? Und wie können wir intelligentes Lernen organisieren? Das sind die beiden Kernfragen, die wir uns hier stellen müssen. Wirklich sehr gut, Silke. Danke für deinen Beitrag!"
Silke wirkt jetzt sichtlich erleichtert. Wie sie mir später gesteht, hat sie befürchtet, mit ihrem Beitrag bei den Kollegen anzuecken. Vor Allem, weil sie die Kinder vorrangig mit ins Lernen einbeziehen möchte. Nun sieh mal an! Da haben sie auf der Uni ja doch irgendwie etwas Nützliches gelehrt. Das gefällt mir. Dort ist die Zeit scheinbar nicht stehengeblieben. Halleluja!
Als Nächstes meldet sich Herbert. Er spricht frei und kommt sofort auf sein Thema, die Inklusion:
„Weder die Beurteilung von Schülerleistungen durch Ziffernnoten, noch auf Jahrgangsklassen bezogene Standards sind nützlich für die Qualitätssicherung und Leistungsbeurteilung in heterogenen Lerngruppen."
Unter 'Heterogene Lerngruppen' versteht Herbert jahrgangsgemischte Klassen. Für ihn sind alternative Formen der Leistungsmessung wie z.B. Kompetenzraster oder Verbalbeurteilungen die Bausteine für eine Inklusive Schule. Hey, das bringt mich auf eine Idee! Wir könnten doch, wenn wir zu wenig Kinder haben, jahrgangsübergreifende Klassen einrichten. Ich notier mir's gleich. Das ist für mich sowieso kein Problem. Dadurch, dass Herrchen so oft fehlt, sind die Kinder nach einem festen Plan zur Hälfte in meiner Klasse mit dabei und zur anderen meistens in Egons Klasse. Sehr

oft habe ich also gemischte Jahrgangsgruppen und ich finde das sehr bereichernd. Vor allem der Tom nimmt sich gerne der kleineren Kinder an und zeigt ihnen, wie man dies oder jenes schreibt oder rechnet. Er fühlt sich dann sehr wohl als starker Helfer. Vor Kurzem hat's an der Tür geklopft und der kleine Justin aus der ersten Klasse kam schüchtern in den Klassenraum und hat gefragt, ob der Tom ihm mal eben helfen wollte. Er käme mit einer Mathe-Aufgabe nicht zurecht. Das fand ich nun wiederum gut von Hermine, dass sie Justin erlaubt hat, den Tom um Hilfe zu bitten. Unser Tom ist dann mit geschwollener Brust und erhobenen Hauptes mit Justin in seine Klasse gegangen, um dort nicht nur ihm, sondern auch drei anderen Erstklässlern bei den Mathematik-Aufgaben zu helfen. Ich glaub, ich schick Herrchen mal auf einen Mathe-Kurs. Dann kann Tom in ihrer Klasse den Unterricht übernehmen. „Aber liebe Frau Schulleiterin! Was ist denn das für ein Gedanke?" Ja, lieber Herr Schulrat: Kinder an die Macht!

„Inklusion braucht ein Schulleben in dem Vielfalt als Stärke erlebt wird.", schließt Herbert seinen Vortrag mit hochrotem Kopf. Herbert spricht mir aus der Seele. Er hat sich ja ziemlich kompliziert ausgedrückt, obwohl er frei gesprochen hat, der Gute. Ich bin auch davon überzeugt, dass die Hälfte der Kollegen und erst recht fast kein Mensch im Dorf, je was von Inklusion gehört haben. Ich habe das Thema vor Kurzem mal auf einem Elternabend angesprochen. Das war sehr gewagt von mir, denn der Herr Böck hat's gleich weitergeleitet an den Herrn Schulrat. Nur der war leider seit ein paar Tagen nicht mehr zuständig für die Angelegenheit. Ich hab's läuten hören, (ha ha, jetzt läutet's auch schon bei MIR) dass der Herr Böck mit der Angelegenheit zu

Erich Gropius gegangen ist und der hat's bestimmt seinem Freund, dem Bildungsminister verpetzt. Wie wir ja wissen, hat mein Kinderfreund Erich einen direkten Draht ins Ministerium. Dort ist das Wort 'Inklusion' noch ein Fremdwort, newahr, und alle, die sich in irgendeiner Weise öffentlich darüber äußern, sind Ketzer.

Ich blicke mich im Kreise meiner Kollegen um und stelle fest, dass das Wort 'Inklusion' auch für die ein Fremdwort ist. Ich sage ja, es ist so einfach wie nix Anderes auf der Welt, dass alle Menschen ein Recht auf Bildung haben, und nicht nur die, die gerade gewachsen sind und nach außen hin normal erscheinen. Deshalb finde ich, solange ein Mensch keine Gefahr für andere darstellt, kann er doch mit allen anderen in dieselbe Schule gehen. Bestimmte Voraussetzungen müssen dazu natürlich geschaffen werden:

Wenn ein Kind im Rollstuhl sitzt, dann müssen die räumlichen Verhältnisse stimmen. Wenn ein Kind nicht in der Lage ist, einen Stift in der Hand zu halten, dann muss jemand da sein, der das für dieses Kind tut. Wenn ein Kind hochbegabt ist, dann muss die Lehrperson in der Lage sein, dieses Kind bestmöglich zu fördern, damit es nicht verhungert, geistig natürlich, meine ich. Ist doch einfach, oder? Keiner soll benachteiligt werden und keiner soll auf der Strecke bleiben. Das sagen die Finnen jedenfalls und die haben es geschafft, eines der besten Schulsysteme auf der ganzen Welt aufzubauen. Es hat ein paar Jahre gedauert, aber wie die Pisa-Studie seit Jahren nachweist, ist den Finnen das in außerordentlich guter Manier gelungen:

Alle Menschen sind vor dem Gesetz gleich und haben ein Recht auf Bildung, gemeinsam mit anderen

Menschen zusammen. Das ist doch sehr einfach und muss von jedem verstanden werden. Aber da habe ich mich offensichtlich sehr getäuscht. Hänschen läuft hochrot an. Jetzt kommt ein Wort-Erguss von ihm, da bin ich mir sicher. Nein, er sagt nix. Er schweigt.
Er schweigt, das ist noch schlimmer. Wahrscheinlich hat er sich noch nicht die richtigen Worte zurechtgelegt um zum Gegenschlag auszuholen.
„Ich hab mir auch ein paar Gedanken gemacht.", sagt Egon „Was ich in den letzten Jahren immer häufiger festgestellt habe, ist, dass es unserer Gesellschaft an Bewegung fehlt. Wir haben viel zu wenig Sportstunden und deshalb finde ich, dass wir die Bewegung halt mit in den Unterricht einbauen müssen. 'Lernen durch Bewegung', das hab ich auch mal irgendwo gehört. Ist nachgewiesen, dass das besser funktioniert." Sollte er aus Versehen in meinem Buch über Maria Montessori herumgestöbert haben? Jetzt fällt Hänschen die Kinnlade runter.
„Lieber Egon, wie stellst du dir das vor? Soll ich im Mathematik-Unterricht etwa Morgengymnastik machen?" „DU sowieso nicht, aber den Kindern würde es vielleicht Spaß machen.", scherzt Egon.
„Aber so habe ich es doch nicht gemeint. Ich denke, wenn wir merken, dass ein Großteil der Kinder unruhig wird, dann wird's Zeit für ein wenig Bewegung. Dann gelingt das Rechnen nachher umso besser." Egon schaut sich in der Runde um und bekommt durch unser aller Kopfnicken Zustimmung.
„Ich hab auch schon entsprechende Musik dazu aufgenommen und hab auch feste Vorstellungen von der Art der Bewegung. In meinem NLP-Kurs hab ich bestimmte Bewegungsformen gelernt, die das Gehirn

zum Denken anregen sollen." (NLP – damit meint er ‚Neurolinguistisches Programmieren')
Sofort erhebt er sich und macht einige Übungen vor. Herbert, Henner, Eva und ich stehen spontan auf und machen mit. Das macht Spaß, denn man muss sich wirklich konzentrieren um abwechselnd mit der einen Hand an die Nase zu greifen und mit dem anderen Arm drüber zu fassen um das rechte oder entsprechend das linke Ohr anzufassen. Auch Silke steht jetzt auf und macht mit. Danach massieren wir unsere Ohren. Dann behandeln wir unsere Kopfhaut wie eine Perücke und tun so, als ob wir diese hin und her zurechtrücken würden. Es ist witzig, aber ich fühle mich danach tatsächlich erfrischt. Egon sagt uns jetzt auch, dass man den Recorder natürlich immer griffbereit haben muss und vor der Übung das Fenster weit öffnen soll. Ich freue mich über einen so konstruktiven und in die Tat umsetzbaren Vorschlag.
„Lernen durch Bewegung, das hat Maria Montessori auch in den Mittelpunkt ihrer Arbeit gestellt." So beginne ich meinen Beitrag zum Erstellen unseres Schulkonzepts, nachdem wir festgestellt haben, dass Kollege Hans leider keine Zeit hatte, sich auf unsere Konferenz vorzubereiten. Er hatte Klassenarbeiten nachzusehen (als Einziger von uns?) und verschiedene Arzttermine sind ihm auch noch dazwischen gekommen. Und außerdem wollte er sich ja nach Ankündigung der Schulschließungen sowieso nicht mehr für eine Schule engagieren, die bald geschlossen wird. Na bravo! Dankeschön, lieber Herr Grossmann, ganz großartig! Du hast also unsere Schule schon aufgegeben.

„Liebe Frau Berger, ärgern Sie sich nicht, wundern Sie sich nur!", höre ich unseren Schulrat flüstern.
Das beruhigt. Ich jedenfalls sehe unsere liebe kleine Dorfschule nicht so schnell als verloren an, obwohl ich stark um sie zittere. „Maria Montessori hat Materialien erfunden, mit denen die Kinder hantieren müssen und durch die sie beispielsweise grammatische oder auch mathematische Zusammenhänge besser erfassen können."
Dazu habe ich mir von meiner Schulleiter-Kollegin Annemarie das Material zur Bruchrechnung, das 'Goldene Perlen-Material' zur Punkt und Strichrechnung und das Grammatik-Material zur Satzglieder-Bestimmung ausgeliehen. Ich führe den Kollegen auch vor, wie man damit arbeitet. Sogar Hänschen will das Material zur Bruchrechnung anschauen und probiert jetzt fasziniert, während ich weiter rede, ungehemmt daran herum.
„Ich möchte diese Materialien auch für unsere Schule anschaffen, damit die Kinder sozusagen 'mit Kopf, Herz und Hand' lernen können. Maria Montessori hat diese Materialien zuerst für geistig behinderte Kinder entwickelt. Dann hat sie festgestellt, dass alle Kinder die Mathematik anhand der 'goldenen Perlen' besser begreifen. So ist sie auch in der ganzen Welt berühmt geworden."
Das Team ist mit meinem Vorschlag einverstanden. Herrchen ist ganz gierig und will sofort damit arbeiten. Sie meint, dass sie jetzt selbst ein Aha-Erlebnis hatte, als sie die Bruchrechnungskreise ausprobiert hatte und sie gesteht uns, dass sie Mathe als Schülerin nie kapiert hat. Aha, da haben wir's. Ich finde es gut, dass sie ehrlich mit ihren Schwächen umgeht und schlage ihr gleich den

Besuch eines Montessori-Mathe-Kurses vor, der im Sommer am Bodensee stattfindet. „Wenn meine Mutter die Hunde übernimmt, werde ich gehen!", stimmt sie begeistert zu. Wie gut für unsere Erstklässler! Vielleicht kommen sie dadurch doch noch zu einer guten Mathe-Lehrerin. Und vielleicht profitieren wir ja alle davon, wenn Hermine Herrchen in Zukunft seltener fehlt. Ich denke, dass wir während ihrer Abwesenheit (der Kurs dauert drei Wochen) keine Probleme haben werden, durchzuhalten. Gemeinsam schaffen wir das, da bin ich sicher. Jetzt gibt es jedenfalls für mich nur noch die Feststellung zu machen: „ Somit haben wir schon drei Eckpfeiler für unser Konzept erstellt:
Humane Leistungsbeurteilung ohne Ziffernnoten, Inklusion und schließlich: Lernen mit und durch Bewegung. Das Schülerparlament haben wir ja bereits und nun will ich auch noch vorlesen, was die Kinder zu einer guten Schule meinen. „Können wir das nicht wann anders besprechen?", unterbricht mich Hermine, die sich auch noch keine Gedanken machen konnte, da Anton, ihr jüngster Hund zurzeit krank ist und sie täglich zum Tierarzt fahren muss. „Ich weiß gar nicht, ob Anton das so lange ohne mich aushält.", jammert sie.
„Ein klein wenig muss Anton schon noch ausharren", beschwichtige ich Herrchen. „Es dauert wirklich nicht mehr lange und du willst doch bestimmt hören, was die Kinder zusammen getragen haben, oder?" Dem stimmt Hermine dann doch zu, denn die Kinder mag sie genau so gern wie ihre Hunde und das will bei Hermine etwas heißen.
Hallo Lehrer! Wir Kinder sind froh mit euch. Die Schule ist gut. Ihr habt uns gefragt, was wir noch verbessern

könnten und da haben wir überlegt. Das haben wir gesammelt und auf Zettel aufgeschrieben.
Auf einem großen Blatt waren sämtliche Zettel aufgeklebt. Themengleiche Zettel waren meistens zusammengeklebt:
Die Mathestunden dauern zu lange. Dann kann ich nicht mehr aufpassen.
Nicht so viel Mathe, dafür lieber Sport.
Mir brauchen mehr Sportstunne. Die mache Spas.
Ich finde, wir haben zu wenig Musik. Ich spiel 2 Instruments.
Die Musikstunde falen oft aus. Mehr Musik wünschen wir
Ich schreib gern Gschichte. Warum könne mir net mehr Spaß habe. Ich mag kein Note für mei Geschichte. Ich find die gut. Digtat is blöd. Note sin blöd.
Viel zu wenig Zeichne. Net immer nur schreibe. Kein Diktate mer. Die sin su schwer. Ich hab imer schlechte Noten.
Ich finde, wir haben zu viele Deutschstunden. Warum nicht mehr Mathe. Till Klasse 2.
Mir habe kein Schbas beim Rechne. Des is langwielg. Anna Klase 1
Rechn is schwäa . Mathilde Klasse 1.
Unser Schultür steht immer off - des stört mich. Könne mir net öfder Sport mache?
Die Lehrer sind nett. Die sollen so bleiben.
De Gunnar wierd imer ausgelacht. Des find ich net gut. Mir müsse drüver spreche
Die Hannah kommt viel zu oft zu spät. Die Kinder sollen pünktlich kommen. Mir gefällt der Stuhlkreis am Morgen. Ich mag keine Diktate. Das Schülerparlament gefällt mir auch. Das soll bleiben. Kathi Klasse2.

Ich mag, wenn mir diskutiren. Ich will, dass die Schule aufbleipt. Ich will immer dieselb Lehrarin habe. Die is nett. Tom

Die Pausen find ich gut, weil die awer zu kurz sin, find ich nich gut. Die Kinner solde nich so viel zanke. De Chrisi haut mich immer. Die Lehra helfe mir net in de Pause.

De Lehre hört mir ni zu, wenn ich dem was sach. Des find ich net gut. Ich möcht auch ofd was sache. Die Kinner höre mir net zu.

Ich würd gern habe, wenn die Schul net zugemacht wird un des Heim wär in Negelshause . Ich find die Schule gut. Anni

Wenn mei Nase läuft, lache die Anere mich imer aus. Scheiskram ich kann doch nix defür. Die Anni hat immer Daschdücher debei un hilft mir. Des is nett.

Die Schul is gut. Die soll bleiben wie sie is.

Während ich die Zettel einzeln vorlese kommen so Kommentare wie:

(Egon) „Oh, das war bestimmt der Kalle, dem sind immer die Pausen zu kurz!" oder: (Silke) „Unglaublich, wie Kinder denken! Sie mögen keine Ungerechtigkeit."

Oder es wird herzlich gelacht über das Nasenlaufen von Karlchen. Ich lache zwar auch, aber ich denke, ich muss mich endlich darum kümmern und das Heim mal wieder besuchen. Gegen Schnupfen gibt es gute Mittel. Karlchens Nase läuft nämlich immer, das stimmt. Mit Annis und Karlchens Erzieherin pflege ich einen regen Kontakt. Sie gibt sich außerordentlich viel Mühe mit den beiden Geschwistern. Die Eltern der Kinder sind Schausteller und wollen aber, dass die beiden Geschwister immer dieselbe Schule besuchen. Deshalb haben sie die Kinder schweren Herzens in das

Marienberger Kinderheim gegeben, hauptsächlich weil die Anni und das Karlchen sich hier so wohl fühlen. Aber das Heimweh nach den Eltern ist groß. Deshalb muss ich mich in besonderer Weise um die Beiden kümmern. Jetzt gerade habe ich das Gefühl, dass ich die Beiden in letzter Zeit ein wenig aus den Augen verloren habe.

Was jedoch insgesamt aus den Zetteln zu erfahren ist (es folgen noch ungefähr 25 Zettel mit ähnlichem Inhalt), dass die Kinder fast dieselben Wünsche haben, wie die Erwachsenen: Mehr Sport, also mehr Bewegung, da sogar die Pausen zu kurz sind – keine Noten für Diktate und Aufsätze – interessanten Unterricht – sie wollen mehr reden – wollen respektiert werden – mehr Geschichten schreiben, aber mit respektvoller Bewertung – sie möchten, dass man ihnen zuhört, dass man sich um sie kümmert, wenn sie Sorgen und Probleme haben – sie möchten Probleme besprechen.

Unsere Ziele werden im Protokoll festgehalten. Silke hat sich bereit erklärt, das von uns Erarbeitete in unserem Schulprogramm festzuhalten. Sie ist fit am Computer und behauptet, dass ihr das Ganze keine Mühe macht. Als Nächstes wollen wir mit den Kindern eine neue Schulordnung erarbeiten. Das soll jeder in seiner Klasse machen und im Schülerparlament soll dann abgestimmt werden, was alles in die Schulordnung rein soll. Wenn alles fertig ist, könnten wir einen Flyer über unsere Schule herstellen. Dann sieht vielleicht auch der Minister persönlich ein, dass man eine solche Schule unter keinen Umständen schließen darf (was für ein naiver Gedanke von mir!).

Ich bin zufrieden. Auf der Heimfahrt denke ich über die Schule, das Team, aber auch über mein Privatleben nach. Mir wird angst und bange, wenn ich daran denke, auf welch wackeligen Beinen unsere kleine Schule zurzeit steht. So eine erfolgreiche Konferenz hat's bei uns schon lange nicht mehr gegeben.
Die Kollegen waren zufrieden.
Selbst Hänschen war zum Schluss nicht mehr so muffelig und hat versprochen, dass er sich mit Silke zusammensetzt und ihr bei der Erstellung des Schulkonzepts hilft.
Das hat mich gefreut und ich war besänftigt.
Wenn ich an meine Lieben denke, dann geht mir das Herz auf: Ein mich liebender Mann, gut geratene Kinder, meine Eltern sind beide bei guter Gesundheit und wohnen in meiner Nähe, so dass ich sie jederzeit sehen kann und meine einzige Schwester hat mein Elternhaus übernommen und ist immer für die Eltern da, wenn's Probleme gibt.
Dass der Bär und ich jetzt in der Nähe wohnen, ist ja erst so, seit ich in Nickelshausen Schulleiterin bin. Der Bär hat seine Ausbildung in den USA, genauer gesagt, in Texas gemacht, weshalb wir unseren Wohnsitz zwei Jahre nach Dallas verlegt haben.
Die Kinder waren zu diesem Zeitpunkt noch klein und haben mit Leichtigkeit Englisch gelernt. Für Barbara war es damals schon klar, dass sie zu ihrem Studium zurück nach Texas gehen würde. Und sie hat es wahr gemacht.
„Ich bin verliebt in Texas, mein wildes Texas.", hat sie immer gesagt. Dass sie einmal wirklich auch in einen texanischen Mann verliebt sein würde, hat sie ja damals noch nicht gewusst.

Nicky ist Gottseidank in der Nähe geblieben. Es ist mir am Anfang sehr schwer gefallen, die beiden Kinder loszulassen.

„Aber Puppe, das ist doch besser wie 'Hotel Mama', oder? Findest du nicht? Jetzt hab ich dich endlich mal für mich allein.", schloss er seine Überlegungen und nahm mich dann in seine starken Arme um mich zu trösten.

Ich hatte nämlich vorher geweint und wollte einfach nicht akzeptieren, dass beide Kinder mich fast gleichzeitig verlassen haben.

Der Bär hatte damit offensichtlich weniger Probleme.

„Männer!", denke ich laut, als ich die Haustüre aufschließe.

„Hast du's mit mir?", ertönt es aus der Küche.

Diesmal habe ich es tatsächlich mit dir, lieber Bärtram.

Es duftet nach Pfannkuchen á la Bär. Hmm!

Kapitel 8
Eine Katastrophe kündigt sich an

Ich sitze am Tisch, die Beine hochgelegt, mein Lieblingsbuch über gesunde Ernährung in der Hand und schmökere gerade auf Seite 37.
„Bär, hast du das gewusst? Leinöl ist sozusagen ein Alleskönner, der zudem gegen ADHS wirkt.", rufe ich zum offenen Fenster hinaus, damit der Bär mich draußen hören kann.
Er rupft gerade mit Inbrunst den lieblich gewachsenen Löwenzahn zwischen unseren Terrassenplatten heraus. Bevor die kleinen Schirmchen sich auf die Reise machen findet der Hausherr jedes Mal noch gerade so den Absprung (ohne Schirm) und kümmert sich liebevoll um diese köstliche Heilpflanze.
„Warum sollte ich das wissen? Ich weiß nicht mal, was ADHS ist.", kommt's aus dem Löwenzahn-Beet.
Ich stöhne ganz laut und lasse die Luft hörbar durch die Nasenlöcher strömen. Der Bär hört's leider nicht. Scheint sich auch nicht dafür zu interessieren.
Ich schreie laut, damit er's hören kann:
„ADHS ist ein Aufmerksamkeits – Defizit - Hypeaktivitäts -Syndrom!"
„Und was heißt das jetzt? Ist das 'ne Krankheit?", schreit der Bär zurück. „Und wer von uns beiden muss dieses Öl jetzt nehmen?"
Typisch mein Ehemann. Der bezieht immer alles gleich auf sich. Obwohl. Wenn ich es mir genau überlege, könnte der Bär tatsächlich ADHS haben. Hyperaktiv ist er ja sowieso, denn er bastelt ständig an irgendwas herum oder rennt im Haus umher auf der Suche nach diversen Werkzeugen, die er gerade einmal kurz für

irgendwas zu reparieren braucht. Was für ein Glück, dass ab und zu mal was im Hause Berger kaputt geht, damit der Hausherr es reparieren kann! Was für ein Glück, dass der liebe Zahn des Löwen ab und zu gezogen werden muss. Dann kann man sofort danach ja auch gerade noch eben die Hecken schneiden.

Die 'Bin gleich fertig, Puppe, kannst ja schon mal den Tisch decken'-Nummer ist bei uns an der Tagesordnung. Wenn das nicht hyperhyperaktiv ist, fress ich einen Besen, Leute!

Ein Aufmerksamkeitsdefizit macht sich zuweilen beim Bär auch schon mal bemerkbar. Genau dann, wenn er mir nur mangelhaft bei meinen Vorträgen über die menschliche Gesundheit zuhört. Dann finde ich das ganz schön defizitär. Ja, vielleicht leidet der Bär wirklich auch unter dieser Krankheit. Denn eine Krankheit ist das ADHS wirklich. Ich hab gelesen, dass diese Störung auf einen Mangel an essentiellen Fettsäuren beruht, die sich in bestimmten Ölen befinden.

„Igitt, wie kannst du dir nur Salatöl auf die Haut schmieren?!", empörte sich meine Tochter, als sie sich einmal morgens neben mir am Waschbecken die Zähne putzte.

„Erstens geht dich das gar nix an und zweitens ist Arganöl nicht nur ein Salatöl, sondern die Berber-Frauen benutzen es sehr vielseitig. Damit du's weißt: Auch als Kosmetikum."

„Aber Mama, du bist doch keine Berber-Frau. Das ist doch eklig, wenn man sich Fett auf den Hals schmiert!"

„Das ist es nicht. Siehst du? Es zieht gleich ein, das Öl. Und mein Hals ist ganz geschmeidig, fühl mal!" Meine Tochter wollte nicht fühlen, sie musste ja sofort zum

Bus um rechtzeitig zur Schule zu gelangen. Überhaupt, nehmen meine Familienmitglieder mich allesamt nicht ernst. Meine Bemühungen um die Gesundheit verschmähen sie in widerlicher Weise: Sie hören mir einfach nicht zu, und wenn, dann verspotten sie mich hinterher.

„Du kannst dich doch noch ein wenig einsalzen und dann auf den Grill legen, Mama, dann wirst du schneller goldbraun gebraten.", kommentierte Nick einmal meine Einreibung mit Arganöl vor dem Sonnenbad. Die Berberfrauen erwähne ich schon gar nicht mehr. Die sind meinen Männern sowieso egal.

„Ja, das ist eine Krankheit!", schreie ich. „Sie kann aber nur Kleinkinder befallen. Schätze, du gehörst nicht dazu, oder?!" In dem Moment klingelt das Telefon. Ich merke nicht, dass meine Stimme noch ganz laut ist als ich abhebe: „Ja hier Berger!!!", brülle ich in den Hörer.

„Hier spricht Breuer. Das ist ja wunderbar, dass ich Sie schon beim ersten Versuch erreiche! Hören Sie mich? Sie schreien so laut." Meine Antwort, ob ich ihn höre oder nicht hat er gar nicht abgewartet. Das kann doch nur der liebe Herr Schulrat Dr. Breuer sein. Er hat in seinem Leben selten eine Antwort abgewartet. Aber wieso ruft der mich an? Und dann auch noch privat??? Ich stutze einen Augenblick und spreche dann in gemäßigtem Ton: „Hallo Herr Dr. Breuer. Was verschafft mir die Ehre? Ich dachte, Sie befinden sich schon in ihrem wohlverdienten Ruhestand."

„Äh....ja, das ist auch so. Ich rufe Sie aus zwei verschiedenen Gründen an: Erstens ist mir zu Ohren gekommen, (Ach Gott, ihm kommen immer noch Sachen zu Ohren, der Arme!) dass Sie in den nächsten Tagen eine persönliche Einladung zum Minister

bekommen werden und ich möchte Sie in dieser Angelegenheit vor dem Schlimmsten bewahren. (Ich merke, wie mir das Blut in den Adern gefriert.) Und zweitens möchte ich Sie zu meiner Abschiedsfeier auf den Wendelshof in Bad-Wendelshofen am 14.02 um 14 Uhr (Valentinstag und Geburtstag meiner Schwester) einladen. Dazu sind alle Schulleiterinnen und Schulleiter des Kreises eingeladen. Nun zu ihrer Einladung aus dem Ministerium: Der Grund ist eine Beschwerde, die von verschiedenen Bürgern aus Nickelshausen an den Minister Meier persönlich adressiert wurde. Darin heißt es, dass Sie in einem Vortrag auf einem Elternabend das Thema 'Inklusion' angeschnitten haben. Diese Bürger behaupten, dass demnächst in Nickelshausen mehrere Kinder mit Down-Syndrom die Grundschule besuchen werden. Nein, unterbrechen Sie mich jetzt bitte nicht!", wehrt der liebe Herr Dr. Breuer meinen Versuch ab, ihn vorweg mit der Wahrheit zu konfrontieren und ihn über besagten Irrtum aufzuklären. „Dieselben Bürger behaupten in diesem Brief weiter, dass Sie den Kindern Spielzeug für den Unterricht kaufen wollen, damit die Kinder sich zwischendurch ausruhen können."
Mir wird schlecht vor Wut, die von ganz unten aus der Tiefe hochgestiegen ist und gerade jetzt in meinem Kopf ankommt. Ich muss drei Mal ganz tief durchatmen als der Bär gerade das Wohnzimmer betritt. Er schaut mich fragend an, denn er weiß, was diese Anzeichen bei mir bedeuten. Soeben steigen mir die Tränen in die Augen. Ich winke energisch ab, als Bertram zu sprechen anfangen will und bringe ihm damit vorerst mal zum Schweigen. Wie ein Fels in der Brandung bleibt er eigenwillig vor mir stehen und verfolgt mit Interesse

das weitere Gespräch zwischen dem Herrn Dr. Breuer und mir. Er scheint zu ahnen, dass dieses Telefonat in einer Katastrophe enden wird.

„Sind Sie noch da?", fragt nun der gute Herr Schulrat a.D. Er hat doch tatsächlich eine Redepause eingelegt. Ich will gerade noch ausatmen um antworten zu können, aber es ist zu spät.

„Ich kenne Sie nun lange genug, liebe Frau Berger und weiß, dass Sie sich solch einen Schwachsinn nicht einfallen lassen würden und habe dem Herrn Minister gleich gesagt, dass er Ihnen eine Gelegenheit zu einer Erklärung geben muss, bevor man beamtenrechtliche Schritte gegen Sie einleitet. (Ich sinke auf den Stuhl, auf dem ich kurz vorher noch friedlich gesessen und gelesen habe.) So einfach geht's ja nun auch nicht. Frau Berger, ich sag es Ihnen ganz ehrlich. Da will Ihnen jemand gar nicht gut, nein noch schlimmer: Jemand will Ihnen ans Leder und möchte Sie mit aller Gewalt aus Nickelshausen rausekeln. Frau Berger, hallo, sind Sie noch da? Sie sagen ja gar nichts."

Ich höre noch von ferne, dass der Herr Dr. Breuer mir erklärt, er habe ja mit der ganzen Sache nichts mehr zu tun und dass er trotzdem ein sehr gutes Wort für mich bei dem Herrn Minister eingelegt hat. Dann empört sich der Herr Schulrat a.D. noch über "solche Leute", die glauben dass, wenn sie einer bestimmten Partei zugehörig sind, sich alles erlauben können.

„Regen Sie sich also nicht auf, wenn Sie den Brief mit der Einladung vom Herrn Minister bekommen, liebe Frau Berger, und fahren Sie hin! Der Minister ist ja kein Unmensch.", schließt der Herr Dr. Breuer a.D. seine Ausführungen. (Der und kein Unmensch, newahr?! Dass ich nicht lache. Wenn man es fertigbringt, die

Hälfte aller Schulen in unserem Bundesland zu schließen, dann ist man gewiss kein Unmensch, oder? Newahr!)

Ich glaube, jetzt bin ich wieder an der Reihe. Ich hatte ja reichlich Gelegenheit durchzuatmen:

„Ich weiß gar nicht, was ich zu so viel Gemeinheit sagen soll. (Meine Stimme ist schon ganz zittrig.) Der Herr Böck hat scheinbar nichts Großartigeres zu tun, als mich überall anzuschwärzen, denn sein Unterricht und die Schüler der Schule, in der **er** unterrichtet, scheinen ihn weniger zu interessieren als der gehaltvolle Unterricht seines Enkelsohnes", rutscht es mir heraus. „aber lieber Herr Dr. Breuer, wer jahrein jahraus immer denselben langweiligen Unterricht macht, der braucht sich deswegen noch lange nicht zu rechtfertigen, nicht wahr?! Den **müssen** die Kinder ertragen und niemand kann sich irgendwo über so einen Lehrer beschweren, denn wenn er's tut, muss er damit rechnen, dass es seinem Kind in Zukunft noch schlechter geht." Jetzt tropft die erste ungewollte Wut-Träne von meiner Nase auf mein Kinn.

„Aber liebe Frau Berger, was sind das für Töne? Seien Sie vorsichtig, was Sie in der Öffentlichkeit sagen! Sie wissen, was Beamte erwartet, wenn Sie…". Hier unterbreche ich unseren lieben Herrn Dr. a.D.:

„Keine Angst, Herr Dr. Breuer! Ich werde mich an passender Stelle über den Herrn Böck äußern und die Öffentlichkeit verschonen. Danke für Ihre Fürsprache beim Herrn Minister Meier und auch vielen Dank für die Einladung zu Ihrer Abschiedsfeier", bekomme ich noch ohne Heulstimme gerade so zustande, höre dann wie der Herr Schulrat sich noch in seiner umständlichen Art verabschiedet und lege, wie in Trance den Hörer

auf. Die zweite und dritte Träne und jetzt auch noch weitere tropfen unaufhörlich auf meine Lippen und schmecken salzig. Und genau zu diesem Zeitpunkt fange ich an, jämmerlich und sehr laut zu heulen. Selbst der Bär schafft es diesmal nicht, mich in absehbarer Zeit zu trösten. Das Schlimme ist, dass ich irgendwann aufhören muss zu heulen, denn ich muss ja zur wichtigsten Gemeinderatssitzung aller Zeiten, in der es um die Schulschließungen in Marienberg geht. Ich kann einfach nicht mit dem Geheule aufhören bis ich dem Bär alles runter- geschluchzt habe, was der Schulrat mir mitgeteilt hat. Dann trocknet er mir zärtlich meine Tränen und sagt:
„Wir gehen zu Robbi. Irgendwo gibt es ja Grenzen. Das müssen wir uns nicht gefallen lassen. Wir warten diesen ominösen Brief noch ab und dann handeln wir. Jetzt hör auf zu weinen, Puppe, alles wird gut." Das tröstet mich irgendwie. Der Bär weiß immer genau, wie er mich beruhigen kann, der Gute!"
Robbi ist der Ehemann meiner besten Freundin Mary und ein genialer Rechtsanwalt. Der wird sich wundern, dieser alte Böck, dass ich mich wehren kann! Der wird das noch bereuen, wenn er 'ne Zivilklage am Hals hat! Rachegedanken helfen mir in solchen Situationen am Allerschnellsten. Im Badezimmer wasche ich mir mit kaltem Wasser die tuscheverschmierten Augen aus und behandle meine Gesichtshaut jetzt mit wohltuendem Arganöl, mit was sonst? Außerdem werfe ich mir noch ein paar Schüsslersalze Nr.5 rein, die sollen gegen Stimmungsschwankungen sehr hilfreich sein. Ist mir egal, was ihr alle über mich denkt! Jetzt geht's um meine Gesundheit und mein gutes Aussehen. Zur Gerichtsverhand…äh Gemeinderatssitzung ziehe ich

das knallrote Kostüm an. Die sollen schon sehen, dass ich keine Angst vor denen hab!

„Ach Puppe, muss es gleich so aggressiv sein?", fragt mich der Bär, als ich aus dem Haus gehen will. „Ja, das muss es.", antworte ich selbstbewusst. „So gefällst du mir schon besser. Wart einen Moment! Ich begleite dich heute ausnahmsweise." Erst jetzt fällt mir auf, dass der Bär sich auch in Schale geschmissen hat. Na, das kann ja heiter werden!

Vor lauter Heulen habe ich vergessen, Barbara noch einmal anzurufen. Heute Morgen, bevor ich zur Schule gefahren bin, habe ich folgende E-Mail von meiner Tochter bekommen, über die ich mich irgendwie gewundert habe. Noch quasi beim Frühstück habe ich die Nachricht schnell überflogen („Was du tust, das tue ganz!", hat mein Opa immer gesagt, und ich sage es auch immer zu den Kindern. Aber lieber Opa, liebe Kinder! „Ausnahmen bestätigen die Regel", sagt meine Mama immer. Auf die muss ich ja auch mal hören.) :

Liebe Mama,

heute bin ich leider nicht so gut drauf, obwohl ich gestern das fabelhafte Zeugnis zu meinem Bachelor abgeholt habe. Ich habe die höchste Punktzahl von allen Studenten erreicht. In einer Feier der Hochschule haben sie mich sogar geehrt und mir ein Stipendium für's Master-Studium angeboten. Darüber habe ich mich natürlich irre gefreut. Als ich die Super-Nachricht dann gestern Abend Bobs Familie mitgeteilt habe, da haben die doch tatsächlich gesagt, das wäre doch nicht nötig, dass ich das Master-Studium mache. Ich könnte doch auch ohne dieses unnötige Studium in die Firma einsteigen. Das hat mich kolossal geärgert. Typisch Neureich! Die können gar nicht verstehen, dass ich mich darüber freue, meiner Familie finanziell nicht mehr zur Last zu fallen. Echt oberintelligent, diese Amerikaner!

Hinterher hatte ich mit Bob unseren allerersten Streit. Erstens fand ich, dass die Liste der zur Hochzeit eingeladenen Gäste viel zu lang ist. Stell dir vor Mama, 753 Leute sind auf diese Hochzeit eingeladen worden! Dabei sind Geschäftsleute, die ich noch nie in meinem Leben gesehen habe und die mich gar nichts angehen. Und zweitens fand ich es ungeheuerlich, dass man meine besondere Leistung überhaupt nicht zur Kenntnis genommen hat. Selbst Bob hat mich nicht besonders herzlich gelobt und ich hatte irgendwie den Eindruck, dass ihn mein Vorhaben, das Stipendium anzunehmen, gar nicht so sehr gefreut hat.

Man geht hier einfach davon aus, dass ich jetzt heirate, mindestens drei Kinder (möglichst Jungs und möglichst schnell) bekomme und nur noch für die Firma Browning lebe. Mir stinkt's! Kannst du das verstehen, Mama? (Ja, kann ich!!!)

Deine Tochter Barbara

Ich wollte sofort zum Hörer greifen und Barbara anrufen, als mir eingefallen ist, dass es ja in Texas mitten in der Nacht sein müsste. Auf dem Weg zur Schule habe ich die ganze Zeit an meine Kleine denken müssen. Wie gerne hätte ich sie jetzt in meine Arme genommen und sie getröstet! Ich fand es heute Morgen ganz schlimm, dass Barbara so weit von mir entfernt, irgendwo in einem Bett schläft, sich vielleicht sogar in den Schlaf geweint hat und ihre Mutter nicht bei ihr war um sie zu trösten, vor Allem aber um ihr für ihre ganz besondere Leistung zu gratulieren. Ich bin sehr stolz auf meine Tochter. Mir ist sie ganz bestimmt nicht

ähnlich, denn mein Staatsexamen war mit einer 2 Minus doch recht durchschnittlich.
Das muss sie von Bertram haben. Dieser Streber hat sein Medizinstudium damals mit einer glatten Eins abgeschlossen. Gern hätte ich den Bär heute Morgen geweckt, damit der mit mir zusammen stolz auf unsere Tochter sein konnte, er lag jedoch noch in tiefem Schlaf, als ich das Haus verließ. Da hab ich mich nicht getraut ihn zu wecken.
Er sieht immer so unschuldig und niedlich aus, wenn er im Tiefschlaf ist. Auf der Heimfahrt von der Schule war es mein festes Vorhaben, Barbara anzurufen und sie fernmündlich aufzumuntern. Jedoch vergeblich. Es meldete sich niemand. Ich hab's sogar versucht, mein Kind auf Handy zu erreichen.
War mir in diesem Moment egal, wie teuer das ist. Hauptsache, ich höre Barbaras Stimme und erfahre, dass es ihr wieder besser geht und dass sie sich mit Bob wieder versöhnt hat. „Alles wird gut.", möchte ich ihr sagen. Der Bär meinte, es wird nicht alles so heiß gegessen wie's gekocht worden ist.
Er hat vorgeschlagen, dass wir Barbara gemeinsam nach der Gemeinderats-Sitzung anrufen sollten, um sie für ihr Bachelor-Zeugnis zu beglückwünschen und sie zu ermuntern, weiter zu studieren, auch wenn die Familie von Bob dagegen ist. Das muss unsere Tochter selbst entscheiden. Ganz genau meine Meinung!!!

Kapitel 9
Die lieben Nickels

Also, isch will ja nix sache, awwer heut geht's mir überhaupt net so gut. Die wolle sich all mit Schilder vor der Gemeindeverwaltung aufstelle un die Sitzung, die wollen se auch störe, die Blödmänner! Des würd ich grad gar net mache. Die hätte mal besser solle uff ihr Grundschul uffpasse un net so viel auf die Frau Berger schimpfe, dann wär die Situation vielleicht 'ne annere. Un dieser blöde Dummbaddel von XX-L, wie mir den im Dorf nenne, hat schon im ganze Niggelshause verkündet, dass er uns die Schul zumacht. Dieser Schweinskerl! Sitzt im Gemeinderat un stimmt mit de Marienberger für die Aufrechterhaltung der Marienberger Schul, dobei is er 'n 'Niggel', awwer was für 'n Niggel, hä?! Steht üwwerhaupt net zu seine Leut. Die Niggelshausener Schul hätt er schon immer gehasst, sacht er üwwerall im Dorf un tönt rum, dass er die Frau Berger eh net leide könnt un dass die Kinner all frech sinn. So wär des früher net gewese, sacht er. Früher hätt mer se gekriegt, wenn mer so frech gewese wär, sacht der. Grad der! Ich glaub, der hat se mal so gekriegt, dass er dobei de Verstand verlore hat. Oder er hat 'n sich weggefresse, dieser XX-L!

Ojeh, ich merk, wie ich immer wütender werd. Ich glaub, ich kann heut gar net mitgehe uff diese blöde Sitzung. Der Frau Berger hab ich noch gar nix gesacht üwwer de XX-L. Die ahnt noch von gar nix. Wenn die des wüsst! Ich glaub, die würd vom Glaube abfalle. Awwer der XX-L wird bestimmt keine annere Niggels of sei Seit bringe, des würd der ganz bestimmt net. Un dann reicht's net für die Marienberger.

Die müsste dann ja auch noch zustimme, dass bei ihne 'n neue Schul gebaut werde würd. Wo soll die denn hinkomme? In Marieberch is ja gar kei Platz für e Schul mehr. Des weiß jedes Kind. Deshalb muss isch misch ja gar net so aufrege. So blöd sin selbst die Mariebercher net. Awwer ich muss einfach mitgehe, ach wenn's mir so schlecht is, dass ich kotze könnt. Ich hab's de Kinner versproch, dass ich mitgeh. Die wolle all ihr Schul behalde un hawwe doch heimlich Briefe an de Bürchermeister geschickt. Die soll der heut in der Sitzung verlese. Die Frau Berger weiß nadürlich von nix. Bin mal gespannt, ob der des ach macht, der Bürchermeister. Der is ja ganz nett. Er würd lieber de Niggels ihr Schul auflasse hat er gesacht, denn des würd net so viel koste. De Niggels ihr Schul hätt ja alles was e Grundschul braucht. Des stimmt ja ach:
Bei de Niggelhausener Schul is e Sportplatz, e Turnhall un e Spielplatz. Was will mer mehr? Die Marienberger hädde ja die Gesamtschul, da könnt mer ja denne Niggelshausener die Grundschul lasse. Dann is im Dorf ja ach noch e bissje was los. Des kleine Schreibware-Geschäft von de Giesi un de Rosi, des würd bestimmt ach zugemacht, wenn die Niggels kei Schul mehr hawwe. Den Supermarkt von de Gertrud hawwe se ja schon zumache müsse, weil se in Mariebersch e viel größerer hingebaut hawwe. Des is alles e Sauerei. Bald könne se ganz Niggelshause dicht mache, die Ochse! Naja, es is jo noch nit alles verlor, nur weil de XX-L so rumkrakeelt. Ich zieh mich jetzt mol um. Mei rodes Kostüm zieh ich heut an. Die solle sehe, dass ich kei Angst vor denne hab.
„Mizzi! Wo biste denn? Du musst dich fertich mache! Hobb!", ruf ich. Mann, wo die schon widder steckt. Nä,

wer sacht's denn? Im Kinnerzimmer. Un wer versteckt sich denn da hinner'm Schreibdisch von de Mizzi? Ich glaub's net! Des is doch de Till, wenn ich net irre.
„Ei Till, was machst du'n hier?", frach ich. „Geht dei Mama net mit dir zum Prodesdiere? „Nein, die ist krank und kann nicht aufstehen, aber die Mizzi hat gesagt, dass ich mit euch gehen kann."
„Weiß dei Mama des?", frach ich mal vorsichtshalber. „Nein, die liegt ja im Bett und der Papa ist arbeiten. Ich hab gesagt, dass ich zur Mizzi spielen gehe, aber nicht, dass ich mit zur Gemeinderats-Sitzung gehe. Ich glaube, das hätte sie mir nicht erlaubt. Aber ich möchte doch so gerne mitgehen, Frau Korny, bitte!", bettelt er un guckt mich mit seine himmelblaue Auge sowas von unschuldich an. Also isch bin doch kei Bestie! Ich kann ihm des einfach nit abschlage.
„Awwer dann ruf ich die Mama an un sach ihr Bescheid, o.k.?" Damit is er einverstanne, der gute Jung. Awwer do meldt sich keiner am Telefon. Die Mama vom Till schläft bestimmt un der Papa is ja arbeite, hat er gesacht. Naja, dann nehm ich 'n Till einfach so mit. Is doch kei Verbreche. S'is ja hell lichter Tach awwer allein lasse kann ich 'n ja auch net. Unnerwegs hör ich, wie die Kinner sich hinte im Wage unnerhalte:
„Du Mizzi, was glaubst du? Ob wir heute die Nachricht bekommen, dass unsere Schule bleiben kann? Die Gemeinderatssitzung hat doch die Macht, alles demokranisch zu bestimmen, oder?"
„Demokra*tisch*!", gibt die Mizzi zu verstehn.
„Ja, genau. Die Frau Berger hat uns doch erklärt: Wenn die Bürger von Nickelshausen nicht wollen, dass die Schule geschlossen wird, dann können die Marienberger sie auch nicht schließen, weil die Nickels-

hausener genug Vertreter im Gemeinderat haben um das abzublocken, gell?"

Wenn die wüssten, was de XXL im Schild führt! Isch find des ja lustisch, wie der Till so an de Lippe von de Mizzi hängt. Der wart' immer uff die Zustimmung von de Mizzi, ob die sacht: ja, des stimmt, oder se sacht: nee, des stimmt net.

„Ja, das hat die Frau Berger gesacht, und das stimmt auch", meint meine Mizzi jetzt. „Deshalb brauchen wir uns ja auch net aufzurege. Aber es is wichtig, dass wir als Kinner auch dabei sind und den Alten sagen, was wir wollen."

Bewunnernswert, dieses Kind. Woher se des nur hat, dass se immer alles mitkriegt, was die Frau Berger sacht un dass se immer ihr Meinung sache muss?? Wenn se nur mal Recht behält!

De Till, die Mizzi un isch steige ebe aus meinem Ferrari aus, so nenn isch mei Schrottkist, damit sich's leichter demit fahre lässt, do kommt doch aus 'm Nachbar-Mercedes (der is echt) die arm krank Frau Böck rausgekroche. Isch glaub's jo net! Isch denk, die liecht im Bett un schläft. Als die misch sieht un grad mit'm Kopf nicke will, do sieht'se im selwe Moment de Till. Jetz bleibt de Mund von der Frau Böck offe. Dem Till sei Mund steht jetzt auch offe un die Beide gucke sich ganz bös an. Dann guckt die Frau Böck mich bös an und schreit ganz laut:

„Was fällt Ihnen ein, Frau Korny!? Wer hat Ihnen die Erlaubnis gegeben, meinen Sohn mit zu dieser Veranstaltung zu nehmen?! Das wird Ihnen…", hier wird se von ihrem eichene Sohn unnerbroche und der schreit selbscht auch:

„Und du Mama, was fällt dir ein, mich anzulügen?! Du hast mir gesagt du wärst krank als ich zu dir gesagt hab, dass ich zu der Mizzi spielen gehe. Die Frau Korny kann überhaupt nix für. Die hat mich nämlich nur mitgenommen, weil zu Hause bei uns keiner zu erreichen war. Sie wollte dich fragen, ob sie mich mitnehmen kann. Sollte sie mich dann allein zuhause bei sich lassen, als sich niemand gemeldet hat?!" Da hat die Frau Böck ihren Till geschnappt un is wortlos mit'm devon gerauscht. Des graue Kostüm steht der übbrigens gar nit.

Kapitel 10
Die verlorene Tochter

Auf dem Weg zum Rathaus bin ich ziemlich aufgeregt. Alle möglichen Wahrscheinlichkeiten gehen mir durch den Kopf. Den Kindern habe ich heute Morgen erzählt, dass ihnen nichts geschehen kann, denn die Nickelshausener würden bestimmt nicht wollen, dass man ihre Grundschule schließt. Bei dieser Gelegenheit konnte ich gleichzeitig den Kindern die Grundsätze unserer Demokratie erklären. Die Stimmenverhältnisse in unserem Gemeinderat habe ich natürlich nicht erwähnt. Wahrscheinlich bekäme ich dann noch eine zweite Einladung von unserem Herrn Minister. Eins steht fest: Im Grunde genommen kann den Nickels nichts passieren. Sie haben ja mehr Stimmen im Gemeinderat, als sie brauchen um einen Schulneubau in Marienberg zu verhindern. Denn wenn die Nickelshausener Schule geschlossen werden sollte, dann müsste man in Marienberg eine neue Schule bauen, weil die Räume in der Gesamtschule dann für alle Kinder aus der Gemeinde nicht mehr ausreichen würden (Hauptargument bestimmter Parteimitglieder). Das würde sich die Gemeinde Marienberg zurzeit nicht leisten können. Das wäre völliger Irrsinn. Bei diesen Überlegungen beruhige ich mich allmählich und schaue künftigen Geschehnissen mit Gelassenheit entgegen.
Ich steige aus unserem Auto aus und das erste was ich sehe, ist die Frau Korny wie sie aus ihrem schnuckeligen alten Käfer aussteigt, im roten Kostüm. Noch knalliger als meins. Neben der Frau Korny steigt gerade die Frau Böck aus ihrem silbernen Mercedes aus. Graues Kostüm. Jetzt geht 'ne ziemliche Schreierei los.

Die Frau Böck brüllt die Frau Korny an, was ihr einfiele, ihren Sohn einfach so mitzunehmen. Die Frau Korny öffnet gerade ihren Mund zur Antwort, als ich die Stimme vom Till höre, der hinter der Frau Korny und der Mizzi aus dem Auto von der Frau Korny steigt. Er beschuldigt seine Mutter, sie hätte ihn angelogen und brüllt richtig los. Das hätte ich ihm gar nicht zugetraut, dem lieben kleinen Till. Zum Schluss ist die Frau Böck ganz still, nimmt ihren Sohn bei der Hand und stolziert in Richtung Rathaus-Pforte davon. Die Frau Korny mit der Mizzi an der Hand, hinterher. Mich haben sie gar nicht wahrgenommen.

Vor dem Rathaus haben sich (getreu nach 'Erzengel-Plan) eine ganze Menge Nickelshausener, aber auch Marienberger und Talminzweilerer, versammelt. Kinder und Erwachsene. Einige tragen Schilder in der Hand. Als der Bär und ich näher kommen, winken die Nickelshausener mir zu. Die Kinder rufen:

„Hallo Frau Berger!"

So, als hätten sie mit mir gar nicht gerechnet. Mitten in der Menge entdecke ich einen Grauschopf und der gehört eindeutig unserer lieben Frau Erzengel Bauer und daneben steht die Frau Ursula mit einem Schild in Händen, auf dem steht:

Unsere Schule gehört zu Nickelshausen

Daneben steht Kurtchen und er trägt ein Schild mit der Aufschrift:

Lasst uns Kindern unsere Schule!

Einige Kinder tragen auch Schilder:

Lasst unsere Schule im Dorf!

Oder:

Wir Kinder wollen unsere Schule behalten!

Das sieht so aus, als hätten die Nickels echt Angst um ihre Schule. Als wir den Sitzungssaal betreten, haben die Gemeinderatsmitglieder schon Platz genommen. Auch die Gastplätze sind bis auf wenige freie Stühle schon alle besetzt. Alles Marienberger. Hallo?! Der Bär und ich sind ja auch Marienberger, das kommt mir gerade in den Sinn. Als ich mich setze, überlege ich, was die Marienberger wohl wollen. Ach ja – klar! Die wollen ja auch, dass ihre Kinder weiterhin in Marienberg zur Schule gehen können, denn sonst müssten die ja nach Nickelshausen in unsere wunderschöne Grundschule fahren. Jeden Morgen. Ojeh, das geht gar nicht! So denken bestimmt die Marienberger. Ist ja auch irgendwie verständlich. Aber sie müssen ja auch einsehen, dass die Gemeinde sich keine neue Schule leisten kann. Und wo sollte die auch hinkommen. In der Dorfmitte ist ja gar kein Platz mehr für einen Schulneubau. Absurd!

Der Bürgermeister räuspert sich. Er eröffnet die Sitzung mit den Worten:

„Liebe Mitbürger der Gemeinde Marienberg, liebe Gemeinderatsmitglieder! Ich freue mich, dass so viele Menschen in der Gemeinde Anteil an unserer heutigen Sitzung nehmen und sich für die Geschicke unserer Kinder interessieren. Wie ich sehe sind auch einige Kinder gekommen, die ich hiermit ganz herzlich begrüßen möchte. Liebe Kinder, ich habe alle eure Briefe gelesen und finde sie ganz prima. Wenn ihr erlaubt, dann kleben wir sie auf ein Poster und hängen dies im Foyer der Gemeindeverwaltung auf.

Was, Briefe? Davon weiß ich ja garnix. Diese Heimlichtuer von Kindern! Kein Sterbenswörtchen haben sie mir davon gesagt. Die Tür geht auf und

weitere Nickelshausener marschieren mitsamt ihren Kindern in den Saal. In absoluter Ruhe stellen sie sich rund um die Besucherreihen auf und halten ihre Schilder in die Höhe. Ich wusste gar nicht, dass unsere Schulkinder so intensiv leise sein können.
Da ertönt plötzlich der Radezki-Marsch. Oh Gott, ist das peinlich! Ich hab mal wieder vergessen, mein Handy abzustellen. Gottseidank ist es nur eine SMS und nicht ein Telefon-Weckton. Aber halt mal! Der Radezki-Marsch. Das kann doch nur eine SMS von Barbara sein. Ich habe nämlich meine Melodien so eingestellt, dass ich genau weiß, wer sich da gerade meldet. Jeder meiner Freunde und Bekannten hat einen eigenen Klingelton und eine eigene SMS-Melodie. Aber das wiederum kann auch nicht sein, denn Barbara **kann** mir aus Amerika ja gar keine SMS schicken. Erst als ich mein Handy aus der Tasche nehme, merke ich, dass alle mich anstarren. Das ist mir egal, denn die SMS ist tatsächlich von Barbara:
„Kann mich jemand am Flughafen abholen?", lautet sie. Ich springe auf und renne aus dem Saal. Der Bär hinterher. Draußen angekommen, drücke ich eilig Barbaras Handynummer. Der Bär schaut mich fragend an.
„Kind!", rufe ich in den Hörer hinein. „Wo bist du?"
„Im Flughafen in Frankfurt.", heult unser Kind. „Wo genau bist du?", ruft jetzt Bertram, der mir behutsam den Hörer aus der Hand genommen hat, weil ich sprachlos geworden bin. „Bleib wo du bist! Wir sind spätestens in einer Stunde bei dir.", höre ich jetzt meinen Mann. Der schnappt mich und führt mich zu unserem Wagen, macht die Tür auf und schubst mich ins Wageninnere.

„Das war aber eine kurze Gemeinderats-Sitzung.", entfährt es mir. Ich habe die Sprache wiedergefunden.
Unterwegs versuche ich mich zu entspannen. Unsere Tochter ist über Nacht nach Hause geflogen um … Ja warum wohl? Sie wird dort doch nicht die Zelte abgebrochen haben und überhastete Entscheidungen getroffen haben? Egal, Hauptsache, ich kann sie gleich in meine Arme schließen. Der Bär fährt, als ob er am Grand Prix von Monaco teilnehmen würde. Er spricht überhaupt nicht mit mir. Auch nicht, als ich ihn frage, ob er heil in Frankfurt anzukommen gedenkt. Ich stelle mir vor wie sie aussieht, meine Kleine, und irgendwie finde ich kein Bild. Lange muss ich zudem nicht warten, denn gerade fahren wir am Terminal 1 vor, und der Bär rangiert den Wagen in eine enge Parklücke für Kurzzeit-Parker ein. Eilig hasten wir ins Terminal und wer eilt uns da im knallroten Kostüm entgegen? Meine Tochter. Knallrot trifft Knallrot. Und fliegt sich gegenseitig schluchzend in die Arme. Der Bär kommt jetzt dazu und nimmt uns beide in seine starken Arme. „Alles wird gut.", flüstert er uns Beiden ins Ohr. Wir glauben ihm. Er ist ja eine vertrauenswürdige und durchaus zuversichtliche Person. Wenn der wüsste, was gleich auf ihn zukommt!
„Hast du Hunger? Oder Durst, oder sonst was?", frage ich Barbara, wieder in meinem Element als Glucken-Mutter. „Wir könnten im Terminal 1 was essen gehen.", schlage ich vor, meinen eigenen Hunger spürend.
„Lasst uns lieber nach Hause fahren", sagt der Bär, der scheinbar überhaupt keinen Hunger hat. „Vielleicht sollten wir doch die Antwort unserer Tochter abwarten, bevor wir eine Entscheidung treffen.", ist meine Meinung.

Erst jetzt merken wir, dass unsere Tochter immer noch weint und sich von der gemeinsamen Begrüßung überhaupt noch nicht erholt hat. „Ich geh nie mehr zu diesem Idioten zurück. Ich geh nie mehr nach Amerika!" heult sie und fällt dem Bär in die Arme, so als hätten wir uns noch gar nicht begrüßt.
„Meinst du damit Bob?", frage ich dümmlich. Aber wen sollte sie denn sonst meinen, liebe Liz? Könnte von Mama sein. Ja Mama, ich werde sie jetzt nicht ausfragen, denn sonst hört sie nicht mehr auf zu weinen. Von wem sie das wohl hat?
„Komm mein Kleines!", ich lege den Arm um Barbara und führe sie sachte aus dem Terminal raus „Wir fahren jetzt erst mal los, ja? Dann kannst du uns alles der Reihe nach im Auto erzählen." Der Bär schließt sich uns stumm an und öffnet die Wagentüren für uns. Ich setze mich nach hinten und Barbara schlüpft wie in Trance auf den Beifahrersitz. So sitzt sie zwischen uns beiden Eltern und wir können sie je nach Bedarf berühren, streicheln oder beruhigen. Mein Hunger ist eh vergessen, denn der Gemütszustand meines Kindes ist jetzt Chefsache.
„Ist dir schon aufgefallen, dass wir beide ein rotes Kostüm tragen?", versuche ich jetzt, mein Kind aufzumuntern und auf andere Gedanken zu bringen. Wir schauen uns gegenseitig an und fangen an zu lachen. Beide ziehen wir knallrot nur an, wenn wir uns aufgeregt haben. Nun ist die Stimmung etwas gelockerter und Barbara reagiert auf das Thema.
„Ich bin so wütend auf Bob, dass ich ihn nie wieder sehen möchte." Wir lassen unsere Tochter jetzt einfach reden, ohne sie zu unterbrechen. „Mama du weißt ja, dass ich dir geschrieben habe, dass ich dachte, Bob will

ja gar nicht, dass ich das Stipendium annehme. Und das ist wahr. Wisst ihr, was die wollen?" Damit meint sie sicher Bobs Familie. „Die wollen, dass ich nach der Hochzeit g a r nichts mehr mache, sondern einfach nur zwei Kinder nacheinander bekomme, möglichst zwei Jungs, die dann den Konzern übernehmen werden. Ich bin für die nix Anderes als eine Gebär-Maschine! Ich bin nur dazu da, ihre familiären Wünsche zu erfüllen." Und nun weint sie wieder bitterlich.
„Haben die sie noch alle? Ich soll das ganze Studium an den Nagel hängen, denn Geld genug habe ich ja nach der Heirat?! Ein Haus, zwei Kinder und einen lieben, für mich sorgenden Mann. Was will man mehr? Nicht zu vergessen: meine selbstlosen Schwiegereltern, die alles für mich tun und mir jeden Wunsch von den Füßen ablesen werden. Haben diese Scheiß-Amis denn nix im Kopf, als Geld ausgeben und Kinder kriegen?"
Normalerweise hätte ich jetzt Einspruch erhoben. Immerhin habe ich vor ein paar Tagen noch ganz andere Töne über die Ewings, äh Brownings gehört. Ich war ja fast schon eifersüchtig auf Mama Browning. Wollte die nicht sogar meinen Platz einnehmen?
„Solltest du nicht erst mal in der Firma mitarbeiten?", versuche ich einzulenken. „Ach iwo! Alles nur um mich bei guter Stimmung zu halten. Hätte ich nicht so gut in der Prüfung abgeschnitten, hätte man mir nicht das Stipendium angeboten, dann wäre das alles erst nach dem bescheidenen Hochzeitsfest aufgeflogen. Die wollten mich schön bei Laune halten, bis ich nix mehr hätte dagegen einwenden können, was sie alles mit mir vorhaben. Aber das Schlimmste wisst ihr ja noch nicht.", schluchzt unsere Tochter jetzt hemmungslos: „Ich bin schwanger."

Kapitel 11
Eine Gemeinderatssitzung der besonderen Art

Diese Arschlöcher! Ich zieh sofort aus Niggelshause aus. So 'ne Verbrecherbande! Ich kann's einfach noch nit glaube, was ich grad erlebt hab:

Zuerscht hawwe die all do gesesse un nix gesacht un dann hat dieser blöde XXL gemeint, die Niggelshausener Schul, die könnt mer ja zuerst zumache, weil die dies Jahr kaum noch Kinner einschule würd. Möcht nur wisse von wem er **die** Info hat. Die Frau Berger hat uns doch gesacht, sie hätt die Schülerzahle noch net ganz genau, awwer es wäre mindeschtens 18 Kinner. Von de Berschstraße, die so e bissle außerhalb liecht, hawwe sich diesmal drei Kinner in Niggelshause angemeldt, weil die die Niggelshausener Schul schöner finne als die Marienbercher. Die hawwe gesacht, dass se das gut finne würde, dass die Niggels sogar en eichene Schulturnhall hädde. Die in Marieberch müsste sich die Turnhall mit de Gesamtschul teile un die wär im e furchtbare Zustand.

Uns war des gar net so bewusst wie gut mir's hawwe. Die Schulturnhall hawwe die Niggels ganz für sich allein. Un außerdem: De Fußballplatz, der direkt bei de Schul is, kann in de Paus genutzt werre. Des is en echter Rasenplatz. Unser Frau Berger sacht immer, dass zusamme mit dem Schulhof un 'm Spielplatz die Kinner so viel Auswahl hawwe, dass die sich in de Paus üwwerhaupt net streite. Die Frau Berger hat noch kei Schul erlebt, wo Kinner sich sooo wenig streite. Un üwwerhaupt:

Wo war dann die Frau Berger jetzt? Die hätt doch dene die Schülerzahl sache könne, dene Idiote von Niggels.

Isch dacht, die is nur kurz uf Torledde, awwer die is nit mehr gekomme nachdem se de Saal verlasse hat? Da hat de XXL Üwwerhand gewonne un hat gemeint, dass er „für eine Schließung der Nickelshausener Grundschule stimmen werde, mangels Schülerzahlen."
De Zeitungsschreiwer Schmidt (der unsrer Landespartei sehr wohl gesinnt is,) schreibt eifrich mit. Scheiße, die Frau Berger hätt dene all doch sache könne, dass des nit stimmt, was der Dicke dort gesacht hat. Un nu kommt die nimmer. Awwer wo ware denn die annere Niggels, uf die kommt's doch in de Abstimmung gleich an? Der Bürchermeister fracht auch, wo denn die annere „Nickelshausener" sin un was dene ihre Meinung wär.
„Die Frau Dick und die Frau Breit sind krank. Die haben mir aber ihre Zustimmung gegeben.", behauptet der XXL doch jetzt. Des gibt's doch net! De Bürchermeister guckt ganz betrete un sacht:
„Ja, da kann man wohl nichts machen. Dann kommen wir jetzt zur Abstimmung." So eine dicke un breite Scheiße! Hawwe die dann gar kei Ehrgefühl? Dick und Breit! Isch könnt dem XXL de Hals umdrehe. Des mach isch ach. Awwer Halt! Es kommt plötzlich en Einspruch. Der Ortsvorsteher von Niggelshause steht uff un sacht:
„Ich muss doch sehr bitten, Herr Bürgermeister! So kann man doch keine Abstimmung machen." Im Saal wird's deutlich unruhig. Die Niggels am Rand, die trete von einem Fuß uff de annere. Isch glaub, des hat die Situation jetzt gereddet, dass der Franz Becker, ganz entgeche seiner politischen Partei so was sacht. Das find ich echt mutich!"
„Ich stelle fest: Zwei Nickelshausener Gemeinderatsmitglieder sind krank. Drei sind anwesend, von denen

ein Einziger seine Meinung geäußert hat. Ich gehe davon aus, dass die zwei anwesenden Gemeinderatsmitglieder keine andere Meinung zu der Schließung der Nickelshausener Schule haben.
Ich persönlich gebe zu bedenken, dass hier keine Schülerzahlen für das nächste Schuljahr vorliegen. Frau Berger, die man hätte befragen können, hat die Sitzung offensichtlich verlassen. Woher will der Herr, der eben gesprochen hat, überhaupt die künftigen Schülerzahlen kennen? Als Ortsvorsteher von Nickelshausen werde ich natürlich nicht für eine Schulschließung stimmen."
Ein Raunen geht durch die Menge.
„Wenn die beiden Damen, die sich krank gemeldet haben, anderer Meinung sind, dann sollten sie das dem Nickelshausener Ortsrat vortragen. Außerdem sollte man die Schülerzahlen definitiv vorliegen haben.
So eine Hau-ruck-Aktion darf nicht über die Zukunft eines Dorfes wie Nickelshausen entscheiden dürfen. Schließlich hängt das Dorfleben beträchtlich davon ab, ob sich vor Ort eine Schule befindet. Das wirkt sich auf die örtlichen Geschäfte aus und ganz besonders auf die Vereine. Wie wir alle wissen, hat Nickelshausen sehr viele, sehr aktive Vereine. Fehlt der Nachwuchs, dann sterben die Vereine."
Zustimmendes Klatschen kommt jetzt von de Niggels. Die hawwe all ihr Fähnche hingestellt, damit se klatsche könne. Wenn Blicke töte könnte, dann wär de Franz jetzt mausetot. Der XXL guckt 'n ganz zankwütich an. Mei, des hätt ich vom Franz net gedacht, dass der so viel Zivilkurasch zeicht. Alle Achtung, gell? Mei Mizzi is ja im Lauf von de Sitzung immer stiller geworde. Des is mir gar net uffgefalle. Nur jetzt wo se uffspringt un klatscht, do fällt mir des uff. Des Kind muss doch escht

alles mitgekricht hawwe, des arme Kind. Hat grad erlebt, wie sei Dorf die Kinner verrät. Awwer jetzt kommt Hoffnung:
De Ortsvorsteher! Mer hätt's ja net geglaubt, dass der seiner eichene Partei so die Meinung geigt. Super, gell?
De Bürchermeister wirkt sichtlich erleichtert. S' scheint fascht so als ob er nur drauf gewart hätt, dass einer einschreite tut, gell? Un dieser Erich Gropius von de Gemeinde Marieberch, der ja Schulleiter un Ortsvorsteher is, der sacht gar nix. Der hätt ja auch irgend was sache könne! Der müsst's doch ach wisse, wieviel Schüler nägschtes Jahr in Niggelshause eingeschult werde, dieser Verräter! In dem Moment sacht doch einer nebe mir:
„Das is jetzt hier alles nicht wahr, oder?"
Ich glaub der spricht mit mir? Ich guck, un wen seh ich nebe mir? Ich glaub's ja nit: Es is de Doktor! (Ich nenn den heimlich Doc.) Ich wusst gar nit, dass der verheirat is. Is er ach nit, wie ich gleich erfahre. Awwer Kinner hat er trotzdem. Die sitze zwische ihm un mir. Ich sach:
„Ei Herr Dokter, ich wusst ja gar nit, dass Sie Kinner hawwe! Ei sinn Sie auch verheirat'?" Die Mizzi stößt mir ihr Ellboge in die Seit, dass ich leicht aufschreie muss. „Ist Ihnen nicht gut?", fracht misch gleich de Doc. (So nenn ich ihn heimlich) Jetzt wechsele ich ins Hochdeutsch. De Doc. versteht mich immer so schlecht un dann streng ich mich ganz doll an:
„Entschuldigen Sie Herr Doktor. Ich bin halt immer neugierisch. Mei, jetzt war ich schon so oft mit de Kinner bei Ihne, awwer privat hab ich Sie noch nie gesehe. Deshalb wusst ich gar net, dass Sie verheiratet sind und Kinner hawwe." Der lacht un flüstert:

„Das können Sie ja auch nicht wissen, liebe Frau Korny. Woher denn auch? Dabei bin ich ja auch nicht verheiratet. Darf ich vorstellen: Das ist der Fritzi, der ist drei Jahre alt und das ist die Anna, die ist schon fünf. Wir drei finden es ganz schön gruselig, was da vorne abläuft. Wie kann man denn sein eigenes Dorf so verraten? Finden Sie nicht auch Frau Korny?"
Ich bin hin und wech von diesem Mann. Des hätt ich von dem net gedacht. Doktors sin doch meistens in de Kapitaliste-Partei, wo der XXL auch drin is, gell?
„Ja, wo wohnen denn Ihre Kinner? Doch nicht etwa in Niggelshause?" Die sin total süß die Zwei. **Doch**, in Niggelshause. Bei de Mutter, sacht unser attraktiver Doc. jetzt. Awwer net bei de Mutter von seine Kinner, sondern bei seiner eichene Mutter. Des wird ja immer misteriöser! Wo is denn dann die Mutter von de Kinner? Des darf ich awwer nit frache, sonst krich isch widder der Ellboge von de Mizzi zu spüre. Die recht sich immer so uff, wenn ich neugierisch bin. Also lass ich's diesmal. Jetzt krich ich noch mit, dass des Thema Schulschließung uff die next Sitzung vertacht wird. Na Gottseidank! Die Niggelshausener gehn jetzt all die Tür raus mit großem Gemunkel un Getuschel. „Na, der kann was erleben!", hör ich grad die Frau Böck. „So ein unverschämter Kerl!" Die meint bestimmt den Franz, oder? Jetzt kommt se uff misch zu un spricht misch an:
„Ich muss mich bei Ihnen entschuldigen, Frau Korny. Ich bin etwas aus der Spur geraten, als ich meinen Sohn so unerwartet aus Ihrem Auto hab steigen sehen. Ich habe gar nicht so weit gedacht, dass Sie ja auch zu dieser Sitzung fahren könnten, als ich meinem Sohn erlaubt habe, zu der Mizzi zu spielen zu gehen. Es ist mir entsetzlich peinlich, wie ich mich benommen habe."

„Aber nicht doch, Frau Böck! Des is doch net schlimm. Wär mir vielleischt genau so gegange.", sach ich noch un da sacht de Doc.:
„Tschüss Frau Korny, hat mich gefreut, Sie mal privat zu treffen. Bis zum nächsten Mal! Das rote Kostüm steht Ihnen übrigens sehr gut."
Ich kann nur noch mit 'm Kopf nigge, dann is er schon mit seine zwei süße kleine Kinner verschwunne. Isch bin völlisch platt. Jetzt muss isch doch mei Mutti mal frache, wie des mit dem Doktor un seiner Familie is. Die weiß des bestimmt, die Mutti. Die weiß immer alles von de annere Leut ihre Kinner, weil se mal Kinnergärtnerin war. Des intressiert misch halt, gell? Die Mizzi knufft misch in die Seit: „Mama, guck nich so wie 'ne Kuh wenn's blitzt! Die Frau Böck hat dir 'ne Frage gestellt."
Mann is mir des peinlich, dass ich net mal gehört hab, was die Frau Böck zu mir gesacht hat. Die Frau Böck wiederholt:
„Wollen wir zur Versöhnung ins Café Scholz? Ich gebe einen aus. Das ist ja gerade nochmal gut gegangen. Dank unserem Ortsvorsteher Franz Becker."
Da sach ich doch net nein. Meine Mizzi is ganz happy, denn gegeüwwer vom Café is der schönste Spielplatz von de Gemeinde Marieberch.
Im Café Scholz sitze die Frau Böck un ich dann noch zwei Stunne. Zur Versöhnung spendiert se 'n Cremant. Is des zu glaube? Dann biet se mir noch des Du an. Sie heißt Magdalena un is mit ihrem Schwiegervater un seine Einmischunge in die schulische Angelegeheite vom Till üwwerhaupt nit einverstanne. Un nu verrät se mir noch 'n kleines Geheimnis: Sie is nämlich schwanger un des weiß noch keiner außer dem junge Herrn Böck un mir. Isch hab nix gesacht, gell? Un die

Frau Berger, die find die Magdalena auch gut, awwer des darf se in ihrer hochheilische Familie nit sache, sonst wird se vom Opa Böck gemeuchelt. Dass de Till un die Mizzi so oft zusamme spiele, des will der alte Böck auch nit. Der Jung sollt mit annere Bube spiele, „man spielt doch nicht mit Mädchen.", schließt die Magdalena ihre Ausführunge üwwer ihren 'geliebten' Schwiegerpapa.
„Die Mizzi ist ein kluges Kind und der Till kann von ihr nur lernen. Wenn die beiden ein wenig älter sind und immer noch zusammen spielen, dann sollten wir ein Auge drauf haben.", sacht die Magdalena un knippst des eine Aug zu. Jetzt müsse mir beide lache.
Ich glaub, ich hab 'ne neue Freundin.

Kapitel 12
Ein Brief, die liebe Familie und ein unerwarteter Besuch

Das war eine lange Nacht!
Zuerst sind wir zu meinen Eltern gefahren. Während Barbara und der Bär sich noch aus dem Auto quälten – sie waren beide eingeschlafen, nachdem ich das Steuer übernommen hatte – lief ich schon zur Haustür und klingelte. Mama hat die Tür geöffnet und gesagt:
„Huch eine Fremde!" und dann: „Wir kaufen nix."
Typisch Mama, aber sie hat ja Recht. Mich sieht sie drei Mal im Jahr, obwohl wir auch in Marienberg wohnen und Bertram sieht sie vielleicht gar nicht, weil der viel unterwegs ist.
„Mein Schwiegersohn ist in der Luft.", pflegt sie zu sagen, wenn ihre Freundinnen sich mal nach uns erkundigen „Und meine Tochter? Naja, wo soll die schon sein?! Natürlich in der Schule." Meine Mutter sagte doch tatsächlich einmal zu mir, ich sollte mir ein Bett ins Büro stellen. Sie ist ganz schön beleidigt, weil ich mich so selten blicken lasse. Mein Vater schlägt dann noch in dieselbe Kerbe: „Willst du mir diese hübsche Dame nicht mal vorstellen, Barbara?", frotzelt er meistens, wenn er mich sieht.
„Aber Robert, die kennst du doch von früher. Erinnerst du dich nicht, dass sie mal hier im Haus gewohnt hat?", frotzelt dann meine Mutter gewohnheitsmäßig weiter.
Im Haus meiner Eltern wohnt Julia, die Tochter, die sie immer gleich wiedererkennen. Meine Schwester hat vor vielen Jahren das Haus meiner Eltern übernommen und hübsch ausgebaut und umgestaltet. Ihr Mann Thomas und sie betreiben den sehr gut gehenden Bioladen in

Marienberg. Deshalb sieht Julia mich auch wesentlich öfter. Ich kaufe fast alles in 'Julias Bioladen', zum Leidwesen meiner Kinder.

„Ach Mama, kann's nicht mal ein ordentliches, blutiges Steak sein?", jammert Nicky oft, wenn er die köstlichen Gemüsebratlinge aus Julias Bioladen essen soll. Ich verstehe einfach nicht, wie man ein solch gesundes und leckeres Essen ablehnen kann. „Du hast doch nichts dagegen, wenn ich heute mal zu Oma essen gehe?", hörte ich manchmal von meiner Tochter Barbara.

Naja, die heißt ja auch so, weil sie ihrer Großmutter sehr ähnlich ist. Vom ersten Tag an. Sie hat nämlich rote Haare, genau wie meine Mutter. Da wusste ich schon, was auf mich zukommt und ich hab sie dann auch gleich so wie meine Mutter genannt. Der Bär wollte protestieren, aber dieses eine Mal habe ich meinen Kopf durchgesetzt.

„Kind, komm doch morgen zum Essen!", lädt meine liebe Mama dann zum Kannibalen-Menü ein. „Ich mache Rouladen mit Rotkraut." „Und Fritten", fügt meine Tochter dann freudig hinzu. „Willst du nicht mitkommen, Mama?", fragte meine Tochter meistens völlig harmlos. Aber damit kann mich keiner mehr ärgern. Ich bin schon seit 25 Jahren Vegetarierin. Da kennt man alle Bemerkungen, die es dazu gibt.

Jetzt sieht meine Mutter ihre „Engeltochter" und ihren Schwiegersohn um die Ecke kommen. Sie tut einen Schrei und läuft in den Flur um meinen Papa zu rufen. „Robert, komm mal schnell! Wir haben seltene Gäste!" Flugs kommt mein Vater um die Ecke gerannt und als er uns im Dreierpack erblickt, ruft er: „Das muss ich fotografieren, das glaubt mir sonst keiner. Bitte alle stehenbleiben!" Und tatsächlich rennt er zurück ins

Haus und kommt erneut mit seiner neuen Kamera, die er von uns zum Geburtstag bekommen hat. Jetzt blitzt es drei Mal und dann erst darf sich die Familie ins Haus begeben.

Es war schon 21 Uhr als wir fertig gegessen hatten – es gab Tiefkühl-Fisch mit Tiefkühl-Semmelknödel, die gesunde Alternative. Dann haben wir Mama und Papa alles erzählt, was „Engelkind" Barbara zu ihrer überraschenden Heimreise motiviert hat. Dass Barbara schwanger ist, haben wir auch erzählt. Da ist meine Mama schier aus den Latschen gekippt.

„Ich werde Urgroßmutter! Dabei bin ich erst 75 Jahre alt. Ist das nicht unglaublich!", jubiliert sie und nimmt Barbara in die Arme, drückt sie ganz fest und tanzt mit ihr durch das Esszimmer. Barbara wirkt das erste Mal seit wir sie am Flughafen abgeholt haben, entspannt.

Meine Schwester Julia ist später auch noch aus der oberen Etage heruntergekommen, obwohl sie und Thomas zu dieser Zeit normalerweise schon längst ihren Schönheitsschlaf zusammen mit „Engelsohn" Henrik und Hund Bonny angetreten haben.

„Ich dachte, diese Geräusche im Haus sind unnormal. Da musste ich doch gleich mal nachsehen, ob nicht irgendwelche Einbrecher im Haus sind." Sagte es und schloss ihr Patenkind in die Arme. Beide fingen an zu weinen. Wir sind eben eine echt verheulte Familie. Die Einzige, die selten weint, ist meine Mutter:

„Wenn du rote Haare hast, verlernst du das Heulen irgendwann." Als Kind muss man sie ziemlich viel geärgert haben wegen ihrer feuerroten Haare. Sie hat sich aber auch entsprechend wehren können. Einmal, ganz früher, als sie noch klein war, hat sie einem Klassenkameraden den Schulranzen über den Kopf gehauen, weil der sie 'Rotfuchs' genannt hat. Er ist Gottseidank mit dem Leben davongekommen und meine Mutter mit einer Schulverwarnung. Von dieser Zeit an hat es jedoch keiner mehr gewagt, irgendwelche Scherze über die herrlichen roten Locken von Barbara Schmidt zu machen. Mein Papa hatte sich als Erstes in ihre Haarfarbe verliebt.

Der Abend war wirklich sehr unterhaltsam und hat auch 'Engelkind' Barbara ein wenig von ihrem Kummer abgelenkt. Ich hab mir fest vorgenommen, meine Eltern öfter zu besuchen. Es ist immer sehr lustig mit ihnen. Am schönsten ist es immer, wenn meine Mutter meinen Vater davon abhalten will, zu jedem Thema einen Witz zu erzählen. „Robert, ich glaube den hast du schon erzählt, nicht wahr Liz?" Ich sage dann immer knallhart, dass ich den Witz nicht kenne. Folglich muss sich meine liebe Mama den Witz zum X-ten Male anhören und ich finde genau d a s so lustig.

Seit mein Papa pensioniert ist, wird seine Witze-Sammlung immer größer. „Mama, ich will nicht nach Amerika", sagte er gestern Abend als Erstes. „Halt's Maul und schwimm weiter!".

Keiner lachte. Es war wirklich nicht witzig.

Um drei Uhr heute Nacht sind der Bär und ich ins Bett gefallen. Barbara war noch putzmunter. „Geht ihr ruhig ins Bett! Ich checke noch meine Mails und gehe dann auch."

Heute Morgen bin ich wie gerädert. Aber das macht nichts. Unserer Tochter geht es gut. Sie schläft tief und fest. Das ist die Hauptsache. Wie gewöhnlich schaue ich bei der Ankunft in der Schule mal kurz ins Büro und checke im Schnelldurchlauf die Post vom Vortag. Manchmal komme ich schon so weit, dass ich die

Werbung bereits in den Mülleimer werfen kann, bevor der Unterricht losgeht. Heute ist besonders viel Werbung dabei. Ich will den Stapel von Briefen schon zur Seite legen, weil es gerade klingelt, da fällt mir ein Brief mit einem wohlbekannten Motiv vorne drauf in die Hand. Ich erkenne sofort, dass es ein Brief vom Ministerium ist. Mir wird ganz flau im Magen. Richtig! Ich hab ja noch nix gegessen. Wenn das die Kinder wüssten! Jetzt kann ich erst recht nichts mehr essen. Ich halte den besagten Brief kurz in der Hand, so als ob ich ihn wiegen müsste und das dringende Bedürfnis, ihn in den Papierkorb zu werfen, überkommt mich. „Aber liebe Frau Rektorin Berger, das tut man doch nicht!", höre ich meinen lieben Ex-Schulrat Breuer zischeln.
„Weg damit!", kommt's aus meinem Inneren zurück. „Nein!" sage ich ganz laut, als Herrchen heulend in mein Büro kommt. Der Brief landet auf meinem Schreibtisch und wird kurzzeitig vergessen, weil ich Herrchen trösten muss. Ihr ältester Hund ist tot.
Die Arme! Sie hat so an diesem Hündchen gehangen. Ich drücke sie ganz fest und spreche ihr mein aufrichtiges Beileid aus. Gottseidank kann ich sie dazu überreden, dass sie gleich in ihre Klasse geht. Dort wird sie bestimmt ihr Unglück zeitweilig vergessen.
Nun rufe ich noch kurz Frau Korny an, denn es interessiert mich ja doch wie die gestrige Gemeinderatssitzung ausgegangen ist. Frau Korny erzählt mir, dass man sich darauf geeinigt hat, keine der drei Marienberger Grundschulen zu schließen. Man will an oberster Stelle dafür kämpfen.
In den beiden ersten Stunden habe ich überhaupt keine Zeit, an die Post aus dem Ministerium zu denken. Die Mizzi hat heute Geburtstag und sie hat leckere

Käsebrötchen mitgebracht. Zum ersten Mal seit meiner Vereidigung zur Lehrerin hat ein Kind zu seinem Geburtstag keinen Kuchen, sondern belegte Brötchen (dazu auch noch selbst gebackene – aus Vollkornmehl!) mitgebracht. Ich bin begeistert. Mizzi hat ihrer Mutter beim Backen und Belegen der Brötchen geholfen.
Die Kinder der Klasse möchten alle das Rezept von der Mizzi haben. Was ihnen besonders gut gefällt: Die Brötchen sehen aus wie kleine Gesichter. Die Gurken und Tomaten sind zusammen mit der Petersilie zu Gesichtern dekoriert. Mir kommt die Idee, die Frau Korny einmal höchst persönlich in die Schule einzuladen, damit sie dasselbe mit allen Kindern vor Ort durchführen kann. Ich nehme mir vor, sie in der Pause diesbezüglich einmal anzurufen. Da fällt mir auch der hochheilige Brief wieder ein. Ist aber schnell wieder vergessen, denn die Kinder haben sich schon für die Streichel-Runde im Stuhlkreis versammelt und Anton, unser Klassensprecher hat den Erzählstein in der Hand, um die Runde zu eröffnen. Da bleibt mir keine Zeit mehr, über irgendetwas Außerschulisches nachzudenken. Außerschulisches? Ja, das Ministerium liegt doch außerhalb der Schule, oder, newahr?
Zuerst nimmt Karlchen den Stein in die Hand. Doch als er zum Sprechen ansetzt, kullert eine dicke Träne aus seinen Augen. Dann weint er hemmungslos. Die Kinder fragen: „Was hast du denn Karlchen?", doch er kann vor lauter Schluchzen nicht antworten. Ich nehme den kleinen Kerl in den Arm und gehe mit ihm in die "Privatsphäre".
Die von uns so getaufte Privatsphäre ist ein Raum, direkt neben unserem Klassenzimmer. Früher war dieser Raum einmal ein Materialraum, wo Karten und

Lehrmittel aufbewahrt wurden. Wir haben ihn ausgeräumt und die Sachen aus den Regalen in ein leer gewordenes Klassenzimmer umgeräumt.

Als die Frau Korny aus dem Haus von ihrem Verflossenen ausgezogen war, hat sie sich neu eingerichtet und uns für unsere "Privatsphäre" ihre alte Couch und zwei Sessel geschenkt. Dazu haben wir noch eine alte Schulbank gestellt und auf den Regalen liegen Kinderbücher, Stifte und Zeichenmaterial. In dieser "Privatsphäre" können Kinder sich ausruhen, lesen, auch schreiben oder zeichnen, wenn sie es ganz still machen wollen. Ich mache den Kindern in der Klasse ein Zeichen, dass sie einfach weiter machen sollen und setze mich mit Karlchen auf die Couch. Die kleine Anni schlüpft hinter uns zur Tür rein und setzt sich zum Karlchen um ihm ganz zart über den Rücken zu streicheln. Das beruhigt den kleinen Kerl.

„Karl, was ist los? Kann ich dir helfen bei deinem Problem? Möchtest du uns sagen, was dich so unglücklich macht?", frage ich ihn behutsam.

„Ich hab so Angst, dass ich nich mehr in die Schul hier gehe kann. Ich hab Angst, dass du nimmehr mei Lehrerin bist.", schluchzt er und kann fast nicht sprechen. Es zerreißt mir fast das Herz und ich alte Heulsuse muss mich zusammenreißen, dass ich nicht mit ihm weine. Das Näschen läuft wie ein VW und ich finde in meiner Hosentasche ein frisches Taschentuch.

„Also, mein Lieber, so schnell lassen wir uns nicht unterkriegen. Egal, ob die Schule geschlossen wird oder offen bleibt: Ich bleibe deine Lehrerin bis zum Ende des Schuljahres. Darauf gebe ich dir mein Ehrenwort." Meine Stimme klingt richtig fest und ich habe mich wieder voll im Griff. Ich reiche Karlchen meine Hand zur Bekräftigung meiner Aussage. „Ich lass dich und Anni nicht im Stich, hört ihr?" Beide nicken eifrig mit dem Kopf.

„Ich gehe jetzt zu den Anderen zurück und wenn ihr soweit seid, könnt ihr nachkommen, o.k.?" Weiteres Kopfnicken. Als ich ins Klassenzimmer zurück komme, höre ich, wie der Till gerade der Mizzi seine Streicheleinheit verpasst.

„Ich find's gut, dass du immer für mich da bist, wenn ich einen Rat brauche, oder spielen will. Du hast immer Zeit für mich. Danke!"

Die Mizzi nickt gnädig. Sie hat scheinbar schon einige gute Streicheleinheiten bekommen. Auch ich persönlich bedanke mich bei ihr, dass sie so hilfsbereit ist und immer sieht wo es fehlt. Schnell ist die Zeit bis halb zehn vergangen und ich fordere die Kinder auf, ihren Tisch für das Pausenbrot zu decken.

Erst in der Pause komme ich dazu, den besagten Brief zu lesen. Der Herr Ministerialrat Gettmann hat ihn scheinbar verfasst. Zumindest steht ‚i.V. I. Gettmann' (I. für Ignatius) drunter. Zu einem klärenden Gespräch ins hochheilige Ministerium - werde ich eingeladen.

Nein, natürlich kann seine hochheilige Eminenz nicht an diesem Gespräch teilnehmen. Der hat ja auch **viel** Wichtigeres zu tun, als sich mit mir kleiner Schulleiterin auseinander zu setzen, newahr. Deshalb wird sich der liebe Herr Gettmann mit mir befassen.

Es geht darum, dass ich auf einem Elternabend die Eltern mit unbekannten pädagogischen Inhalten verunsichert hätte. Die 'unsicheren' Eltern haben sich nun gemeinsam (das muss man sich echt mal auf der Zunge zergehen lassen: GEMEINSAM!) hilfesuchend an das Ministerium gewandt und um Klärung gebeten (und den heißen Draht über den Erich Gropius gewählt, da möchte ich wetten!). Na warte, Erich, dir werd ich helfen. Atmen, Liz – Atmen! Dreimal genügt heute nicht. Ich setze mich auf meinen wunderbar bequemen Bürosessel und atme tief ein und kräftig aus, so wie ich es bei meinem Entspannungskurs mit der Giesi gelernt hab. Gerade will ich dem kleinen Zeh befehlen, ganz ganz schwer zu werden, da klingelt das Telefon.

„Mama, wann hast du heute Schluss?", höre ich von ferne meine Tochter aus der Muschel sprechen. Ach du lieber Gott! Mein eigenes Kind hätte ich doch fast vergessen! Ich hatte ihr gestern Abend in meinem jugendlichen Leichtsinn fest versprochen, meinen Schuldienst heute pünktlich zu beenden und schnell zu meiner Familie zu eilen. „Mit guten Vorsätzen ist der Weg zur Hölle gepflastert.", so sagte mein Opa, wenn ich ihm als Kind versprach, meine Hausaufgaben immer zu machen. Warum fällt mir gerade jetzt dieses dumme Sprichwort von Opa ein?

„Kind, ich weiß es nicht. Ich hab's mir fest vorgenommen und wenn nichts dazwischen kommt, dann kann ich die Schule um viertel nach Eins verlassen, denn dann ist der Unterricht beendet. Was hältst du davon, wenn ihr, du und Papa zu mir kommt und wir dann gemeinsam zum Antonio essen gehen?"

„Normalerweiser super, aber Papa ist ausgeflogen und Oma hat angerufen und uns alle zum Essen eingeladen. Oma fragt, ob du pünktlich da sein kannst."

Oh Gott, ja, da gibt's ja noch andere Verwandte! „Ja, mein Schatz, ich versuch's.", höre ich mich selbst sprechen, bin aber nicht davon überzeugt, ob ich erfüllen kann, was ich da gerade verspreche. „Du

kannst Oma sagen, dass ich gegen halb zwei da bin. Wie geht es dir? Hast du gut geschlafen?"
„Ja, wie ein Murmeltier. Zuhause schläft sich's doch am Besten. Hab gestern noch meine Mails gecheckt und zirka 25 Mails von einem gewissen Mister Browning bekommen. Alle mit demselben Inhalt. Er fragt, wo ich bin und entschuldigt sich tausend Mal und er will die Polizei informieren, um nach mir zu suchen. Er macht sich Sorgen, dass mir etwas passiert sein könnte."
„Und wie hast du reagiert?", frage ich gespannt. „Du hast ihm doch wohl geantwortet?"
„Ja", antwortet meine Tochter „ich hab ihm gesagt, dass ich wohlbehalten zurück in meiner Heimat bin und dass er die Heirat und das alles und besonders MICH vergessen könnte."
„Muss es denn gleich so hart sein? Willst du nicht noch ein paar Nächte darüber schlafen?", äußere ich vorsichtig meine Meinung.
„Nee Mama, keine Chance.." Da ertönt die Pausenklingel. Ich muss meiner Pflicht nachgehen. Meine Kollegen sitzen noch schwatzend im Lehrerzimmer, als ich unbemerkt in mein Klassenzimmer husche.
„Ich muss das Thema 'Pausenschluss' bei der nächsten Dienstbesprechung unbedingt anschneiden.", denke ich noch auf dem Weg dorthin. Und: „Ach, Ich wollte doch Frau Korny anrufen!" Aber das brauche ich nicht, denn Frau Korny steht nach der Schule vor meiner Klassentür um das Geburtstagskind mitsamt den leeren Platten, wo einmal Brötchen drauf waren, abzuholen. Zwei dieser leckeren Teile haben mich heute Morgen vor dem Hungertod errettet.

„Ach, Frau Korny, das ist schön, dass ich Sie hier treffe. Ich wollte Sie schon in der Pause anrufen, bin aber nicht dazu gekommen."

„Isch wollt Sie ja auch sehr gern spreche, aber net weche der Mizzi, sondern weche der Gemeinderats-Sitzung. Sie ware uff einmol net mehr da. Is Ihne auch schlecht geworde?", und im Folgenden klärt mich die Frau Korny über den Fortgang der „Schildbürger-Sitzung" (wie sie es nennt) auf. Na, das hat mir gerade noch zu meiner Sammlung für heute gefehlt. Mir wird ganz schlecht, als ich erfahre, dass ein gewisser XXL dabei ist, sein eigenes Dorf in die Pfanne zu hauen. Ich erzähle ihr, wie es dem Bär und mir ergangen ist. Und als ich gerade beiläufig auf die Uhr schaue, sehe ich, dass es genau 13 Uhr 33 ist und bekomme einen Schreck. Ich verabrede mich mit Frau Korny für meine morgige Sprechstunde um 10.30 Uhr, um mit ihr alles Weitere zu besprechen. Am Samstag will Frau Korny auch mit zur Demo in die Hauptstadt fahren. Jetzt muss ich mich aber beeilen! Mama, ich komme!

Noch schnell ins Haus, um nachzuschauen, wo der Bär heute hingeflogen ist. Normalerweise liegt ja ein Zettel auf dem Esstisch, auf dem seine übliche Nachricht liegt. Dann kann ich mich ja gerade schnell noch umziehen. Hab ganz schön geschwitzt, als ich diesen Brief gelesen hab. Ach Gott, der Brief! Den habe ich ja ganz vergessen! Den habe ich auf dem Schreibtisch im Büro liegen lassen. Ach du grüne Neune, wenn den einer liest! Ich habe ihn nicht mal wieder in den Umschlag zurückgesteckt. Nach dem kurzen Gespräch mit Frau Korny bin ich schnell an mein Auto gehechtet und nix wie los, damit ich nicht zu spät zu Mamas Essen

komme. Da kann man mal sehen, wie die mich im Griff hat, diese Übermutter!
Nee, duschen geht jetzt nicht mehr, sonst flippt Mama aus. Halt, was ist das denn? An unserer Haustür macht sich ein Mann im Trenchcoat an der Haustürklingel zu schaffen. Neben ihm steht ein Koffer, der ist so groß, dass da 'ne Menge Diebesgut reinpassen wird. Das gibt's doch nicht! Ein Einbrecher am helllichten Tage! Und ich ertappe ihn auf frischer Tat!
„Hallo, Sie da! Was machen Sie da?", rufe ich und nähere mich dem Mann von hinten. Da dreht der sich um und sagt: „I beg your pardon, Madam?"
Der sieht ja gar nicht wie ein Einbrecher aus. Außerdem spricht der Englisch. Moment mal! Irgendwie kommt mir dieses Gesicht bekannt vor. In diesem Moment streckt mir der junge Mann im Trenchcoat seine Hand entgegen.
„My name is Bob. Bobby Browning." Er lächelt mich an. Jetzt dämmert's mir. Ach du lieber Gott! Das kann doch nicht...Neiiin!
„Irk bin de Mann of Barbara, you know?" Barbara? Mann?" Ach sooo?
Mensch Liz, du stehst mal wieder auf dem Schlauch! Das ist Bob, Barbara's Bobby! Er sieht so sympathisch aus. Ich kann nicht anders: Ich muss einfach meine Arme ausbreiten und ihn begrüßen, wie es sich für einen Schwiegersohn gehört, obwohl ich nur einmal ein Foto von ihm gesehen habe und obwohl er ja laut Barbara gar nicht mehr mein Schwiegersohn ist. Ich ziehe ihn schnell ins Haus rein, als wäre ICH der Verbrecher. Die Leute kommen ja so schnell auf dumme Gedanken! „Frau Berger hat einen Liebhaber während ihr armer Mann in der Weltgeschichte herumfliegt und

das Geld verdient." So höre ich sie schon reden. Der junge Mann lässt sich's gefallen und zieht dabei den Riesen-Koffer in den Hausflur rein. Er lächelt mich wohlwollend an, als ich zum Telefonhörer in der Diele greife und bei Mama anrufe, um ihr zu sagen, dass es doch etwas später wird.
„Das haben wir uns schon gedacht. Wir haben bereits angefangen. Sollen wir dir etwas aufheben?"
„Du kannst es ihr dann ja mit der Post senden.", höre ich Papas Stimme im Hintergrund, was so viel bedeutet wie: Die kommt ja sowieso nicht.
Wider Willen muss ich lachen: „Nein, ich komme noch. Du kannst uns das Essen ruhig warm halten." „Wie? UNS? Kommt Bertram auch mit? Engelkind, ich denke, der ist in Portugal?" „Nein", ruft Barbara „der ist in Portugal, da bin ich sicher."
„Nein!", unterbreche ich Mamas intensive Nachforschungen. „Ich hab mich bloß versprochen. Bis nachher!", sage ich schnell und lege auf, so dass keine weiteren detektivischen Fragen mehr folgen können.
Bob hat bereits seinen Trenchcoat ordentlich an die Garderobe gehängt, den Koffer beiseite gestellt und steht jetzt abwartend im Wohnzimmereingang. Seine Schuhe hat er auch ausgezogen. Wie gut erzogen der ist!
„Möchtest du Kaffee oder Tee?" Ich mache mich an der Kaffee-Maschine zu schaffen und biete Bob einen Platz an unserer Küchentheke an. Bob nimmt eine Tasse schwarzen starken Kaffees von mir an, weil er ziemlich müde von der Reise ist. Von seinem Barhocker aus erzählt mir dieser ein wenig zu groß geratene und schlacksige Kerl in einem Mischmasch zwischen Deutsch und Englisch, was er in den letzten 24 Stunden so alles erlebt hat. Ich höre bloß zu und sage ab und zu

mal: „Ach du lieber Gott!", oder „Nein! Ist das echt wahr?!"
Als er Barbara davon abhalten wollte, ihr Studium weiter zu machen, weil sie schwanger ist, haben die beiden gestritten. Bob will nicht zulassen, dass Barbara sich anstrengt und sich unnötigen Gefahren aussetzt. Das finde ich persönlich ein wenig übertrieben. Man kann doch auch studieren, wenn man schwanger ist. Man kann sogar arbeiten, wenn man schwanger ist. Ich glaube, dieser Bob will meine Barbara am liebsten in Watte einpacken.
Als Barbara uns erzählt hat, dass sie schwanger ist, habe ich sie in meine Arme genommen und gesagt:
„Mach dir keine Sorgen. Gemeinsam schaffen wir das."
Auch der Bär hat sich sehr verständnisvoll gezeigt. Sogar darüber, dass Barbara ihr Masterstudium in Texas fortsetzen will, hat er sich positiv geäußert. Und ich? Naja, ich habe seit meinem Telefongespräch mit Barbara, als sie noch nicht schwanger war und ich vermutete, dass sie es **doch** ist und deswegen heiraten muss, sehr ernsthaft darüber nachgedacht, wie man sich verhalten muss, wenn man als Mutter erfährt, dass man bald Oma wird. „Aus Fehlern lernt man." Das sagt meine Mama immer und weil das exakt stimmt, sage ich auch bei jeder sich bietenden Gelegenheit zu meinen Schulkindern:
„Fehler sind da, um gemacht zu werden, damit man daraus lernen kann.", so habe ich den Leitsatz meiner Mutter ein wenig verändert. Die Kinder können's schon auswendig und sprechen den zweiten Teil des Satzes immer im Chor mit: „…damit man daraus lernen kann."

Barbara könnte doch auch weiter studieren, wenn das Baby da ist, meint Bob jetzt. Süß, wie er das Wort ICH ausspricht! Und meine Barbara nennt er "Barbie". Ob das wohl meiner Tochter gefällt, mit einer Puppe, die den amerikanischen Vorstellungen von einer perfekt gekleideten Super-Frau entspricht, verglichen zu werden?

„Irk liebe dork meine Barbie", schließt er seine Ausführungen und „Irk glaube, sie hat die Hormoune, die sie verruckt marken."

Wie ich meine Tochter kenne, braucht sie dazu keine Hormone. Die ist auch sonst ziemlich verrückt, finde ich. Wie kann man einen solch unbeholfenen schlacksigen Mann einfach so im Stich lassen?! Der dazu noch so charmant aussieht und so unschuldig aus seinen bernsteinfarbenen Augen blickt. Jetzt komme ich aber echt ins pubertäre Schwärmen! Und die soziale Ader schwillt auch wieder ganz mächtig an. Liz, du hast doch überhaupt keine Menschenkenntnis! Mir tut er jedenfalls Leid, der Bob. Außerdem finde ich es toll, dass er sich bemüht, Deutsch zu 'sprerken'. Das macht auch nicht jeder Amerikaner (außer John F. Kennedy, und das waren ja nur drei Worte). Mir ist dieser Bob jedenfalls echt sympathisch.

„Nun müssen wir aber auch wirklich los, Bob. Die warten alle schon auf mich." Ach du lieber Gott, den Zorro habe ich ganz vergessen! Der steht an der Terrassentür, wie ein Mensch – aufrecht - und kratzt mit seinen Vorderpfoten am Fenster rum. Als ich ihm die Tür öffne, rennt er flugs zum Futternapf und lässt ein beleidigtes Quengeln hören, als er diesen leer vorfindet.

„Ja ja, Zorro, ich eile." Schnell öffne ich den 'Zorroschrank', der sich im Kämmerchen neben der

Küche befindet, wo sich die Gourmet-Dosen für Zorro stapeln. Er streicht bei dieser Aktion immer zufrieden um meine Beine herum, aber heute, tja wo ist er denn?? Mein Kater steht doch tatsächlich vorm Barhocker, auf dem Bob sitzt und starrt diesen an, als sei er ein Marsmensch. So ungefähr, wie: „Kennen wir uns? Was machen Sie überhaupt hier?"
„You don't know me, ha?" Bob spricht ganz leise. „But I know YOU" Jetzt hat er sich in voller Länge zum Zorro runtergebückt und streichelt ihn ganz zärtlich. „You are Sorrow and Barbara told me a lot of stories about you."
Wenn "Sorrow" jetzt in Bob reinkriechen könnte, dann würde er es tun. Aber er schafft es immerhin, zwischen den langen geknickten Beinen von Bob einfach zu verschwinden.
„Tja mein Lieber, dann räume ich dein Fress'chen mal wieder weg:", sage ich und schwupp – ist mein Zorro schon wieder am Ort des Begehrens. „Nee, Futter ist doch wichtiger, als jeder dir bekannte Mensch, nicht wahr Zorro?"
„Mrr", maunzt er, was so viel heißt wie: „Lass mich!"
„Er ist nork sußer als irk gedarkt habe. My Barbie told me ganz viele Stories about Sorrow. He's so cute!", sagt Bob, als ich ihn an der rechten Hand aus dem Haus zerren will.
„Naja süß ist anders. Der kann ganz schön garstig sein, vor Allem wenn man vergisst, seine Hoheit Zorro der Erste, zu bedienen.
„Stopp! My shoes!", ruft Bob. Erst da fällt mir auf, dass mein neuer Schwiegersohn barfuß ist. Also – zurück ins Haus, Schuhe an, Trenchcoat an – und schwupp ins Auto.

„Wie bist du überhaupt von Frankfurt hier her gekommen?", frage ich Bob, als ich vor der Tür weit und breit keinen Leihwagen sehe.
„Des war eine sehr nette Taxifahrer, die mirk gebrarkt hat. Hat mir auf de Fahrt viel erzählt über de Land und auk die Leute."
Nee, das kann nicht wahr sein, oder?! 200 km mit dem Taxi!!! Ich glaub das jetzt nicht. Aber sagen tue ich nix. Ich halte krampfhaft Unter-und Oberlippe zusammen, damit mir nur ja kein Wort entwischt. Ist doch ganz normal, oder? 200 km mit dem Taxi. Na klar! Ich frag jetzt auch nicht nach, was das gekostet hat. Und wechsele rasch das Thema:
„Wissen deine Eltern, dass du hier bist?" Ganz beiläufig kommt meine Frage. So, als wäre das gar nicht wichtig.
„O yes!", kommt's wie aus der Pistole geschossen „They know." Bob erzählt mir, dass sie begeistert waren, als er sie vor vollendete Tatsachen gestellt hat, dass er nämlich unverzüglich das nächste Flugzeug nimmt, um seine Barbie zurück zu holen. Genau so hätte Daddy das auch gemacht, hat Mister Ewing, äh Browning dann gesagt und seinem Sohn sofort ein „Ticket to Frankfurt" von seiner Sekretärin bestellen lassen. Ich frag jetzt auch nicht, was für ein Ticket das war.
„First Class", das wollte ich gar nicht wissen, aber Bob sagt's ganz stolz und er hat die ganze "Nakt" sehr gut geschlafen, weil er nämlich ein Bett zur Verfügung hatte. Was sagt man denn zu so was?! Ist vielleicht doch nicht schlecht, reich zu sein. Kein Kommentar, Liz!
„They gave me a few little things for you and your family. Die sind im baggage.", meint Bob. „Äkt texanik.", sagt er noch, als der Türsummer meines Elternhauses summt und wir rasch eintreten.

Es ist ein Bild für die Götter, was jetzt entsteht, als Bob in voller Länge hinter mir im Esszimmer-Türrahmen erscheint:

Meine Tochter springt von ihrem Stuhl auf und schreit laut, so als käme in dunkelschwarzer Nacht ein schrecklich gruseliger Geist auf sie zu. Meine Mutter springt ebenfalls auf und legt den Arm um "Engelkinds" Schultern um sie zu beruhigen und ruft gleichzeitig: „Wer ist das???!!!"

Mein Vater, wie könnte es anders sein, bleibt ruhig sitzen und betrachtet schmunzelnd die Szene. Dabei nimmt er gemächlich einen Zug aus seiner Pfeife. Ich bin sicher, gleich kommt ein passender Witz.

Kapitel 13
Lieber Herr Doktor!

Das war vielleicht e Woch! N paar gute Sache sinn passiert und dann is alles drunner un drüwwe gegange. Zuerst die Gemeinderats-Sitzung, wo die Frau Berger verschwunne war und die dann Gottseidank vertacht worde is. Danach die neue Bekanntschaft mit der Magdalena Böck. Jetzt kann die Mizzi auch mal zu de Böcks zum Spiele gehe. Die Magdalena hat gesacht, dass se sich bei ihrem Schwiechervater in Zukunft mehr durchsetze will. Die Mizzi is ganz begeistert von dem Till seinem Spielzimmer. „Mama, der hat einen Extra-Raum für seine elektrische Eisenbahn, stell dir das vor! Und da gibt's 'ne Stadt und ganz viele Häuser und Geschäfte und Menschen! Ganz toll, Mama!"
Un zu der Demo am Wochenend will se auch mitgehn, die Magdalena; dann brauch ich wenigstens net allein hinzugehn. Die Kinner wolle mer mitnehme.
Die Frau Berger, die hab ich einfach net erreicht um se zu frache, warum se net auf de Sitzung gebliebe is. Und dann is mei Mizzi auch noch am Abend vor ihrem Geburtstach krank geworde. Ich hatt alles gekauft um mit de Mizzi zusamme die Brötche für die Schul zu mache, un mir hatte schon die Hälft von dene Brötche fertich, da sacht die Mizzi auf einmal:
„Mama, mir ist irgendwie schwindlich. Mir wird's immer warm und kalt abwechselnd." Die Mizzi hat die Idee gehabt, uff ihrem Geburtstag belegte Brötchen mit in die Schul zu nemme, un se wollt doch mithelfe bei de Vorbereitunge. Die Hälft von dene Brötche hatte mer ja schon gestriche und lustische Gesichter drauf dekoriert, da sacht se das.

„Ach du lieber Gott, was mache mer dann jetzt!?", sach ich noch, da fällt se mir in Ohnmacht. Zum Glück is se weich gefalle, weil die Couch direkt dehinner steht, wo se gefalle is, awwer ich hab vielleicht 'n Schreck gekriecht! Bin sofort zum Telefon gelaufe un hab de Doc angerufe. Der war zum Glück noch in de Praxis. Die Sprechstunde-Hilf war schon weg. S'war ja abends um siwwe.
„Ich komme sofort.", sacht er noch un lecht uff. Kaum zwei Minute später war der an de Tür un klingelt Sturm. Naja, s'is ja nur um die Eck, sei Praxis. Awwer schneller hätt de Notdienscht uff keine Fall sein könne. Die Mizzi war schon widder zu sich gekomme, awwer de Dokor hat se genau unnersucht. Der hat die Herztön abgehört, hat ihr in de Hals geguckt, de Bauch gründlich abgedrückt un was weiß ich noch alles.
„Mizzi, wann hast du heute denn das letzte Mal etwas getrunken?", fracht er so beiläufich.
Die Mizzi üwwerlecht un üwwerlecht un kommt zu keinem Ergebnis. „Da haben wir's schon!", sacht de Doc. „Das Kind hat den ganzen Tag nichts getrunken und es ist eine leichte Erkältung im Anzug. Das kann fatale Folgen haben, wie man sieht. Frau Korny, bringen Sie uns mal ein Glas Leitungswasser!" Du lieber Gott, wie kann so was dann passiere?? Dieses Kind! Ich renn schnell Wasser hole un de Doktor gibt de Mizzi 'n Fläschje aus seinem Arztkoffer un sacht:
„Mizzi, davon gibt dir die Mama jetzt 20 Tropfen und dann - husch, ins Bett! Und wenn es dir morgen früh schon besser geht, kannst du auch wieder in die Schule gehen. Und nicht vergessen: Viel trinken! Am besten Wasser."

Ich net faul, schmeiß die Mizzi ins Bett un mach auch sonst alles, was de Doc. gesacht hat. Un wie ich zurück ins Wohnzimmer komm, da steht der noch da un wart uff mich. Ja sowas! Ich weiß gar net wie mir uff einmal war. Irgenwie so als hätt ich Schmetterlinge im Mage un die sin dann in de Unnerbauch gefloge.
„Möchte Sie was trinke?" Was frach ich dann so blöd? Das fracht mer doch kein Doktor, der 'n Hausbesuch gemacht hat! Ich merk schon, wie ich rot werd, da sacht er:
„Warum nicht? Was haben Sie denn zu bieten?" Jetzt komm ich schon widder in Verlechenheit. Was hab ich dann zu biete????
„Naja, an Getränken.", sacht er. Ach soo meint der das! Wie peinlich! Was hatt ich dann für Gedanke!
Ich hatt noch 'n Flasch Bier im Kühlschrank, die war noch vom Sommer übrich un 'n Flasch Schnaps, die seit zwei Jahr im Keller ganz einsam auf'm Weinregal liecht. Beides war nimmer da, als de Doc. wieder ging. Naja, die Schnapsflasch war ja schon halbleer. De Doc un ich sinn jetzt per-du un was das Härtste is: Die Frau Korny (das bin ich) un de Doc. (das is der Eckhard) hawwe sich für die Demo am Samstach verabredt.
Un die Schmetterlinge, die ware an de Mizzi ihrem Geburtstach morgens immer noch da. Jedes Mal, wenn ich an den Doc. denke, dann wird mir ganz flau im Bauch.
„Was, das Kind hat morgen Geburtstag!?", sacht der Eckhard nach 'm dritte Schnaps. „Dann müssen die Brötchen doch fertig sein, damit das Kind sie morgen mitnehmen kann!"
Wenn ich noch dran denk, wie de Doc un ich dann für die Mizzi die Brötche fertig garniert hawwe. Die Deko-

Gesichter hawwe wirklich zum Teil ziemlich besoffe ausgesehe. Was de Eckhard un ich gelacht hawwe üwwer die Gesichter von de Brote! Wie wir mit dem letzte Brötche fertich ware, is de Mattis von seiner Klassenfete heimgekomme un hat ganz blöd geguckt als er de Doc. gesehn hat.

„Deine Schwester is krank und der Herr Dikthard äh der Herr Eckter, nein, der Herr Dokter (Mann wie peinlich!) is gekomme, um nach ihr zu sehe.", mei Sprachschatz is irgendwie unvollständich. Der Mattis is ganz schnell ins Schlafzimmer verschwunne und hat uns zwei einfach stehe lasse. Un was hawwe wir zwei gemacht? Gekichert wie zwei Teenies. Unglaublich peinlich war des! Hoffentlich kriegt die Mizzi nix mit, hab ich noch gedacht, als mir der Eckhard Doc. das DU angebote hat. Un dann hat er mich geküsst.

„Das gehört sich so, wenn man sich duzt.", sacht der, als er gemerkt hat wie peinlich mir des war. „Awwer mei Kinner könnte mich doch sehe.", wend ich ein. „Schon passiert.", meint der Doc. „Und jetzt geh ich, sonst wird die Mizzi noch wach von unserem lauten Küssen. Also dann, bis Samstag!"

Gottseidank war das Gör morgens widder fit un konnt in die Schul gehe. Sonst hätt ich die Brötche allein in die Schul bringe müsse. Naja, ich hab mei Mizzi dann in die Schul gefahre, un jetzt wart ich vor de Schulklass uff die Frau Berger, damit ich weche der Gemeinderatssitzung mit der spreche kann. Un wie se rauskommt, da sacht se doch, dass se mich auch anrufe wollt. Was für 'n Zufall! Se hat mir erzählt, dass se während der Sitzung angerufe worde is von ihrer Tochter, die hat in Frankfurt am Flugpatz uf se gewart. Die is üwerraschend aus Amerika gekomme, weil se ja in

Amerika studiert. Awwer die Frau Berger hat mir 'n Termin für morge gegebe, damit mer rede könne. Ich sach's ja: Die nimmt sich immer un für jeden Zeit. Die Geschicht mit dem XXL hab ich der Frau Berger awwer schon angedeutet. Da is se ganz blass geworde, die arm Frau Berger!

Kapitel 14
Die liebe Familie

Meine Mutter hat stillschweigend noch zwei Gedecke aufgelegt, als sie von mir erfahren hat, wer Bob ist, während Barbara aufgesprungen ist und im Bad verschwand. Bobby, nicht faul, hinter ihr her. Die beiden sind dann etwa 10 Minuten im Badezimmer geblieben und dann stumm wieder an den Tisch gekommen.
„Hallo Bob, ich bin die Seniorin Barbara, Barby's Oma.", sagt Mama und reicht Bob die Hand zum Gruß hin. Der lange Kerl schließt Mama spontan in die Arme. „Irk freue mik sou sehr über de Famely of de Barby.", spricht er gerührt. Da sagt Papa:
„Kennt ihr den? Sind eine Nonne und ein Pater in ein Badezimmer eingesperrt worden…" „Nee, den kennen wir nicht.", unterbricht Mama ihn ärgerlich. „Fängt aber gut an, oder?"
Niemand, außer Bob, lacht. Er hält Papa die Hand hin und sagt:
„Hi, irk bin Bob. My Barby hat mir viel von ihre Grandpa erzählt."
„Hoffentlich nur Gutes. Wie ich unsere Barbara kenne, hat sie die Wahrheit gesagt.", erwidert Papa und der Bann ist gebrochen.
Das Wichtigste: Bob kann über Papa's Witze lachen. Es klopft und meine Schwester kommt freudestrahlend herein. Als sie Bob sieht, stutzt sie kurz und fragt dann in die Runde, ob es sich bei dem Fremden um Barbaras Freund handelt.
„Woher weißt du das?", ist meine erstaunte Anfrage.

Meine Schwester schaut mich an, als hätte ich sie nicht alle.

„Ich bin im Besitz eines Computers, liebes Schwesterherz. Und mindestens ein Mal in der Woche bekomme ich von Babsi Fotos oder wir skypen miteinander. Schließlich muss ich doch den Kontakt zu meinem Patenkind aufrecht erhalten, selbst wenn sie bei den Cowboys in Dallas wohnt.

Julia kann jetzt endlich ihr Englisch an den Mann bringen, das sie auf der Volkshochschule und bei ihren Besuchen in Dallas gelernt hat.

„Hey Bob, how are you?"

Julia und Thomas hatten uns sogar zwei Mal während Bertrams Ausbildung zum Jet-Piloten in Amerika besucht und dabei festgestellt, dass sie ihre Englisch-Kenntnisse etwas aufbessern könnten. Beide haben dann einen Grundkurs an der Volkshochschule Marienberg absolviert.

Aber Bob will nur Deutsch 'sprerken':

„Es geht mir sehr gut, danke. Und Ihnen?"

Das finde ich sehr sympathisch, vor Allem weil Mama und Papa kein Wort Englisch verstehen. Das hält Mama jedoch nicht davon ab, es mit dem Sprechen zu versuchen. Im Experimentieren war sie schon immer gut:

„Hau is de Wetter in Dallas?", fragt sie Bob, als dieser sich über die grimmige Kälte in Good cold Germany beklagt. Sein Trenchcoat ist ihm nicht warm genug und in seinem Koffer befindet sich kein einziger Wintermantel.

„Mama!", ereifert sich Julia. Ich unterbreche sie und ersticke ihre von mir erahnte Bemerkung im Keim.

„Lass Mama! Sie bemüht sich doch, das muss man anerkennen." Dabei kann ich ein Grinsen kaum unterdrücken.

„Ja, Frau Lehrerin!", antwortet meine Schwester. Na, wer war denn nun eigentlich die "Frau Lehrerin" in diesem Fall, hä?

Bob jedenfalls hat Mama verstanden und erzählt ihr, wie herrlich warm zurzeit das Wetter in Texas ist. Nicht zu heiß und nicht zu kalt. Augenblicklich besteht auch keine Gefahr, dass ein Tornado entstehen könnte. Diese Tornado-Warnings waren für mich und die Kinder immer ein Horror während unserer Zeit in Dallas. Meistens hatten wir aber richtig Glück. Diese Schreckens-Winde zogen fast immer nördlich oder südlich von Dallas durch das Land.

Das Klima zwischen Bob und Barbara bleibt jedoch während des ganzen Nachmittags eisig. Sie sprechen sich gegenseitig nicht an und wechseln kein einziges Wort mehr miteinander. Was da im Badezimmer besprochen wurde, weiß keiner von uns. Jedenfalls scheinen sie sich darauf geeinigt zu haben, ihren Zwist woanders auszutragen. Es herrscht so was wie'n kalter Krieg zwischen den Beiden. Ich erzähle meinen Eltern und meiner Schwester, dass unsere Schule von der Schließung bedroht ist.

„Aber keine Angst, denn in Marienberg ist ja gar kein Platz um eine neue Grundschule zu bauen und außerdem sind die Grundschulklassen ja der Gesamtschule angeschlossen. Dort passen aber nicht die Kinder aus allen drei Dörfern rein."

Logisch, oder? Meine Ausführungen scheinen aber nicht alle Familienmitglieder zu überzeugen.

„Es wäre aber sehr schön, wenn Marienberg eine eigene Grundschule hätte.", fällt Papa mir in den Rücken. „Du wirst doch nicht erwarten, dass die Marienberger zu dir nach Nickelshausen in die Schule fahren müssen?", fragt mich Papa allen Ernstes.

„Nee Papa, aber alle anderen sollen nach Marienberg kommen, wo dann irgendwo eine neue Grundschule rein gequetscht wird, was? Papa, du bist ein typischer arroganter Marienberger! Die Hauptstadt Marienberg lädt ein, was??! Hast du dir schon mal die Grundschule, in der deine Tochter Rektorin ist, angesehen? Nee! Dann hättest du nämlich festgestellt, dass hier Platz genug für mindestens 500 Kinder ist. Sogar ein Rasen-Fußballplatz ist vorhanden. Das würde dir mit deiner Fußball-Leidenschaft doch auch gefallen, oder? Und was gibt's hier in Marienberg? Nicht mal 'ne eigene Turnhalle haben die Grundschulkinder hier, geschweige denn einen eigenen Fußballplatz!"

Für die wichtigeren Argumente, nämlich die bessere Pädagogik, ist Papa sowieso nicht empfänglich. Für ihn zählt an erster Stelle Marienberg und dann erst der Fußball. Immerhin hat mein Vater über einen langen Zeitraum hinweg im Gemeinderat von Marienberg gesessen und die Geschicke der Gemeinde hier kräftig mit gelenkt. So hat er unter Anderem auch mit dafür gesorgt, dass die Kreis-Gesamtschule nach Marienberg gekommen ist. Finde ich ja gut, aber irgendwie muss man auch mal an die kleineren Orte, die zu Marienberg gehören, denken. Denen kann man doch deswegen nicht ihre Grundschulen wegnehmen! Und schon vor Allem nicht, wo solch eine Rektorin in Nickelshausen die Geschicke leitet! (Selbstlob stinkt!)

Papa verspricht mir, bald nach Nickelshausen zu kommen und die Schule anzuschauen. Natürlich auch den Fußballplatz. Den Marienberger Fußballplatz kennt er ja zur Genüge, denn es wird kein Spiel angepfiffen ohne Papa. Die Nickels haben ja ihre eigene Mannschaft, die Papa aber nicht im Geringsten interessiert. Deshalb hat er sich bis dato noch nicht herabgelassen, den Fußballplatz in Nickelshausen zu betreten, geschweige denn, ein Spiel anzuschauen. Genau genommen hasst Papa die Nickels. Früher, als er noch ein Junge war, haben die Marienberger Jungs sich immer im Wald zwischen Nickelshausen und Marienberg mit den Nickels geprügelt. Man konnte also nicht gerade von Liebe zwischen den beiden Nachbardörfern sprechen. Ich frage mich manchmal, wie meine Eltern sich überhaupt kennen gelernt haben, wo Mama doch aus Nickelshausen stammt und Papa aus Marienberg. Ich beschließe, die Beiden einmal in einer ruhigen Minute über dieses Thema zu befragen.
„Habt ihr mal was von Nicky gehört?" Meine Mutter nun wieder! Sobald Papa und ich uns zünftig streiten, was des Öfteren vorkommt, versucht sie uns abzulenken.
„Sind die Beiden noch in Dubai? Die müssten doch längst wieder zurück gekommen sein, oder?"
Das bringt mich auf andere Gedanken. Das mit der Schule regt mich momentan eh ziemlich auf. Irgend so ein Nickel scheint darauf aus zu sein, dass seine ehemalige Grundschule geschlossen wird. "XXL" hat ihn die Frau Korny genannt. Komischer Name!
„Eigentlich hast du Recht mit deiner Frage, Mama. Die Zwei sind nach meiner Berechnung gestern Abend zurück gekommen. Vielleicht hat er sich ja schon

gemeldet, im Hause Berger jedoch niemanden erreicht.", überlege ich laut. Somit ist das Thema Schulschließung aus der Welt geschafft.

„Bine hat sich den Fuß auf dem Hinflug verstaucht und konnte glücklicherweise von einem Arzt, der an Bord war, notversorgt werden.", erzähle ich den Anderen. Da klingelt mein Handy.

„Kannst du das Ding nicht mal zu Hause lassen?", meint Papa als ich auf dem Screen sehe, dass es der Bär ist.

„Nein kann ich nicht", ist meine schnelle Antwort.

„Was kannst du nicht?", fragt der Bär am anderen Ende.

„Ach, das war Papa. Er meint, dass ich mein Handy doch mal zuhause lassen soll. Wo bist du?"

„Ich komme erst übermorgen. Wir hängen hier fest. Über der Sahara tobt ein Sandsturm. Da können wir nicht drüberhopsen. Aber das Hotel liegt direkt am Meer in Marocco. Ist super! Ach ja, und wir müssen noch weiter nach Sierra Leone. Der Zustand des Patienten ist stabil. Wir können also noch warten, bis das Chaos über der Sahara vorbei ist. (Meine nächste Frage vorweggenommen:) Keine Angst, Puppe: Hier in der Nähe ist kein Sandsturm. Es ist völlig ruhig und wir genießen unser 5-Sterne-Hotel."

Mein lieber Bär!!! Er kennt meine Angst um ihn und findet das völlig unbegründet.

„Wie geht's denn so? Gibt's was Neues?", fragt er beiläufig.

Na und ob!

„Nee, nur dass wir einen Gast haben. Du rätst es nicht.", flüstere ich, damit Bob es nicht hört.

„Frau Bergers neues Rate-Quiz, oder?"

Typisch Bär! Anstatt ehrlich zu raten, bringt so einen aberwitzigen Einwurf. Da wird unser Gespräch durch ein Krächzen unterbrochen und ich bekomme keinen Kontakt mehr mit Bertram. Wahrscheinlich ist soeben der Wüstensturm dazwischen gekommen. Da klingelt das Phone wieder. Meine Eltern gucken wie abgesprochen gemeinsam zur Decke.
„Hallo Mama, ist denn nie jemand zu Hause?"
„Es ist Nick.", flüstere ich den anderen zu.
„Wer?", fragt Mama. Ich glaube sie ist mittlerweile etwas schwerhörig geworden. Viel zu oft fragt sie in letzter Zeit nach, was ich gesagt habe.
„Ni-ick!", wiederhole ich.
„Mama, ja! Ich bin's!", brüllt Nick „Hörst du nicht mehr gut?"
Ich halte den Hörer weit von mir weg.
„Das war Mama. Ich bin bei Oma und sie fragt nach, wer denn am Telefon ist, verstehst du?!", brülle ich zurück.
„Warum schreist du denn so, Mama. Ich höre doch noch gut." Nicky flüstert nun betont leise.
„Wenn du die Türe öffnen würdest, dann könnten wir persönlich reden. Ich höre dich nämlich auch ohne Telefon."
Hä? Auch ohne Telefon? Das würde ja heißen…..
„Moment mal! Du willst doch nicht etwa sagen…"
„Doch Mama. Ich bin hier. Vor der Tür. Zuhause ist ja keiner. Da bin ich zu Oma gekommen. Aber hier macht mir ja niemand auf! Deshalb habe ich…"
Da bin ich schon an der Haustür. Mein Sohn steht tatsächlich draußen.
„Wo ist denn Bine?", ich schaue um die Ecke. „Ist sie nicht mitgekommen?"

„Nein. Sie wird niemals mehr mitkommen."
Ach du lieber Heiland. Auch das noch! Das hat mir gerade noch gefehlt: Erst Barbara, dann auch noch mein Sohn mit Herzschmerz. Ich will Nicky in die Arme nehmen, doch er wehrt sich:
„Ach Mama, ich bin doch kein kleines Kind mehr."
Ich hänge mich bei ihm ein und führe ihn ins Esszimmer, während ich einfach so tue, als ob ich seinen Kommentar nicht gehört hätte.
Jetzt haben wir sozusagen eine Clan-Versammlung. Die Familie freut sich mächtig, dass wir jetzt (fast, leider ohne Bär) vollständig sind. Meine Eltern sehen ihre 'Engelkinder' ja höchst selten. Schade, dass der Bär jetzt so weit weg ist. Dem würde das auch gefallen, seine Familie mal wieder komplett um sich zu haben.
„Du bist aber groß geworden!", sagt Papa jedes Mal wenn er Nicky sieht.
„Ja Opa, kleiner kann ich ja nun nicht mehr werden.", pariert mein Sohn. Dann umarmen die beiden sich und vergleichen die Größenverhältnisse. Abgesehen davon, dass die beiden sich wie ein Ei dem Anderen ähneln, hat Nicky meinen Vater um genau 4 Zentimeter überholt.
„Die Menschen werden immer größer, es ist nicht zu fassen!", sagt Papa dann jedes Mal.
Jetzt kommt 'Omi' dran. Die wird hochgehoben und dann dreht sich ihr Enkel zusammen mit ihr einmal um die eigene Achse. Ein Ritual, das schon lange Jahre (seit Nicky seine Großeltern an Größe überholt hat) Usus ist. Jetzt schaut sich mein Sohn in der Runde um und entdeckt seine Patin, die dieselbe Behandlung wie meine Mutter erfährt. Dann kommt ein kurzer

Augenblick des Erstaunens als Nicky seine Schwester entdeckt.
"Sehe ich eine Fata Morgana oder bist du's höchst persönlich, Schwesterherz?" Dies war mehr eine Feststellung als eine Frage. Die beiden begrüßen sich stürmisch und freuen sich riesig über das unverhoffte Wiedersehen.
"Und wer ist das? Nein, lass mich raten, ob es Bobby ist!", typisch mein Sohn. "Na dann rate doch!"
Jetzt springt Bob auf und stellt sich ordentlich vor:
"My name is Bob Browning und irk bin de Bräutigam of your sister."
Sofort verfallen die beiden ins Englische und sind in wenigen Minuten in ein tiefgründiges Gespräch über 'American cars' vertieft. (Coole Autos liebt mein Sohn schon von Kindesbeinen an.)
Mama ist mit Barbara in der Küche verschwunden. Papa hat sich in den Wintergarten verzogen um in Ruhe sein Pfeifchen zu rauchen. Da Mama und Barbara mich nicht bei der Zubereitung des Abendessens helfen lassen wollen, sitze ich da und hänge meinen Gedanken nach. Was wird der Bär wohl gerade treiben? Bestimmt amüsiert der sich prächtig bei einer Sightseeing Tour mit seinen Kollegen. Oder er streckt sich gerade im Liegestuhl aus und genießt die warme Sonne Afrikas. Ich freue mich ein wenig für ihn. Da klingelt es an der Haustür. Na also! Man hört doch das Klingeln. Ich gehe öffnen. Henrik, das jüngste Engelkind steht vor der Tür und schaut mich groß an:
"Tantchen, du hier?! Ist was passiert?", fragt er scheinheilig. Jetzt fängt der auch schon so an, wie Papa!
"Hier macht ja keiner die Tür auf! Ich hab bestimmt schon 20 Mal geklingelt."

„Och du Armer!", sage ich und schließe meinen Lieblingsneffen (ich hab nur den einen) in die Arme. Er kommt soeben aus der Berufsschule. Henrik will Star-Koch werden, wie er sich ausdrückt und macht gerade eine Lehre im Städtischen Krankenhaus in Bad Wendelshofen. Im Fernsehen schaut er sich immer, zusammen mit meiner Mutter, so eine Kochsendung an. Irgendwas mit Dinner, ziemlich blöde Sendung, die sich scheinbar sogar auch Leute ansehen, die selbst nicht kochen können. Ausgenommen Mama natürlich. Die kann kochen! Henriks Kochkünste sind dagegen noch ausbaufähig. Den Lafer schauen sich die beiden auch regelmäßig an. Kann ich nicht verstehen! Solche Sendungen nerven mich, weil die so ein blödes Zeug quatschen, anstatt sich aufs Kochen zu konzentrieren. Ich könnte das nicht. Naja, bei uns kocht meistens der Bär. Ich bin mehr für Salate zuständig, die meiner Meinung nach aber genau so viel Arbeit machen, wie die heißen Sachen. Trotzdem heimst der Bär immer das meiste Lob ein, wenn wir Gäste haben. Ich finde das ungerecht. Und wer macht die leckeren Vorspeisen, die süßen Nachspeisen, räumt alles weg, spült und deckt ab???

Als Henrik ins Wohnzimmer kommt, haben sich schon alle zum Kaffee eingefunden und er wird stürmisch von Barbara und Nick begrüßt. Des Weiteren wird mein Neffe jetzt über den Grund der Familienzusammenkunft informiert.

Meine Gedanken schweifen jedoch ab zum morgigen Tag. Das Haus voll mit meinen eigenen Kindern und ich kann's nicht genießen! Ich muss zur Demo fahren, das bin ich meinen Schulkindern schuldig. Onkel Klaus hat mir sofort einen Kleinbus zur Verfügung gestellt als ich

ihn heute in der Pause angerufen habe. Kostenlos! Und mit Fahrer. Ist doch echt nett von ihm, oder?
„Ich hab ja schließlich reichlich Enkel. Und die wollen auch gerne weiter in ihrem Wohnort zur Schule gehen. Deshalb unterstützen deine Tante Mo und ich diese Demo wo wir nur können."
Die Frau Korny war gerade bei mir im Büro als ich Onkel "Dietrich" (so nenne ich ihn oft, weil das sein Nachname ist) angerufen habe. Wenn ich Klassenfahrten unternehme, gibt er mir immer den günstigsten Preis, den man in der Umgebung bekommen kann. Ich habe dann ja schon zwei andere Kostenvoranschläge vorliegen, deren Angebot Onkel Klaus, alias "Dietrich" nie kennt. Trotzdem liegt er immer drunter mit seinem Preis. Wie er das wohl macht? Ich weiß es nicht.
Ich hab mich ja gefreut, als ich von der Frau Korny gehört hab, wer alles zur Demo mitkommt. Meine Vorgängerin im Amt wird mir immer sympathischer. Seit sie wieder von ihren vielen Reisen zuhause ist, kümmert sie sich mehr um die Geschicke von Nickelshausen. Sie hat sich doch tatsächlich für ein Mandat im Schildbürger-Gemeinderat von Marienberg beworben. Schon im nächsten Jahr sind wieder Wahlen und da will sie sich zur Verfügung stellen. Als sie mir das erzählt hat, bin ich aus allen Wolken gefallen. Wie sie mir dann noch hinter vorgehaltener Hand gestanden hat, dass sie einer der fortschrittlichsten Parteien angehört, blieb mein Mund eine Weile offen stehen. Sie hat mir auch gestanden, dass sie dieser Partei jetzt offiziell beigetreten ist, seit sie die sichere Rente bezieht.
„Da kann mir da oben (damit meint sie bestimmt das Ministerium) keiner mehr was." Ich erblasse vor Ehrfurcht. In unserem kleinen Bundesland wäre sie mit

ihrer 'extremen' (newahr!) politischen Einstellung "dort oben" bestimmt unangenehm aufgefallen. Dem Herrn Schulrat Breuer hätte das mit Sicherheit auch nicht gefallen. Wie kann man sich bloß so arg in einem Menschen täuschen. Der Erzengel Bauer ist zu einem richtig netten Engel mit einem waschechten Heiligenschein für mich geworden.
Der ortsansässige Arzt, der Herr Doktor Hirsch kommt auch mit. Die Frau Korny hat mir erzählt, dass er zwei kleine Kinder hat. Das wusste ich gar nicht.
Was ich auch nicht weiß, ist dass der Herr Doktor nicht liiert ist. Jedenfalls zurzeit nicht, wie mir die Frau Korny mit etwas rot gefärbten Bäckchen geflüstert hat. Es sollte wohl niemand außerhalb meines Büros hören, dass die Frau Korny das weiß.
„Ich hab nix gesacht, gell?" Flüsterton.
Auch die Mama vom Till Böck will mitfahren. Das hätte ich am Allerwenigsten gedacht. Die habe ich so eingeschätzt, dass sie sich zusammen mit ihrem Schwiegervater Böck freuen würde, wenn die Schule geschlossen wird. Die Frau Korny hat mir aber erzählt, dass sie die junge Frau Böck jetzt näher kennen gelernt hat und dass die eine ganz andere Meinung über die Schule und meine Pädagogik hat, als ihr Schwieger-vater. Und dass die junge Frau Böck noch ein ganz anderes Interesse hat, damit die Schule im Ort bleibt. Aber darüber wollte mir die Frau Korny nix verraten. Man könnte es aber bald von alleine sehen. Hä? Wie soll ich das verstehen? Liz, du stehst mal wieder auf dem Schlauch! Die gute Frau ist schwangäääää!!!
Was ich richtig blöd finde, ist dass keiner aus meinem Team mit zur Demo kommt. Sogar der Egon kann

morgen nicht. Er war aber der Einzige, der einen triftigen Grund hat:
Er hat morgen Geburtstag. Herrchen trauert noch und befürchtet, dass sie zu vielen munteren Hunden begegnen könnte und dann weinen müsste. Hänschen ist verschnupft und Schneeflöckchen Silke hat ein Rendezvous mit einem Mann. Das hat sie zwar nicht gesagt, aber als ich sie gefragt habe, ob sie ihren Termin nicht verschieben könnte, ist sie rot geworden (dabei bekommt sie immer hektische, rote Flecken unter den Augen) und hat gesagt:
„Meine Mutter ist krank. Ich muss für sie einkaufen gehen." Das war glatt gelogen (mit Rotwerden!).
Schade, dass der Bär morgen nicht mitkommen kann. Ich werde ihn sehr vermissen. Den Kindern muss ich auch noch beibringen, dass ich an meinem schulfreien Samstag zu einer Demonstration in die Hauptstadt fahre. Darüber wird sich meine Mutter sicherlich sehr freuen. Dann kann sie ihre Engelkinder so richtig nach Strich und Faden 'betüddeln'.
Der Abend ist noch richtig gemütlich. Eine Weile sind Bob und meine Tochter verschwunden. Sie wollen vor dem Abendessen spazieren gehen. Als sie nach einer guten Stunde wieder zurückkommen, wirken beide gelöst. Sie spazieren händchenhaltend ins Wohnzimmer.
Ich frage meine Tochter in der Küche, wo wir zwei die Nachspeise vorbereiten, was denn bei dem "Spaziergang" herausgekommen ist.
„Ich habe Bedingungen gestellt.", antwortet sie verschmitzt und zwinkert mir zu. „Hier gibt es keine Brownings, die sich einmischen können."

„Wie meinst du das?", frage ich scheinheilig. Ich kenne ja den Sachverhalt, weil Barbara mir das in einer Mail mitgeteilt hat.

„Naja, Bob hat mir zugesichert, dass ich mein Studium beenden kann. Das war meine erste Bedingung."

„Und die zweite?"

„Die Hochzeit soll im Kreise der Familie stattfinden und nicht mit halb Amerika zusammen."

„Und das alles hat er dir zugesagt?"

„Ja, hat er. Aber ich habe ihm versprochen, dass ich ein Jahr lang pausiere und mich nur um unsere Nachkommenschaft kümmere."

„Wie – Nachkommenschaft??? Das hört sich ja an als bekämet ihr gleich drei Kinder auf einmal.

„Naja, drei nicht gerade."

Allmählich dämmert es mir: Barbara ist nicht nur schwanger, sondern sie bekommt auch noch Zwillinge.

„Ach du lieber Heiland!" Ich schaue Barbara völlig perplex an. Die Tränen kullern ihr aus den hübschen Augen.

„Kind!", rufe ich: „Du sollst doch nicht weinen!"

Sofort schließe ich meine Tochter in die Arme und drücke sie ganz fest. Wir merken nicht, wie sich um uns herum die ganze Küche füllt.

Kapitel 15
Die Vorbereitung

Also ich sach's ja immer: Mer sollt sich net so viel Sache uf einmal vornehme, gell? Zuerst hab ich mich mit de Magdalena verabredt, dann mit'm Eckhard, un jetzt hat mich auch noch die Frau Berger gefracht, ob ich mit ihr zur Demo fahre wollt! Was mach ich n jetzt? Am beste werd ich krank. Ach nee, dann fehlt mir ja mein Doc. Der fährt doch auch zur Demo.
„Wenn Ihne das nix ausmacht, dass ich e größere Grupp bin.", sach ich zu de Frau Berger. (Ich sitz grad in ihrem Büro uff'm Besucher-Sessel)
„Wie soll ich das verstehen?", fracht die belustischt. Als ich ihr die Mitglieder von meiner Grupp uffzähle, freut se sich, dass die Magdalena mit uns mitfährt. Sie hat die Magdalena anners eingeschätzt, genau wie ich, gell?
Ich sitz wie gesacht bei de Frau Berger im Büro un hab ihr grad die Gemeinderats-Sitzung geschildert. Das mit de Anmeldezahle von de Kinner hat die Frau Berger in de Zeitung gelese un sich fürchterlich drüwwer uffgerecht.
„Da gab es mindestens zwei Leute in dieser Sitzung, die genau über die aktuellen Anmeldezahlen Bescheid wissen:
Zurzeit sind 18 Kinder an der Grundschule Nickelshausen für das nächste Schuljahr angemeldet. Na wenn das nicht genug Kinder sind, um eine Schulklasse zu bilden, dann weiß ich's auch nicht! Und genau darüber Bescheid wissen: ein Herr Gropius, Schulleiter in Marienberg und ein Herr Schmidt, Schulleiter in Talminzweiler."

Ich sach: „Die Frau Bauer hat gemeint, dass es noch e Dunkelziffer gibt. Die kommt übrigens auch mit zu de Demo, hab ich gehört." (Ich glaub, die Frau Bauer is im Zweitberuf entweder Wohnungsmaklerin oder Hebamm. Woher sollt se sonst so gut üwwer die Dunkelziffer von unsere Einwohner Bescheid wisse???)
Die Frau Berger freut sich wieder:
„Von einer Dunkelziffer weiß ich nichts, aber dann wäre es doch wirklich sinnvoll, einen Kleinbus zu organisieren. Ich könnte auf die Schnelle meinen Onkel Klaus Dietrich ansprechen, ob der uns seinen Kleinbus spontan zur Verfügung stellen könnte.", schlächt die Frau Berger jetzt vor.
Net schlecht. De Herr Klaus Dietrich is de lokale Busunternehmer un der Frau Berger ihr Onkel, gell?
Ich hätt damit ja zwei Fliege mit einer Klapp geschlache. Des wär doch ideal! Ich bräucht keinem abzusache un zudem hätt ich noch e Grund, den Eckhard heut anzurufe un sei symphatisch Stimm zu höre. Der nimmt sei zwei süße Kinner ja auch mit uf die Demo. Super! Was die Frau Berger doch oft für gute Einfäll hat!
„Un was is mit Ihre Kolleeche? Fahre die auch mit?" Da erscheint 'n Fragezeiche in der Frau Berger ihrem Gesicht. Darüber hat se noch gar net nachgedacht und die hawwe auch nix gesacht, dass se uff die Demo gehe.
„Da werd ich doch gleich mal nachfragen.", sacht die Frau Berger, steht uff un geht ins Lehrerzimmer. S dauert kei zwei Minute, da kommt se wieder un sacht: „Keiner kann morgen. Sie haben alle etwas vor, was sie schon lang geplant haben. Schade!"
Das klingt ziemlich enttäuscht. Dann nimmt se de Hörer in die Hand un wählt e Nummer. Kurz druff:

„Hallo Onkel Klaus. Ich hätt da gern mal'ne Frage:" Am annern End scheint einer laut zu lache. Die Frau Berger grinst auch: „Könntest du mir morgen spontan einen deiner Kleinbusse zur Verfügung stellen?"
Scheinbar hat die Frau Berger Glück. Se sacht ihrem Onkel noch, wieviel Leut zusamme mitfahre, quatscht noch n paar Sätz Smalltalk un dann lecht se befriedicht uff. Zu mir gewandt sacht se: „Sogar einen Fahrer stellt mein Onkel zur Verfügung. Nur das Benzin müssen wir selbst bezahlen."
Ich sach: „Das macht nix, Frau Berger, ich hab noch n bisschen auf der hohe Kante liege, wenn das se beruhigt?" Ich mag's, wie die Frau Berger jetzt so herzlich lacht. Dann kricht se so zwei goldiche Grübche in die Wange und die Auge, die strahle, wie de Stern von Bethlehem. Des gefällt mir. Ich mag se ganz doll, die Frau Berger, gell?
Is ja mal wieder typisch: Die annere Lehrer hebe ihren A.. äh Hinnern noch kei Zentimeter in die Höh, wenn se's net bezahlt krieche. So kenn ich die! D'bei müsse die doch auch 'n Interesse am Fortbestand von de Schul hier hawwe! Is doch wahr! Ich verabschied mich von de Frau Berger, weil ich ja noch einkaufe gehe muss un außerdem muss ich ja noch den Herrn Doc un die Magdalena anrufe, damit die weche dem Kleinbus Bescheid wisse. Die Frau Berger will die Frau Bauer üwwernehme.
Ich find des ach ganz toll, dass unser alt Schulleiterin, die Frau Bauer, sich so für die Grundschul einsetzt obwohl se doch schon in Pension is. Die bräucht sich doch garnet mehr defür zu interessiere. Na wenn die hört, dass die Kolleeche von de Frau Berger gar kei Interesse hawwe, die Demo mitzumache! Die wird sich

bestimmt ganz doll ärchere drüwwer, kann ich mir vorstelle, gell?
Wie ich heimkomm, heb ich sofort den Hörer ab um den Doc. anzurufe. Jetzt werde die Schmetterlinge wieder aktiv. Mir wird ganz flau im Mage. Awwer in de Praxis meldt sich keiner:
„Sie sind verbunden mit der Praxis von Dr.Eckhard Hirz. Zur Zeit ist ...", ja ja die alte Leier! De Rest kann ich mir spare.
Die Handynummer vom Eckhard hab ich leider net. Was mach ich n jetzt? Ich merk, wie die Enttäuschung von unne hochkrabbelt un die Schmetterlinge verrückt macht. So'n Chaos! Ich sach's doch: Mer sollt sich in so'm betachten Alter net noch bei erstbester Gelechenheit verknalle! Jetzt klingelt ach noch mei Handy! S' is die Magdalena. Se sacht, dass ich mir kei Gedanke mache sollt, weil die Mizzi noch net daheim is (hab ich noch gar net bemerkt) un dass die Mizzi bei der Magdalena zum Nacht-Esse bleibe will. S'gäb Pannekuche, was der Mizzi ihr Lieblingsesse is. Außerdem biet mir die Magdalena an, mich morge uf die Demo in ihrem Auto mit zu nehme. Wie ich ihr sach, dass die Frau Berger e Bus bestellt hat , is se einverstanne un sacht, dass se sich gern anschließt.
Jetzt liech ich hier im Bett un denk ununnerbroche an den Doc. Ja was soll ich dann mache? Am Liebste würd ich die Schmetterlinge rausschmeiße un die ganz Sach mit dem Kuss vergesse un wenn des ging, dann hätt ich's schon gemacht, awwer's geht einfach net. Hoffentlich kann ich einschlafe! Morge um neun geht's schon los. Der Bus kommt exta nach Niggelshause uf de Kirmesplatz un holt die ganz Baggaasch ab. Die Mizzi un ich müsse schon um siebe aufstehe, weil mer uns

noch Brote schmiere wolle für die Verpflechung. Des Brot hab ich heut schon vorsorglich eingekauft. Un von de Mizzi ihrem Geburtstachs-Fest is noch Wurst übrich. Das wird schon gehe. Die Gedanke schwirre nur so hin un her.
Ich nehm mei Buch üwwer Ernährung in die Hand, was mir die Frau Berger ausgeliehe hat, awwer ich kann mich einfach net richtig konzentriere. Die Mizzi schläft gottseidank schon lang. Als die heimgekomme is, war se schon müd vom viele Esse.
„Mama du musst unbedingt auch mal wieder Pfannkuche machen!", sacht se un geht direkt in ihr Zimmer. „Ich geh schlafen. Bin müd!" Un schon hör ich die Wasserspülung im Bad un danach die Dusch laufe. Mei Mizzi is n sauberes Kind. Die geht net ohne geduscht ins Bett. Das hat se von mir. Awwer selbst die kalt Dusch, die ich heut Abend genomme hab, hat nix geche die Schmetterviecher geholfe.
Ich lech des Buch beiseite un denk nach: Wie kann des sein? Wenn ich jeden Tach ‚'n Esslöffel von so'm komische Lein-Öl schluck (igitt!) dann soll ich davon schlanker werde. Un für's Gehirn soll des gut sein? Die schreibe in dem Buch hier, dass des Gehirn fast zu zwei Drittel aus Fett besteht. Is des zu fasse?! Des hätt ich net gedacht. Ich dacht, dass mei Fett alles im Po un in de Hüfte liegt. Des schockiert mich wirklich. Im Gehirn! Un des Fett braucht auch noch Nahrung. Viel Wasser soll mer auch trinke. Ach sooo! Deshalb könne die Kinner bei de Frau Berger jederzeit Wasser trinke! Auch während dem Unnerricht, sacht die Frau Berger. Des wär wichtig fürs Gehirn. Un de Doc. hat sofort die Mizzi gefracht, wann se des letzte Mal getrunke hätt. Jetzt dämmert mir Manches! Des mit dem Wasser trinke

scheint genau so wichtich zu sein. Awwer jetzt denk ich ja schon widder an den Doc. Das muss ich mir schnell widder abgewöhne! Himmelherrgottsakra! Mei Hirn macht jedenfalls, was es will. Ich glaub, des muss ich mehr mit Fett versorge. Un Wasser trink ich auch zu wenig. Was mer net alles falsch mache kann! Jetzt steh ich uff un hol mir 'n Glas Wasser. Vielleicht hilft's ja.

Kapitel 16
Mit dem Bus in die Hauptstadt

Als ich von zu Hause losgefahren bin, lagen im Hause Berger noch alle im Tiefschlaf. Nicky in seinem alten Zimmer und die beiden Brautleute (Ja, sie haben sich wieder versöhnt!) im Ehebett.
Ich habe im Gästezimmer geschlafen und mich ganz leise aus dem Haus geschlichen. Sogar gefrühstückt habe ich. Es gab Müsli, frisch geschrotet. Das hält lange satt.
Heute Morgen ist echt was los im kleinen Nickelshausen:
Der Bus steht an der Haltestelle auf dem Kirmesplatz, wie verabredet. Ich komme pünktlich um neun dort an und sehe schon von Weitem das Gewimmel. Onkel Klaus mittendrin. Wo kommen denn die vielen Menschen her, frage ich mich. Da entdecke ich einige bekannte Gesichter:
Herrchen kommt mir entgegen gelaufen: „Hallo Liz! Meine Mutter passt auf Max und Moritz auf. Ich komme mit." Max und Moritz sind Herrchens noch lebende Hunde. Ich freue mich sehr, dass sie mitfährt und wundere mich gleichzeitig. Schließlich ist sie die Einzige aus unserem Lehrerteam, für die eine Demo zum Erhalt unserer Schule wichtiger zu sein scheint als sonstige Vorhaben. Sogar ihre hochgeschätzten Haustiere verlässt sie für einen ganzen Vormittag. Seit Ingelises Tod (Mutter der beiden Weisenkinder Max und Moritz) wollte sie die beiden trauernden Tiere nicht alleinlassen. In den ersten Tagen hat sie die Zwei sogar mit in die Schule gebracht. Die Kinder waren außer sich vor Freude und ich habe ihr vorgeschlagen, im

Sachunterricht mit den Kindern das Thema 'Mein Haustier' durchzunehmen, vielleicht sogar ein Projekt über Hunde anzuschließen. So konnten uns die Eltern wenigstens keine Schwierigkeiten machen. Herrchen hat mir deswegen fast die Füße geküsst. Am Bus erzählt sie mir:

„Gertrud hat mich gestern Abend angerufen und mir erzählt, dass ein Bus fährt. Sie hat mich überhaupt nicht gefragt, ob ich mitkomme. Ich glaub ich hab immer noch das Gefühl, dass Gertrud meine Chefin ist. Die setzt es als selbstverständlich voraus, dass man sich einer solchen Aktion anschließt. Eine Widerrede war nicht möglich. Dass Gertrud noch so aktiv ist, wundert mich."

Herrchen vertraut mir auch noch an, dass sie sich für einen Montessori-Mathe-Kurs angemeldet hat, der in den Osterferien stattfindet. Darüber freue ich mich fast noch mehr als über ihre jetzige Anwesenheit. Aber es tröstet mich, dass ich selbst schon ein bisschen Einfluss auf meine Hermine habe, wenn auch nicht auf solch diktatorische Art wie Erzengel Bauer. Da kommen mir Mizzi und Till entgegen gelaufen:

„Frau Berger, wir haben unsere Schilder von der Gemeinderats-Sitzung dabei. Die passen auch für die Demo!", ruft die Mizzi mir zu. Der Till nickt eifrig zur Bestätigung. Da kommen noch zwei kleinere Kinder, ein Junge und ein Mädchen hinter den Beiden her. Die kenne ich nicht. Der Erwachsene, der folgt ist mir sehr wohl bekannt. Es ist der Hausarzt von vielen meiner Schulkinder, Dr. Eckhard Hirz. Ich kann mir den Namen sehr gut merken. Hirz, der Doktor mit Herz. Ich brauch nur einen Buchstaben von seinem Nachnamen zu verändern. Die Leute sind begeistert von ihm. Zu

mir hat er einmal gesagt, dass er den ganzen Menschen untersucht und nicht seine Leber oder seinen Hals.
Er verschreibt den Kindern auch die berühmten Kügelchen, die meinen Bär immer zum Schmunzeln bringen.
In der Klasse in meinem Schreibtisch bewahre ich nach Wunsch einiger Mütter Arnika-Kügelchen auf. Die bekommen die Kinder dieser speziellen Mütter immer verabreicht, wenn sie in der Pause einen Unfall hatten. Mittlerweile gibt es nur noch wenige Mütter, die mir keine Kügelchen bringen, um ihr Kind zu verarzten. Ich find's gut, weil die Kinder sich recht schnell mit den süßen Kügelchen trösten lassen und Helfen tun sie scheinbar auch noch. Das alles haben die Kinder unserem ortsansässigen Doktor Hirz zu verdanken. Und das Aussehen dieses Mannes ist auch noch recht ordentlich. Jetzt kommt er auf mich zu. Hoffentlich kann er keine Gedanken lesen!
„Guten Morgen Frau Berger.. Ich hoffe, ich kann mit meinen beiden Kindern im Bus mitkommen. Ich hab erst gestern Abend bei einem Arztbesuch erfahren, dass ein Bus fährt. Das sind übrigens die Anna und der Fritzi. Die Anna kommt im Sommer in die Schule. Sie wird zwar in den Schulferien erst sechs, aber wir haben uns jetzt entschlossen, sie schon einzuschulen."
Wusste gar nicht, dass der Herr Doktor verheiratet ist und noch dazu zwei Kinder hat.
„Guten Morgen ihr zwei!", sage ich zu den Beiden gewandt und sie lächeln mich an. Wirklich süß, die beiden. Und zum Doktor:
„Guten Morgen Herr Dr. Hirz. In welche Schule werden ihre Kinder denn eingeschult?", frage ich. „Na in Ihre.", ist die kurze und bündige Antwort. (Das Neunzehnte,

juchuu! Wenn das so weitergeht, dann wird mein Freund Gropius sich noch wundern. Die Zahlen, die er beim Bürgermeister angegeben hat, stimmen hinten und vorne nicht.) Nun ist mir ja schon eine der Dunkelziffern von Erzengel Bauer bekannt.
Ich beherrsche mich um nicht in Freudentränen auszubrechen.
„Dann wohnen Sie also mit ihrer Familie hier in Nickelshausen.", setze ich voraus.
„Naja 'Familie' ist etwas zu viel gesagt. Ja, ich wohne hier. Meine so genannte Familie sind meine Mutter und meine zwei Kinder." Zum Antworten bleibt mir gar keine Zeit:
Onkel Klaus schließt mich in seine Arme. „Ich fahre heute selbst.", sagt er. „Ich hätte doch einen großen Bus nehmen sollen.", stellt er folgerichtig fest, als er die Menschenmenge überblickt. Da kommt ein VW-Bus auf den Kirmesplatz gefahren. Aus dem Bus steigen, ich glaub es ja nicht (!) die Frau Dick und die Frau Breit, die für Nickelshausen im Gemeinderat sitzen und die bei der so wichtigen Sitzung gefehlt haben.
„Im Bus ist noch für sieben Leute Platz", ruft Frau Dick, die ganz und gar nicht dick ist. Da entschließen sich der Doktor, seine zwei Kinder und die Frau Korny mit Mizzi, Till und Tills Mutter bei der Frau Dick und der Frau Breit mitzufahren.
Und wen sehe ich denn da! Henner Goldwein und Eva Schmitt, die AG-Leiter in unserer Schule und Herbert Herz, unseren Förderlehrer. Sie steigen gerade in den Bus von Onkel Klaus. Ja, woher wissen die das denn alle, dass dieses Fahrzeug heute Morgen hier abfährt???
Als ich mich auf meinem Platz im Bus niederlasse, nimmt jemand neben mir Platz und ich erfahre die

Antwort auf meine Frage noch im selben Moment: Frau Erzengel Gertrud Bauer! Da bleibt mir fast die Spucke weg, als sie mir erzählt, dass sie sich gestern Abend ans Telefon gehängt hat und eine Liste von den ihr bekannten Leuten, die alle mit der Grundschule Nickelshausen zu tun haben, abzutelefonieren. Sie hat auch versucht, mich anzurufen und nachzufragen, ob es einen größeren Bus gibt, weil sich im Büro des Busunternehmens von Onkel Klaus niemand mehr gemeldet hat. Aber auch im Hause Berger war keiner zu erreichen. Nun ist sie froh, dass sie die Frau Dick erreicht hat, von der sie weiß, dass sie auf keinen Fall eine Schließung der Grundschule Nickelshausen will und dass sie gleichzeitig über ein Fahrzeug mit viel Platz verfügt.
Wie bitte? Aber warum waren die Frau Dick und die Frau Breit denn nicht bei der wichtigen Gemeinderatssitzung anwesend, großes Fragezeichen? Sie hätten doch mit ihren beiden Stimmen das Blatt mit Leichtigkeit wenden können! Auch darauf hat Erzengel Gertrud eine sehr plausible Antwort:
Die Breit und die Dick sind vom XXL unter Fraktionszwang gestellt worden. Die beiden Frauen wussten sich nicht anders zu helfen, als sich zu der Sitzung krank zu melden. Sie wollen partout nicht, dass die Schule geschlossen wird. Dass es in solch einem kleinen Ort wie Nickelshausen so etwas wie einen Fraktionszwang gibt, ist doch unfassbar! Dann nützt es ja auch nichts, dass die Sitzung wiederholt wird. Es sei denn, die beiden stehen öffentlich zu ihrer Einstellung. Und, wie wenn Gertrud Bauer meine Gedanken gelesen hätte, spricht sie meinen Gedankengang laut aus:

„Wir müssen mal mit den beiden reden. Das darf aber nicht an die große Glocke gehängt werden. Vielleicht ergibt sich auf der Demo eine Gelegenheit. Was meinen Sie, Frau Berger?" Nicht zu fassen! Sie hat meine Gedanken exakt gelesen. In Gegenwart dieser Person muss ich echt vorsichtig sein, was ich so denke. Erzengel Bauer wird mir immer sympathischer.
„Wollen wir uns nicht duzen? Ich heiße Gertrud." Jetzt wird's mir direkt unheimlich. „Können Sie Gedanken lesen, Frau Bauer?", rutscht es mir so raus. „Ich habe gerade gedacht, dass ich Sie richtig gut leiden kann."
„Na dann müsste ich nur noch deinen Vornamen wissen. Und nochmals: Ich heiße Gertrud und Gedanken lesen kann ich leider nicht. Wäre in meinem Beruf nicht schlecht gewesen."
„Äh, ich heiße Elisabeth, aber alle nennen mich 'Liz'."
Die Hälfte der Fahrt zur Landeshauptstadt ist schon vorüber, als Herbert Herz durch den Bus an unserem Platz vorbeikommt und uns begrüßt.
„Das ist aber schön, dass du mitkommst, Herbert. Mit dir habe ich überhaupt nicht gerechnet.", rufe ich fröhlich.
„Na das ist doch klar, dass wir mitkommen. Wir fühlen uns ja auch sehr wohl in der 'Nickelschule' und wollen alle nicht, dass sie geschlossen wird.", ruft Henner Goldwein von hinten, bevor Herbert etwas entgegnen kann. Henner hat seine Handtrommel mitgebracht, die er jetzt freudig in die Luft hält und uns ein paar muntere Schläge darauf vortrommelt. Mir wird ganz warm ums Herz. „Wir werden die im Ministerium schon aufwecken.", sagt Henner.
„Die Kinder meiner Percussion-Truppe sind schon mit ihren Eltern in der Stadt und warten dort auf uns. Das

wird ein Gaudi!" Ich bin tief beeindruckt. Das Ganze ist ja richtig durchorganisiert!
Unser Bus rollt langsam auf den großen Busbahnhof zu, wo sich schon eine ganze Heerschar von Bussen zusammen drängt. Sanft kommt der Bus zum Halten. Die Türen vorne und hinten öffnen sich lautlos.
„Um Punkt 14 Uhr sollte jeder von Ihnen wieder im Bus sein. Dann fahren wir nämlich zurück nach Nickelshausen. Tschüs und viel Erfolg!", höre ich Onkel Klaus' Stimme durch den Lautsprecher. Alle klatschen und einige Leute rufen „Tschüs, Herr Busfahrer!"
Wo ist eigentlich Ursula Harz, unsere liebe Schulelternsprecherin? Das denke ich als ich mich auf dem großen Platz umschaue wo sich Hunderte von Menschen in Richtung Staatskanzlei drängen. Da sehe ich, wie Frau Korny mit Mizzi und Till aus dem Bus von Frau Dick steigt. Hinter ihr steigen Frau Böck und der Doktor mit seinen zwei Kindern aus. Scheinen sich gut zu verstehen, die Frau Korny und die Frau Böck. Das wundert mich, denn die Frau Korny hat sich kürzlich mir gegenüber nicht gerade euphorisch über die Familie Böck geäußert.
„Dieser Böck hat mir doch tatsächlich nach der Elternversammlung gesacht, ich soll Ihne in de Arsch krieche, Frau Berger. Der hat se doch net alle, gell?" Von einer Freundschaft mit der Frau Böck hat sie nichts gesagt. Sieht aber ganz so aus, als die Beiden einträchtig eingehakt auf mich zukommen.
„Hallo Frau Berger, kommen Sie mit uns? Wir sind schon eine ganz schön große Clique?", sagt die Frau Böck. Ich bin ganz überrascht über ihre Freundlichkeit und willige selbstverständlich ein. Auch Henner

Goldwein und seine Percussion-Truppe sind schon vor uns auf dem Weg und alle haben mich freudig begrüßt.
Es ist nicht zu fassen, welch eine Menschenmenge sich bereits vor der Staatskanzlei und unserem Bildungsministerium versammelt hat.
Die beiden Gebäude befinden sich in direkter Nachbarschaft. Davor erstreckt sich ein großer Marktplatz mit Brunnen, der im Augenblick so bevölkert ist, dass man fast Platzangst bekommt. Jetzt setzt sich der Protestzug in Bewegung.
Da kommt mir wieder dieser schreckliche Brief aus dem Bildungsministerium in den Sinn und das Herz rutscht mir die Hose, wenn ich nur daran denke. Der Brief liegt noch immer in der Schule auf meinem Schreibtisch und ich habe ihn auch noch nicht mit nach Hause genommen. Mit Robbi, dem Mann meiner Freundin Mary hab ich schon einen Termin festgelegt, an dem wir uns austauschen wollen, wie ich mich gegen diese ganzen ungerechtfertigten Anschuldigungen wehren kann.
Jetzt legt die Truppe von Henner los und trommelt so laut, dass man sein eigenes Wort nicht verstehen kann.
„Wir wol-len uns-re Schu-le be-hal-ten", singen die Kinder im Rhythmus der Trommeln. Die Menschen um uns herum stimmen begeistert ein. Schon schmettert der ganze Platz vor der Staatskanzlei den Slogan mit:
„Wir wol-len uns-re Schu-le be-hal-ten!" Der Samba-Rhythmus der Trommeln reißt alle mit und die Leute singen nicht nur, sondern bewegen sich auch klatschend nach diesem mitreißenden Rhythmus.
Vor der Staatskanzlei ist ein Podium aufgebaut und ein Mann mittleren Alters betritt die Balustrade und postiert sich hinter dem Rednerpult. Er stellt sich als Professor Heiner von Harnig vor und seine Stimme

klingt sehr angenehm. Die Menschenmenge wird allmählich still und hört diesem Pädagogik-Professor mit großem Interesse zu, denn was der zu sagen hat, ist tatsächlich höchst interessant. Er führt genau den Gedankengang aus, den ich vor Kurzem auch hatte: Schulen müssen nicht geschlossen werden, nur weil die Schülerzahl unter 80 sinkt. Selbst wenn man nicht aus jedem Jahrgang zwei Klassen bilden kann, braucht eine Schule noch lange nicht geschlossen zu werden. Er sprach von jahrgangsübergreifendem Unterricht, den es früher auch schon gab. Die Modernisierung des Unterrichts, die Beteiligung von Kindern und Eltern am schulischen Geschehen seien maßgebend für das Gelingen des Unterrichts. Ist doch meine Rede!

Mit seiner angenehm rauchigen Stimme erzählt er von einem Film, den er selbst gedreht hat in verschiedenen 'gelingenden Schulen', und der vor Kurzem an alle Grundschulen kostenlos versandt worden ist, mit dem Titel 'Kindergärten der Zukunft'.

Nun weiß ich auch, warum ich das kleine Paket, das vorgestern zusammen mit dem netten Brief aus dem Ministerium kam, aufgehoben und nicht weggeworfen habe. Sah aus wie eines der zahlreichen Werbe-Päckchen, die uns täglich liebevoll ins Schulhaus flattern und die postum im Papierkorb landen. Dieses hier hatte irgendwas, das mich davor zurückhielt, es wegzuwerfen. Ein Glück! Erstens musste ich sofort in den Unterricht, zweitens hat mich der berühmte Brief vom Minister gedanklich auf Trapp gehalten und drittens hatte das kleine Büchlein, das sich in dem Päckchen befand einen Titel, der mir irgendwie fremd vorkam. Da hatte sich sicher jemand in der Adresse

geirrt. Auf dem Büchlein stand in Großbuchstaben 'Kindergärten der Zukunft'.
Nun sind wir ja alles, nur kein Kindergarten.
In unserem Haus befindet sich eine Schule und ein Kinderhort, aber kein Kindergarten. Da ich aber mit der Frau Vogel vom Kindergarten "Nickelchen" ganz eng zusammenarbeite, habe ich mich kurz entschlossen dafür entschieden, das Paketchen nicht in den Papierkorb zu befördern, sondern es der Frau Kindergartenleiterin Vogel zu überreichen. Vielleicht hat die Verwendung dafür. Zusammen mit dem bösen Brief liegt es deshalb noch auf meinem Schreibtisch.
Der Herr Professor sagt gerade, dass sich in dem Büchlein viele bekannte Experten von Schule und Politik zu dem Thema 'Gelingende Schulen' äußern. Ganz hinten auf der letzten Seite ist dann die gleichnamige DVD ('Kindergärten der Zukunft') angeheftet. Der Professor begeistert mit seiner fesselnden Rede das Publikum und ich persönlich nehme mir fest vor, diesen Film so bald wie möglich anzuschauen. Im gleichen Moment sagt doch die Frau, die neben mir steht, dass sie den Film schon gesehen hat und ganz hingerissen ist, den Herrn Heiner von Harnig einmal höchst persönlich zu sehen und zu hören.
„Bravo!", ruft sie und „Jaa, so sollte es sein!"
Ich schaue sie mir näher an und denke: „Die kenne ich doch! Das ist Britta Jennings, die für den Landtag kandidiert hat. Für eine Partei, die mir persönlich sehr sympathisch ist."
Neben ihr ein riesenlanger Kerl mit weißem Haar – und warte mal, den kenne ich auch! Der war doch in der letzten Woche vor meiner Schule und hat Zettel an die Kinder verteilt, auf denen zur heutigen Demo

eingeladen wurde. Ich wollte ihn zuerst vom Schulgelände verjagen, aber da stellte sich heraus, dass er gar nicht auf dem Schulgelände war, sondern zwei Meter davor. Dort, so sagte er, dürfe er die Zettel verteilen. Naja, und als ich sah was auf den Zetteln stand, sagte ich ziemlich schroff zu ihm:
„Geben Sie mir mal so'n Zettel und ach übrigens: Ich weiß von nichts." Mit diesen Worten ließ ich ihn stehen.
Als mir gerade dieser Gedanke durch den Kopf geht, spricht der Lange mich an:
„Hallo, sind Sie nicht die Schulleiterin von Nickelshausen, mit der ich in der vorigen Woche fast einen Streit gehabt hätte?"
„Berger, angenehm und wer sind Sie, wenn ich fragen darf?", stelle ich mich dumm.
„Jennings, Hermann Jennings und das ist meine Frau Britta." Die Frau an seiner Seite dreht sich zu mir um und sagt:
„Ach SIE sind die Frau Berger! Hab schon viel von Ihnen gehört."
„Hoffentlich nur Gutes?", pariere ich. „NUR GUTES", antwortet sie „Darauf können Sie sich verlassen. Ich habe eine Freundin, deren Tochter in Ihre Klasse geht. Von der weiß ich, was für einen guten und wertvollen Unterricht Sie halten."
„Nicht verlegen werden, Liz! Du hast's verdient, dass dich mal jemand lobt.", höre ich die Stimme meiner Mutter. Da kommen nur wenige Leute, die ein Kind in meiner Klasse haben, in Frage, denke ich.
In diesem Augenblick erscheint der Minister höchstpersönlich auf dem Balkon der Staatskanzlei. Es wird augenblicklich still auf dem großen Platz. Was der gute Herr Minister uns zu verkünden hat, ist exakt das Selbe

wie das, was er uns auf der Schulleiter-Dienstbesprechung erzählt hat. Hat er, glaube ich, auswendig gelernt, newahr! Die Leute pfeifen ihn aus, als er uns allen Ernstes vermitteln will, dass die Bildung **selbst** das wichtigste Argument für die Schulschließungen sei. Nein, ein Sparpaket wäre das ganz bestimmt nicht, da würden die Leute sich aber ganz bestimmt irren, newahr. Das war nie seine Absicht. Jetzt grölt das Volk laut hörbar:
„Niemand hat die Absicht, eine Mauer zu bauen! Niemand hat die Absicht, eine Schule zu schließen!"
Jetzt stimmt Henners Gruppe im wohlbekannten Samba-Rhythmus mit ein: „Wir wol-len unsere Schu-le be-hal-ten." Alle klatschen und singen mit: „Wir wol-len unsere Schu-le be-hal-ten!"
Die Stimme des Ministers ist kaum hörbar, als er murmelt: „Na dann eben nicht.", sich umdreht und das Podium verlässt. Die Buh-Rufe und der Gesang des Volkes „Wir wol-len unsere Schu-le be-hal-ten!" verfolgen ihn, bis er hinter dem großen Tor der Staatskanzlei verschwindet.
„Das ist ja mal eine tolle Kinder-Truppe!", meint Britta Jennings und zu mir gewandt: „Finden Sie nicht auch?" Nun regt sich ja doch der Stolz in meiner Brust, doch bevor ich antworten kann wird eine Stimme hinter mir laut, die ganz offensichtlich der Frau Korny gehört:
„Das ham'n wir alles der Frau Berger zu verdanke. Die sorcht für die gute AG's in unserer Schul. Wenn die Frau Berger net wär, würde uns're Kinner lang net so gern in die Schul gehn!" Ruft's und umarmt Britta Jennings wie eine alte Bekannte. Jetzt weiß ich, warum die Frau Jennings so gut von mir denkt.
Scheinbar kennen sich die beiden schon sehr lange.

„Das is ja schön, dass ihr beide euch auch mol kenne lernt! Des is die Frau Berger, Britta. Von der hab ich dir schon viel erzählt. Un des, liebe Frau Berger, des is die Britta. Wir kannte uns schon als Babys, gell Britta?", sagt die Frau Korny. Britta Jennings freut sich offensichtlich sehr, ihre Freundin hier zu treffen.

„Der Hermann war letzte Woche auf eurem Sportplatz vor der Schule und hat die Zettel verteilt, von denen ich dir erzählt hab." „Ja ich weiß, ich hab den Hermann doch noch im Dorf getroffe un dann hab ich die Zettel an all meine Bekannte verteilt."

Auch ich melde ich mich zu Wort: „Jetzt wird mir einiges klar, liebe Frau Korny.", sage ich nur und kann mir ein Grinsen nicht verkneifen. „Wo haben Sie denn die Frau Böck gelassen?"

„Ich weiß auch net. Grad eben waren der Doc un die Magdalena noch bei uns. Die Mizzi spielt Babysitter bei de Kinner vom Doc. Die könne net weit sein."

„Wo ist denn der liebe Herr Doktor? Ich seh ihn gar nicht.", fragt jetzt die Frau Jennings und grinst dabei ganz aufreizend. Die Frau Korny wird doch jetzt nicht dunkelrot im Gesicht, oder? Sie knufft die Frau Jennings in die Seite und ich höre genau, dass sie ihr ins Ohr flüstert: „Psst! Des soll doch keiner wisse!" „Aua!", sagt die Britta und kneift der Frau Korny in die Nase. Ich lenke die beiden ab.

„Haben Sie schon gehört, dass die Polizei mindestens 10.000 Demonstranten bei der Demo in unserer Hauptstadt gezählt hat. Das Volk hat gesprochen. Ich glaube nicht, dass die sich jetzt noch trauen, unsere Schulen zu schließen." Britta meint:

„Na, dann glauben Sie mal! Diese Demo allein genügt bei Weitem nicht. Wir haben eine Initiative gegen die

Schulschließungen gegründet. Die Landeselternvertretung hat sich uns angeschlossen und am Sonntag haben wir ein gemeinsames Treffen auf dem Schulhof von Dermingen. Dort ist Schulfest. Wir wollen die Leute vor Ort darauf aufmerksam machen, dass mit Nichtstun auch nichts erreicht werden kann. Kommen Sie auch, Frau Berger?" Ich vernehme da einen leicht provokativen Unterton, den ich aber überhöre.

„Ja gerne. Alles was ich tun kann, das tue ich! Ich glaube jedoch, dass die Politik jetzt wachgerüttelt ist. Vielleicht gibt es ja ein Volksbegehren."

„Das hoffen wir auch, denn darauf wollen wir hinaus. Aber dann ist es ja noch wichtiger, dass wir möglichst viele Leute aus dem Volk wachrütteln. Helfen Sie uns, Frau Berger!" Diese Frau kann hartnäckig sein, das merke ich schon. Sie gefällt mir. Ich erfahre, wen die Frau Jennings mit „Wir" meint:

Das sind sie und die Eltern aus der Klasse ihrer Tochter Magda, die ins vierte Schuljahr in Fahrdorf bei Bad Wendelshofen geht. Wir machen noch aus, dass wir uns um 14 Uhr auf dem Derminger Schulhof am Sonntag treffen wollen, da kommen auch schon der Doktor und die Frau Böck mit den Kindern auf uns zu marschiert.

„Da seid ihr ja!", ruft die Frau Böck uns zu „Wir haben euch schon gesucht." Die Mizzi freut sich offensichtlich auch, Britta Jennings zu sehen und umarmt diese stürmisch.

„Britta, das ist mein Freund Till. Und das sind die Anna und der Fritzi, meine neuen Freunde. Und hier, das ist meine Lehrerin!", sagt sie feierlich und zeigt mit dem Finger auf mich.

„Und hier ist M E I N E neue Freundin Magdalena.", mischt sich die Frau Korny jetzt ein. „Das is die Britta, meine Kinder- und Jugendfreundin."
„Aber wir kennen uns doch auch irgendwie, oder irre mich da?", fragt die neue Freundin von der Frau Korny.
„Die Britta is doch jedem hier im Land bekannt, Magdalena.", sagt die Frau Korny. „Üwwerlech doch mal! Hast du net die ganzen Wahlplakate für den Landtag gesehen, auf dene die Britta so schön ausgesehe hat?"
„Naja", meint die Britta jetzt verlegen „Da drauf sind wir wirklich voll geschminkt. Genau so pflastern die uns vor Fernsehauftritten zu. Im Spiegel erkennt man sich dann selbst nicht mehr."
Jetzt meldet sich der Herr Doktor Hirz zu Wort. Er reicht der Frau Jennings die Hand und sagt:
„Na dann stelle ich mich selbst mal vor. Ich bin auch ein neuer Freund von der Mizzi und der Frau Korny und ich finde: Sie sind in Wirklichkeit genau so schön wie auf den Plakaten."
Charmant, charmant! Ich sehe am Gesichtsausdruck von der Frau Jennings, wie angetan sie von dem Doktor ist. Sieht so aus, als wäre sie voll informiert. Deshalb auch die Frage, die Frau Jennings der Frau Korny vor ein paar Minuten gestellt hat. („Wo ist denn der liebe Herr Doktor??") Am Gesichtsausdruck von der Frau Korny kann ich erkennen, dass sie angenehm überrascht über die Worte des Herrn Doktors ist. Meines Erachtens war das gerade eine offizielle Bekanntmachung über eine ganz frische Liebe zwischen der Frau Korny und dem Doktor. Und zur Bekräftigung seiner Aussage legt der Herr Doktor den Arm um die

Frau Korny. Jetzt kommt Leben in die erstarrte Frau Korny:
„Ach Eckhard, bitte entschuldige, dass ich dich vergessen habe. Das hier ist Britta, meine beste Freundin und die Frau Berger kennst du ja sowieso. Die wirst du bald ja noch näher kennen lernen, denn deine Anna geht ja bald in Nickelshausen zur Schule."
„Ich fürchte mich schon jetzt.", scherzt der Doc in seiner charmanten Art.
„Wo ist denn Magda?", fragt jetzt die Frau Korny.
„Sie hat Halsschmerzen und Fieber. Ich habe ihr Bettruhe verordnet. Die 'Tante' ist bei ihr." Hermann Jennings 80-jährige Tante wohnt mit im Haus der Jennings. Die Familie hat zwei Töchter. Sie heißen Magda und Christina. Magda geht noch zur Grundschule und Christina studiert schon, wie ich von Frau Korny erfahre.
Da betritt ein neuer Kandidat das Rednerpult. Britta Jennings kennt ihn persönlich aus ihrer Partei als bildungspolitischen Experten und sie kündigt ihn als brillanten Redner an. Sein Name ist Ulf Punktson. Was er zu sagen hat, ist wichtig für uns alle, aber besonders für die Leute von der Regierung, die sich hinterm Vorhang am Fenster der Staatskanzlei herumdrücken und offensichtlich nicht erkannt werden wollen. Dass wir alle sie deutlich sehen können, merken sie wohl nicht.
„Der Tod der Dorfschule ist gleichzusetzen mit dem Sterben eines Dorfes. Nicht nur das Vereinsleben, nein auch die im Ort ansässigen Gewerbe werden mit der Schule aus dem Dorf verschwinden."

Ein Raunen der Zustimmung geht durch die Menge. Von dieser Seite scheinen das Thema 'Schulschließungen' bisher nur wenige betrachtet zu haben.

„Jawohl!", ruft Henner jetzt ganz laut und das Volk stimmt die Parole der Kinder erneut an. Henner und die Kinder begleiten die Menge mit ihren Trommeln.

Der Mann aus der Opposition hält inne und zeigt sich beeindruckt von der Aktion unserer Schul-AG. Er klatscht mit. Als das Volk sich beruhigt, spricht er weiter.

Auch der Rest seiner Rede fesselt die Menschen auf dem Großen Platz. Rhetorisch geschickt führt er die Argumente für ein notwendiges Weiterbestehen der Grundschulen an, wobei er bildungspolitische Aspekte nennt, die für kleinere Klassen und somit für ein besseres Schüler-Lehrer-Verhältnis sprechen. Nur in kleineren Klassen können Lehrer jedes einzelne Kind entsprechend seiner Fähigkeiten fördern, meint er. Recht hat er! Aber ich darf ja nichts sagen. In meine Klasse gehen nicht mehr als 18 Kinder und ich kann jedes Einzelne optimal betreuen. (Naja, das muss ja nicht an die große Glocke gehängt werden, zumal ich Kolleginnen habe, die 25 und mehr Kinder in der Klasse haben.) Aber das genügt nicht, wie er sagt. Die Lehrerinnen und Lehrer müssen sich weiterbilden, genau wie in der freien Wirtschaft. Der Unterricht müsse von Grund auf reformiert werden.

„Unsere Kinder sollten öfter aus dem Klassenzimmer raus und schauen was sich alles so außerhalb ihres 'Schonraums' befindet. Raus in die Natur! Kontakt zu Vereinen und Institutionen, lernen durch Tun!", jetzt schreit er fast. Aber er reißt das Volk mit und alle applaudieren kräftig.

„Bravo!", ruft Britta und dann kommen von allen Seiten Bravo-Rufe. Ist ja schon wieder meine Rede, denke ich. Leider ist von meinen Widersachern keiner da, denn das ist genau das, was sie an mir kritisieren:
„Liebe Frau Berger, Sie gehen zu oft mit den Kindern raus in den Schulgarten. (Stimmt übrigens nicht. Ich schicke die Kinder alleine in den Schulgarten. Die brauchen mich doch nicht bei der Gartenarbeit, wo ich sowieso keine Ahnung davon habe. Bei offenem Fenster höre ich jeden Pieps, der draußen ertönt. Wenn das der gute Herr Dr. Breuer wüsste! „Die Aufsichtspflicht, liebe Frau Berger, die Aufsichtspflicht!!" höre ich ihn förmlich plädieren.)
Liebe Frau Berger, was sollen denn die ganzen Vereine in der Schule? Theater. Das ist doch kein Schulfach.
Liebe Frau Berger, Sie können doch nicht mitten in der Nacht mit den Kindern die Fledermäuse beobachten!
Aber lieber Herr Böck, haben Sie tagsüber schon mal Fledermäuse gesehen?
Die sollten besser was lernen in der Zeit, wo sie draußen rumlungern. Zitat – Herr Böck.
Nach der fesselnden Ansprache von diesem Ulf Punktson ist die Demo offiziell beendet und die Menschenmenge löst sich langsam in verschiedene Himmelsrichtungen auf. Einige Leute bleiben noch in Grüppchen stehen und diskutieren eifrig weiter. Unsere Gruppe geht zurück zum Bus von Onkel Klaus.
Ich verabschiede mich noch von Frau Korny und ihrer Freundin Britta Jennings und verabrede mich mit den Beiden zum Schulfest in Dermingen am Sonntag. Sonntag? Aber das ist ja schon MORGEN! Ojeh, meine arme Familie! Die müssen mal wieder den Sonntagnachmittag ohne mich verbringen. Wenn der Bär

morgen hoffentlich endlich wieder aus Afrika zurück kommt, wird er bestimmt enttäuscht sein, wenn ich nicht zuhause bin. Andererseits kann er sich dann auch mal intensiv mit seiner Tochter und dem neuen Schwiegersohn beschäftigen, isn't it? Newahr! Gell?

Kapitel 17
Die Elterninitiative

Des war vielleicht e Tach! Alle Mann simmer mogens zur Bushaltestell. Die Magdalena, de Till, die Mizzi un ich. Kei Spur vom lieben Doktor. Hab ich mir, glaub ich, alles nur eingebildet, gell? Vielleicht hab ich's auch nur geträumt? Wenn bloß die Schmetterlinge sich verziehe würde, dacht ich, dann ging's mir schon viel besser. Awwer die wollte net. Un wie mer grad unte um die Eck von de Friedhofsmauer gehe, da wärn wir beinah zusammegestoße, der Eckhard un ich. Er, net faul, nutzt die Gelechenheit für mich zu umarme un ich blöd Kuh sach ‚Entschuldigung'.
„Dafür kann ich mich leider nicht entschuldigen," sacht er „das war nämlich Absicht." Erst jetzt sieht er die Magdalena un als wenn ihm des gar net peinlich wär, sacht er:
„Ach! Guten Morgen Frau Böck. Auch mit von der Partie?" Mei neu Freundin pariert mit 'ner Gechenfraache:
„Natürlich Herr Doktor. Ist doch selbstverständlich, oder?". Ach Gott, war mir des peinlich! Im Weitergehe lecht der Eckhard dann ach noch 'n Arm um mich und der kleine Fritzi lecht sei klein Hand uff der annere Seit in meine. Des war vielleicht e Gefühl! Is das de vielbeschriewene siebte Himmel, von dem die Leut immer erzähle? Ich glaub, das isser.
Hinner uns ginge dann die Magdalena, die Mizzi und de Till. Die Anna vom Doc. ging an de Mizzi ihrer Hand. 'N Bild für die Götter, gell?! Ich hatt des Gefühl, alle Leut müsste genau uff uns gugge un könnte genau sehe, dass ich net geh, sondern so irgendwie schwebe,

so wie wenn ich uff Watte gehe würd, gel?. Naja, des is doch die Fortbewechung im siebte Himmel, odder? De Doc. plaudert dann so vor sich hin un ich hör nur mit halbem Ohr un mit Weichzeichner:
„Hast du gut geschlafen, Körnchen? Ich hab noch spät versucht, bei dir anzurufen, nach meinen Patientenbesuchen, aber da hast du anscheinend schon geschlafen."
„Körnchen", so hat er mich genannt, als mer – naja, als mer uns nahe gekomme sin vorgeschtern Abend in der Näh von meiner Schlafzimmertür. „Körnchen" hat er gesacht „Körnchen, ich glaub, ich hab mich in dich verliebt." Un dann hat er mich geküsst un gesacht:
„Ich mag einfach alles an dir. Du bist so herrlich ehrlich und du bist schön."
„Was findst'n so schön an mir?" Seit der Frank mich verlasse hat, denk ich immer, dass ich net attraktiv genuch für den war. Ich denk sogar, dass ich für keinen Mann mehr attraktiv bin. Seit ich den Doc kenne, frach ich mich sowieso, was der üwwerhaupt an mir findt. Ich hab'n dann auch prompt gefracht.
„Deine herrlich großen braunen Augen."
„Die sin grün."
„Ach. Ist mir noch gar nicht aufgefallen." Verleche wird der jetzt üwwerhaupt net.
„Un weiter??", frach ich jetzt, doch ziemlich mutich geworde.
„Weißt du, Körnchen, das ist doch egal, welche Farbe sie haben. Mir gefallen sie außerordentlich. Aber das ist nicht alles." Der Mann kann Gedanke lese. Des hab ich grad genau gedacht: 'Is des alles???'
„Dein langen seidigen Haare, die möchte ich ständig anfassen und deine sexi Figur! Du bist so schön griffig!"

Soll des jetzt 'n Kompliment sein???
„Nein, ich mache keine Komplimente. Grundsätzlich nicht." Der kann tatsächlich mei Gedanke lese. Oder hab ich wieder laut gedacht?
„Ich finde alles an dir schön." Echt jetzt? Ich kann's net fasse! Der Mann meint des ernst. Un seitdem komme die besachte Schmetterlinge in Schare, wenn ich nur an ihn denk. Was des Schönste is: Der Eckhard bekennt sich in aller Öffentlichkeit zu mir. Wenn das kei Beweis defür is, dass er mich gut findt, dann weiß ich's echt net.
Am Bus hab ich dann die Frau Berger getroffe un festgestellt, dass der Bus vom Herrn Dietrich viel zu klein is für die Schar von Leut, die sich dort versammelt hatte.
Gottseidank sin dann die Frau Dick un die Frau Breit gekomme un hawwe uns angebote, dass mer in ihrem Bus mitfahre könne. So simmer dann alle Mann mit zwei Busse zur Stadt gefahre un hawwe uns am Busbahnhof widder getroffe. Die ganz Fahrt üwwer hawwe de Doc un ich nebenenander gesesse un Händche gehalte. Ach, was war des schön! Die Kinner hawwe nix gemerkt, weil se in der Reih vor uns gesesse hawwe.
Der Henner Goldwein, der war mit seiner Body-Perkussion-Truppe vor Ort un hat 'n Mordsgaudi mit den Kinnern veranstalt. Die ganz Demo hat mitgetanzt un gesunge.. Das war echt 'n Renner, gell?
Die Britta war ach uff de Demo, na klar. Die fehlt bei so was nie! Die is sowas von engaschiert, mei best Freundin. Der Hermann war ach debei, der begleit' die Britta bei alle Aktione, die se macht. Manchmol schimpft der awwer ach mit ihr, weil se so viel macht, un selbst kaum

Zeit für sich un die Familie hat. Awwer lang kann der Britta keiner bös sein, defür hat se zu viel Charm, die Britta.
Uff der Demo hat se dann ach die Frau Berger kenne gelernt. Ich glaub, die Frau Berger mocht mei Freundin uff Anhieb leide. Se hat sich ach gleich mit ihr verabredt für heut Nachmittach in Derminge uffs Schulfest. Mich hat se auch üwwerredt, zu komme. Die kann des, die Britta, die kann die Leut mitreiße für ihr Sach! Naja, sonst wär se ja ach net Politikerin geworde un würd ach net für de Landtach kanditiere. Nur 'n paar Stimme hawwe gefehlt für in de Landtach. Jetzt isse halt weiter Berufsschul-Lehrerin. Des macht se ach mit Leib un Seel. Ich darf jo nix sache, awwer mir isses lieber so, weil ich dann mehr von de Britta hab als wie wenn se im Landtach wär, gell? Awwer des darf niemand wisse, un schon gar net die Britta! Newebei macht se sowieso noch genug annere politische Sache. Zum Beispiel isse im Ausschuss für Bildung von de Partei un für die Fraue in de Partei setzt se sich ach immer ein. Für die Gleichstellung un so weiter.
De Britta hatt ich ja schon am Telefon erzählt, dass der Doc mich ganz kirre gemacht hat, weil ich's net für mich behalte konnt. Da hat die gesacht:
„Das wurd aber mal Zeit, mei Guddes! Genieß es!".
Dann hab ich ihr erzählt, dass der Eckhard sich awwer gar net mehr meldet un dass ich glaub, dass ich mir des nur eingebildet hätt. Fracht die Britta mich, wie lang der sich denn net gemeldt hätt. Als se dann erfahre hatt, dass sich das nur um 'n paar Stunne gehandelt hat, hat se mich doch knallhart ausgelacht. Mei best Freundin! Nimmt mich üwwerhaupt net ernst. Un was war's erste, was se mich uff de Demo gefracht hat?

Na dreimal darfste rate! Ach Gott, war mir des peinlich! Un dann hab ich ach noch vergesse, den Eckhard vorzustelle. Das hat der dann awwer für sich selbst üwwernomme. Ich bin fast vor Stolz geplatzt, als der Eckhard dann de Arm um mich gelecht hat und sich als mei Freund vorgestellt hat. Ach was war des 'n schöner Tach!! Der hätte für mich net aufhöre brauche! Hat er dann awwer doch. De Eckhard Punkt Doc. is gerufe worde. Er musst 'n Patiente-Besuch mache, weil er Wochenend-Dienst hatt ab Samstag 15 Uhr. Gottseidank erst, als der Bus grad in Niggelshause eingelaufe is. Die Mama vom Doc. stand ach schon an de Bushaltestell un hat die Kinner abgeholt. 'S Auto hatt se gleich mitgebracht, damit der Doc. direkt losdonnern konnt, gell? Ich bin dann mit meiner Mizzi heimgeschwebt un die Mizzi hat mich gefracht:

„Mama sag mal, läuft da was zwische dem Doc un dir? Wieso hat der immer den Arm um dich gelegt."

Upps! Se hat doch was gemerkt. Naja, des hatt se ja noch net gesehe, dass jemand de Arm um mich lecht. Der Frank hatt des nie gemacht, woher soll se des dann kenne? Dann musst ich meinem Kind erkläre, was das bedeut, wenn mer verliebt is. Erstaunlicherweis is mir des leicht gefalle. Ich hab gesacht:

„Schau mal, Kind: Der Doc und ich können uns ganz doll leiden. Deshalb haben wir uns entschieden, dass wir uns öfter mal sehen, damit wir uns alle besser kennenlernen können."

„Aber Mama, seit wann sprichst du denn Hochdeutsch?" Dann hab ich der Mizzi erklärt, dass der Eckhard Punkt Doc. das Plattdeutsch von de Niggels net so gut versteht un dass ich mich deshalb beim Eckhard bemühe, verständlich zu sprech. Das hat die

Mizzi eingesehe. Ich glaub, für die Mizzi sollt ich auch mehr Hochdeutsch spreche, damit die des besser lernt. Awwer was sach ich dann?! Die kann des doch schon besser wie ich. Wie die Frau Berger immer sacht: „Hochdeutsch kann man nur lernen wenn man es tut. Sonst könnte ja jeder, der Fernsehen schaut, auch automatisch hochdeutsch sprechen."
Üwwerhaupt, sacht die Frau Berger, kann mer Alles un Jedes am Beste lerne, wenn mer's **tut**. Recht hatse, wie immer!
Ich muss mich jetzt fertich mache für uffs Schulfest. Das is ja e Traumwetter für Ende November! 'S klingelt an de Haustür. Des wird die Mizzi sein, die war beim Till. Wie ich die Tür uffmach, rutscht mir des Herz fast in die Hos. Leider bleibt mir ach de Mund offe stehe. Des passiert mir immer, wenn ich uffgereecht bin. Un mei erster Gedanke: Ach Gott, wie seh ich bloß aus, ungeschminkt un im Hausanzuch.
„Was ist, Körnchen? Bist du über Nacht stumm geworden? Gut siehst du aus! Rot steht dir einfach!"
Naja, dann hab ich die Sprach wieder gefunne un hab gefracht, wo er die Anna un den Fritzi gelasse hat.
„Die hab ich heute mal bei ihrer Mutter abgegeben. Schließlich hat sie ja auch ein Recht, die Kinder ab und zu übers Wochenende bei sich zu haben."
Der Eckhard erzählt mir jetzt, dass sei Ex-Frau die berühmt Pianistin Eva Brahms is. Ach du lieber Gott, **die** Eva Brahms! Aus Funk und Fernsehen bekannt??!! Ich bin so sprachlos, dass mir schon widder de Mund offe bleibt. Der Eckhard üwwersieht's un erzählt weiter, dass die besacht Frau ständich unnerwegs is un se konnt sich nie richtig um die Kinner kümmere. Deshalb sin die Zwei sich üwwerein komm, dass die Kinner

besser beim Doc bleiwe sollte. Die sinn sich gar net bös, die Zwei! Net wie der Frank un ich. Der redt kei Wort mehr mit mir un ich red kei Sterbenston mehr mit dem. Am Liebste würd ich den sogar erwürge, den Frank, wenn ich dafür net ins Gefängnis müsst.
Ich hab dann den Eckhard gebete, doch Platz zu nehme während ich mich umzieh. Schließlich kann ich net im rote Hausanzuch uffs Schulfest fahre, auch wenn Rot mir gut steht. Irgendwann musst der Eckhard mich ja doch in so 'nem Uffzug sehe. Je früher, desto besser! Weil die Mizzi dann net gekomme is, hawwe der Eckhard un ich se bei de Böcks abgeholt. Der Till sitzt jetzt bei uns im Auto, der wollt unbedingt mitkomme. Unzertrennlich, die Beide! Der Magdalena wars net so gut. Naja, wenn mer schwanger is, dann is' einem halt emal schlecht, gell? Awwer des weiß kaum jemand bis jetzt, außer ihrer eichen Familie. Heut hat de Eckhard Punkt Doc. das Steuer üwwernomme. Ich schwätz die ganz Zeit Hochdeutsch. So zum Beispiel:
„Du fährst wie eine gesengte Sau, lieber Eckhard." Ich versuch, des liebevoll zu sache, awwer des klingt irgendwie net wirklich liebevoll. Trotzdem bleibt de Doc Punkt ruhig un antwort:
„Entschuldige, ich fahr immer so schnell, weil ich's meistens eilig habe. Meine Patienten können oft nicht lange warten."
„Awwer die in Dermingen, die können's", sach ich un merk, dass ich schon widder halb ins Platt verfalle bin. Der Eckhard fährt jetzt ach langsamer, weil er gemerkt hat, dass ich mich fürcht bei so'nem Schumacher-Fahrstil.
„Ich bemühe mich.", sacht er. „Aber du, sprich wieder Platt, bitte!

Das Hochdeutsch steht dir garnicht. Ich mag dich so wie du bist, Körnchen, und ich kann das Nickelshauser Dialekt schon ganz gut verstehen.
Ist für manche Patienten lebenswichtig, wenn du verstehst, was ich meine?"
Klar versteh ich des. S'gibt nämlich Niggels, die könne gar kei Hochdeutsch. Ich persönlich bin total geschmeichelt, dass mei Doc mich so mag wie ich bin, egal ob ich im Hausanzuch un ungeschminkt oder rausgeputzt un uffgedackelt bin. Gottseidank liecht des Derminge nur 10 km von Niggelshause entfernt! Zum Schluss wird der Doc. alias Nicki Lauda nämlich widder schneller.
Uff'm Schulgelände is weder von de Britta noch vom Hermann 'ne Spur zu finne. Awwer die Frau Berger, die is ganz klar schon uff'm Schulhof un sucht glaub ich, die Britta. Als se mich sieht, winkt se mir un kommt uff uns zu.
„Hallo Frau Korny, schön dass ich Sie treffe. Haben Sie die Frau Jennings gesehen?", fracht se mich und begrüßt die Mizzi un de Till ganz herzlich. So isse nu mal, gell?
„Nee", sach ich. „Die Britta is nie pünktlich. Des is, weil se so viel zu schaffe hat. Am Woche-End hat se immer noch Prüfunge nachzugugge. Deshalb schafft se des net immer, pünktlich zu komme.", sach ich zu ihrer Entschuldigung. Die Frau Berger hat natürlich Verständnis für des. Awwer jetzt komme die Britta un de Hermann schon um die Eck gehastet. Un gleich gesellt sich noch einer zu uns: Der Landeselternsprecher. Der kennt widderum de Doc, weil er auch Doc is. Des is vielleicht 'n Gaudi, wie die Zwei sich treffe.

„Hey Bernd! Was machst du denn hier?!", ruft der Eckhard ,'nem Mann zu, der grad an der Bar steht, die uff'm Schulhof uffgebaut is. Fracht der:
„Hey Ecki, was machst du denn hier???" Der "Ecki" sacht, dass er weche de Schulschließunge hier is un dass er ne Tochter hat, die jetzt in die Schul kommt. Un dann sacht er noch, dass sei Freundin (un jetzt zeicht der uff mich!) auch'n Kind im Grundschulalter hat, un dass er un ich desweche zusamme hier sin. Sacht der Annere, der Bernd heißt:
„Na da bist du bei mir an der richtigen Adresse. Ich bin Landeselternsprecher für die Grundschulen und hab auch 'ne Tochter, die noch zur Grundschule geht." Die Zwei tausche sich aus un plabbere die ganz Zeit un-unnerbroche. Die Britta un der Bernd, die kenne sich auch schon lang, wie ich hör. Schon vom Gymnasium her kenne die sich. Im Gespräch geht's dann um des Volksbegehre un dass die jetzt all Unnerschrifte sammele wolle, damit des Begehre stattfinde kann. Des wird noch viel Arbeit. Unser Britta, net faul, spricht einfach wildfremde Leut an un spannt die all für die Sach ein. Ich sach ja, die Britta kann des!"
Unser Kinner, die amüsiere sich derweil ganz köstlich uff de 'Fühle-Straße' (Se greife mit der Hand in so Schuhkartons un schreie dann immer ganz laut, als ob se jemand gebisse hätt. Un uff der Springburch un beim Pfeilwerfe hawwe se auch viel Spaß. Die hawwe sich ganz schön was einfalle lasse, die Derminger Schulkinner, gell?! In de Klasseräum gibt's auch allerhand zu sehe. Die Kinner hawwe getöpfert un verkaufe ihr Sache für'n gute Zweck. Der Till hat sich sogar von seinem Taschegeld 'n selbstgebasteltes Flugzeuch gekauft.

Der Tach vergeht ganz schön schnell, wenn mer ne gute Unterhaltung hat, so wie de Doc, die Britta, die Frau Berger, die Kinner un ich. Die Frau Berger sacht plötzlich:
„Ach du lieber Gott! Ist das schon 6 Uhr? Oh Gott, dann muss ich schnell nachhause. Meine Kinder warten und mein Mann dürfte mittlerweile auch wieder zuhause sein.", un wech isse. Hab gar net gewusst, dass die Frau Berger mehrere Kinner hat. Ich dacht, die hätt nur ein Sohn. Naja, ich muss se einfach frache, dann sacht se mir's schon.

All verabschiede se sich un de Doc, die Kinner un ich mache uns ach uff de Heimwech. Dem Eckhard sei Studienfreund Bernd hat'n gleich üwwerredt, mitzumache un Unnerschrifte für des Volksbegehre zu sammele. Na, des kann heiter werde! Wie ich 'ne gewisse Frau Korny kenn, is die natürlich gleich auch eingespannt. Un wie wenn ich's gewusst hätt, werd ich ach im Auto gleich vom Doc gefracht, ob ich mitmach.

„Wenn du net so rasen tust, gern.", is mei Antwort. Des war echt lieb gemeint. Er hat sich's zu Herze genomme, der liebe Herr Doktor. Langsamer fährt er schon, awwer angugge tut er mich un dann lecht er sei Hand bei mir uff's Knie. Mir wird ganz schwindlich un die Knie, die werde ganz wackelich.

Hinner uns, die Kinner, schwätze üwwer's Schulfest. Die merke gar net, was sich unmittelbar vor ihne abspielt. Gottseidank!

Kapitel 18
Tage voller Angst und eine liebe Überraschung

Ich kann's einfach nicht fassen, aber es ist wahr: Der Bär ist immer noch nicht wieder aus Afrika zurückgekehrt. Eigentlich weiß ich überhaupt nicht genau, wo er ist, denn unser letztes Gespräch ist ja unterbrochen worden und seitdem hab ich kein Sterbenswörtchen mehr von ihm gehört. Gerade bin ich vom Schulfest in Dermingen zurück geeilt, weil ich dachte, der Bär sitzt da mit unseren Kindern und ist wütend, dass ich auch noch am heiligen Sonntag für die Schule unterwegs bin. Ich habe auf der ganzen Fahrt von Dermingen hierher richtig Gewissensbisse gehabt, und was finde ich hier vor? Ein leeres Haus.
Kein Mensch zuhause. Naja, vielleicht sind sie zu meinen Eltern oder zu Helen, meiner Schwiegermutter gefahren. Zuerst versuche ich, Helen zu erreichen. Ich lasse mindestens zehn Mal läuten. So lange muss man es bei ihr immer klingeln lassen. Vorher geht sie nicht ran. Sie hat einmal zu mir gesagt, dass sie nicht hinfallen und sich ein Bein brechen möchte, weil sie zu schnell ans Telefon rennt.
Ihrer Schwester Hilde ist das einmal passiert. Das war vor langer Zeit, als es im Hause Strauß (so hieß Helens Familie) das erste Telefon gab. Leider hebt jetzt auch nach dem 20. Klingelton bei Helen niemand ab. Keiner da. Dann rufe ich bei meinen Eltern an. Papa ist dran.
„Aber Kind, was machst du dir Sorgen? Deine Kinder sind doch erwachsen. Und dein Mann ist es schon längst. Wenn DU nicht zuhause bist, sollen sie dann alle zuhause bleiben und Däumchen drehen? Apropos

Däumchen drehen. Kennst du den? Kommen zwei Freunde zur Kirche.."
„Nee Papa, den kenn ich nicht, aber ich bin nicht in Laune für Witze. Was soll ich denn jetzt machen, Papa?"
„Abwarten und Tee trinken, mein Kind! Die kommen schon alle wieder an den heimischen Herd."
„Sag Mama liebe Grüße!" Ich lege enttäuscht auf. Männer! Die machen sich wohl nie irgendwelche Sorgen. Jetzt nehme ich mein Handy und schaue, ob niemand versucht hat, mich anzurufen. Negativ. Auch keine Sms, keine What's App, keine Mail-Voice und auch sonst kein Lebenszeichen vom Bär. Das sieht ihm einfach nicht ähnlich! Jetzt tue ich etwas, was ich sonst nie mache: Ich rufe bei Bertrams Chef an.
„Hallo, hier Liz Berger, die Ehefrau von Bertram Berger.", spreche ich mit fester Stimme. „Ich wollte mal nachfragen, wo mein Mann sich gerade aufhält. Ich erhalte seit zwei Tagen kein Lebenszeichen mehr von ihm. Danke für einen schnellen Rückruf.", erzähle ich dem Anrufbeantworter.
Es dauert keine zwei Minuten, da klingelt das Telefon.
„Hallo Frau Berger!", höre ich die sonore Stimme von Bertrams Chef, Herrn Wolf. „Wir haben schon mehrmals versucht, Sie zu erreichen, aber Sie waren wohl nicht zuhause?" Nee, war ich auch nicht.
„Was ist mit meinem Mann?", unterbreche ich ihn. Mein Herz schlägt bis zum Hals. „Ist ihm was passiert?" Natürlich ist ihm was passiert, sonst hätten die ja nicht versucht, mich zu erreichen.
„Wir wissen leider gar nichts, Frau Berger. Wir bekommen weder Funkkontakt, noch eine telefonische Verbindung zur Crew. Das Ziel der Mission war

Freetown in Sierra Leone. Von dort aus meldete sich ihr Mann noch am Freitagabend."

Ich fange an zu zittern und ich weiß genau, dass ich mich jetzt beherrschen muss um nicht gleich loszuheulen.

„Ja, da hat er mich auch noch angerufen, aber das Gespräch wurde plötzlich unterbrochen und ich hab nicht mal richtig mitbekommen, wo er ist."

Meine Stimme ist jetzt schon etwas zittrig, aber ich brauche in den nächsten fünf Minuten nicht viel zu reden. Nach meiner Anfrage, welche Mission die Crew in Sierra Leone denn hatte, erfahre ich, dass es diesmal kein Krankentransport war, wie das ja normalerweise der Fall ist, sondern es handelte sich um eine sehr schwierige Mission:

Der Bär und seine Crew haben einen afrikanischen Flüchtling dorthin geflogen, der zahlreichen Aufforderungen, das Land zu verlassen, nicht gefolgt ist. Er hat schon lange keine Aufenthaltsgenehmigung mehr gehabt und war bereits seit einiger Zeit untergetaucht. Seine Lage in Sierra Leone war nicht aussichtslos und es gab nach Meinung der Behörden für ihn keinen Grund mehr, seinem Land fernzubleiben. Deshalb hat man ihn wieder ausgewiesen. Vorige Woche nun hat ihn die Polizei in Luxemburg bei einer Straftat auf frischer Tat ertappt und festgenommen. Um dann zu verhindern, dass er wieder untertaucht, hat man beschlossen, ihn sofort in sein Heimatland zurück zu fliegen. ('Was für ein Aufwand!', denke ich.) Er hat sich nach Angabe von Herrn Wolf mit Händen und Füßen gewehrt, in das Flugzeug einzusteigen und dabei eine unbändige Kraft entwickelt. Der Bär musste ihm eine Spritze verpassen, gegen die er sich natürlich noch heftiger gewehrt hat. Dabei ist die Spritze sogar einmal abgebrochen.

„Ihr Mann hat es dann doch irgendwie geschafft, ihn zu bändigen und man konnte ihn nur gefesselt ins Flugzeug bringen, wo er auf der Bahre angegurtet endlich eingeschlafen ist. Der Flug ist ohne Zwischenfälle erstaunlich gut verlaufen. Das hat Ihr Mann uns noch nach der Landung mitgeteilt. Seit diesem Anruf ist eben, wie bereits gesagt, kein Lebenszeichen mehr von der Crew gekommen. Vielleicht hängt das Ganze ja mit dem Flüchtling zusammen, denn das Flugzeug ist definitiv bis jetzt noch nicht von dort gestartet, so dass ein Absturz der Maschine ausgeschlossen ist."

Ich atme kurz auf, also sind sie schon mal nicht abgestürzt. Dann leben sie ja noch.

„Wir haben jetzt mit der dortigen Polizei Kontakt aufgenommen, die der Sache nun auf die Spur gehen will. Sobald wir etwas hören, Frau Berger, werden wir Sie sofort informieren. Hallo Frau Berger, hören Sie mich?"

Ich kann meine Stimme für den letzten Satz gerade noch in Stabilität halten: „Natürlich höre ich Sie. Ich danke Ihnen.", bekomme ich noch heraus und dann fange ich an, hemmungslos zu weinen. Der Herr Wolf hört's nicht mehr. Ich habe es gerade noch so geschafft, den Hörer aufzulegen. Eine kalte Hand legt sich auf meinen Rücken. Ich schreie laut auf vor Schreck.

„Was ist los Mama, warum schreist du denn so?" Ich atme hörbar auf. Es ist Nic's kalte Hand gewesen.

„Ich hab dich nicht reinkommen gehört, entschuldige Schatz!" Ich versuche, mich zu fassen, aber es ist zu spät.

„Mama, was ist los? Du weinst ja!" Nicky nimmt mich in seine starken Arme, genau so, wie sein Vater es jetzt tun würde. Ich, die starke Mutter, muss jetzt von ihrem eigenen Sohn getröstet werden! Wie peinlich ist das denn?
„Dein Vater sitzt in irgendeinem afrikanischen Hinterland fest, bloß weil dieser Kerl ihn gefangen nimmt. Kann ja nicht anders sein!"
„Mama, du redest sehr wirres Zeug. Hast du was genommen?"
„Wie, Was genommen? Was soll ich denn genommen haben? Wo kommst du überhaupt her? Du warst doch eben noch gar nicht da!" Jetzt heule ich wieder.
„Ich war die ganze Zeit da. Hier, auf dieser Liegestätte (Nic zeigt auf die Wohnzimmer-Couch) habe ich gelegen und fest geschlafen. Soeben, als ich dich hab schreien hören bin ich aufgewacht. Mama, nochmal: Du redest wirres Zeug! Bist du betrunken?"
Jetzt erst verstehe ich, was mein Sohn meint. Dass der Bär von diesem Ausreißer gefangen genommen wird, ist ja auch nur eine Vermutung von mir. Nic hat das soeben von mir geführte Telefonat ja nicht mitbekommen, und selbst wenn, hätte er nicht gehört, was der Herr Wolf mir da am Telefon für eine Horror-Story erzählt hat. Was ich dazu gesagt oder gejammert habe, musste in Nic's Ohren tatsächlich mysteriös klingen, aber dass mein eigener Sohn mir zutraut, dass ich am helllichten Tag betrunken bin, oder Drogen nehme, das schockt mich zutiefst. Einen Augenblick lenkt mich dieser Gedanke sogar von meinem Kummer ab. Zumindest höre ich auf zu heulen. Dann erzähle ich meinem Sohn die ganze Geschichte. Und er hält mich nicht mehr für betrunken oder bekifft.

Sofort hängt er sich an sein Laptop und stöbert in sämtlichen Weltnachrichten herum um herauszufinden, ob ein Flugzeug irgendwo über der Wüste abgestürzt ist, oder ob es in Sierra Leone eine Entführung gegeben hat, oder eine Schießerei oder etwas Ähnliches.
Ich schimpfe ja immer über die Jugend und ihr Verhältnis zu Smart-Phones und dergleichen, aber jetzt bin ich geradezu froh darüber, dass Nic sich so gut mit dem Internet auskennt. Er findet jedoch nichts heraus.
„Ich bleib dran, Mama. Die ganze Nacht, wenn's sein muss.", verspricht mir mein Sohn.
Das beruhigt mich zunächst ein wenig. Aber wie soll ich bloß die Nacht überstehen, ohne Nachricht von meinem geliebten Bär. Vielleicht liegt er gefesselt irgendwo in einem Kellerverließ und friert. Oh Gott nein! Oder er hat vielleicht nichts mehr zu trinken und muss jämmerlich verdursten. Gerade will ich wieder anfangen zu weinen, da höre ich, dass die Haustüre aufgeschlossen wird. Es sind Barbara und Bob, die lachend und scherzend das Wohnzimmer betreten.
„Na, der hat vielleicht geschaut, als ich ihm erzählt habe, dass...."
Als Barbara mich ansieht, bleibt sie wie eine Salzsäule stehen. Bob kommt hinter ihr her und stolpert fast, als Barbara so plötzlich stehen bleibt.
„Mama, was ist los?", fragt sie gerade heraus.
„Kommt, setzt euch zu mir und Nic auf die Couch und hört mir zu." Ich fasse mich wieder und erzähle den beiden die ganze Geschichte. Die beiden zeigen sehr viel Mitgefühl für mich und meine Lage und versuchen, mich zu beruhigen:
„Vielleicht ist gar nichts passiert, Mama. Vielleicht sind die Telefondrähte in Sierra Leone einfach nur unter-

brochen. Oder Papa ist in einem Fahrstuhl stecken geblieben und kann sich deshalb nicht melden, oder...".
Aber jetzt merkt Barbara doch, dass ihre Denkansätze nicht gerade folgerichtig sind:
„Oh jeh, dann müsste ja die ganze Crew im Fahrstuhl stecken!", denkt sie laut. „Ja, und wenn was mit der Kommunikation in Sierra Leone nicht in Ordnung wäre, hätte Nic das schon längst durch das Internet herausgefunden." Da klingelt das Telefon. Wie von der Tarantel gestochen springen wir alle gleichzeitig auf und rennen in Richtung Ladestation. Nic ist der Schnellste von uns allen.
„Hallo, hier bei Berger."Atemlos klingt seine Stimme. „Ach Oma, du bist's!", Jetzt enttäuscht.
„Ach so ja, warte! Ich geb dir die Mama.", Und mit den Worten: „Es ist Oma Helen", reicht mir mein Sohn den Hörer.
„Du hattest bei mir angerufen?", höre ich Helens Stimme von ganz weit weg.
„Mama, du musst den Hörer umdrehen!", höre ich Nic's Stimme ganz nah.
„Ach so ja," Ich drehe den Hörer um und höre Helens Stimme sehr laut. Sie schreit:
„Bist du noch da, Liz? Ich höre dich nicht."
„Ja Helen, ich hatte nur den Hörer verkehrt in der Hand. Entschuldige!" Ich erzähle Helen die ganze Geschichte etwas abgeschwächt, damit sie sich nicht zu sehr aufregt. In letzter Zeit hat sie nämlich mehrmals über Herzschmerzen geklagt. Bei einer Untersuchung ist dann herausgekommen, dass sie Herzrhythmus-Störungen hat und sich nicht zu sehr aufregen darf. Meine Schwiegermutter lebt seit dem Tod meines Schwiegervaters allein in Bärs Elternhaus. Allein ist

etwas untertrieben: Zusammen mit dem Hund Achim, der Katze Leo und dem Kanarienvogel Hans. Achim, Leo und Hans nehmen sie ganz schön in Anspruch. Achim muss zwei Mal täglich ausgeführt werden und Leo will meistens mitgehen. Deshalb muss Helen sich immer wegschleichen und schnell die Haustüre hinter sich zuziehen, damit Leo den Beiden nicht folgt. Das gelingt nicht immer, denn Leo ist schlau. Er merkt genau, wenn Schwiegermama und Achim sich zum Ausgehen bereit machen. Schwuppdiwupp ist er hinter den Beiden durch die Haustüre geschlichen, ohne dass die was merken. Ja, Achim vielleicht schon, aber dem macht's nichts aus, wenn Leo mitgeht. Für meine Schwiegermutter ist das jedes Mal der Horror, wenn sie die Straße überqueren will, dann schlendert Leo gemächlich hinterher und ist einmal beinahe überfahren worden. Ja, Helen hat so ihre eigenen Sorgen.
„Aber wo steckt er denn jetzt? Weiß das niemand?", fragt sie nach meinen schonenden Ausführungen.
„Im Moment nicht, doch sie melden sich, sobald sie etwas wissen. Dann sag ich dir sofort Bescheid. Kann ja nicht mehr lange dauern.", schiebe ich noch hinterher. Das beruhigt Helen zunächst. Sie will aber in einer Stunde wieder anrufen. Jetzt will sie noch mit Barbara sprechen.
„Oma, mir geht es gut. Mach dir keine Sorgen." Barbara kann Helen doch schließlich davon überzeugen, dass sie wartet, bis wir Neuigkeiten haben, damit die Telefonleitung frei bleibt im Falle, dass der Bär anrufen will.
„Nee Oma, das geht leider nicht. Wir fliegen übermorgen zurück nach USA. Ja, wir haben uns wieder versöhnt, Oma. Hm, genau. Es ist besser für das Kind und wir wollen ja auch bald heiraten. Da muss

noch alles vorbereitet werden." Helen ahnt noch nichts von den Zwillingen.
Jetzt bin ich aber auch überrascht, dass die Beiden so schnell aufbrechen wollen. Ich schaue Bob fragend an. Der nickt eifrig:
„O yeah, we gehen so bald wie möglig auf die Airplane, damit de Kleinen nigt Schaden hat. Das versteyst du dok, Schwiegermama?"(Woher kennt er nur dieses unmögliche Wort?)
Ja, ich verstehe es, finde es aber sehr schade, dass die Beiden so bald wieder weg müssen. Dann habe ich meine Tochter für immer verloren.
„Aber Puppe! Du bekommst doch einen Sohn und zwei Enkel dazu.", höre ich den Bär flüstern. Ich nicke nur, dann kommen mir wieder die Tränen.
„Ach Mama, du sollst doch nicht weinen. Papa kommt wieder, der ist noch immer wieder nachhause zurück gekommen." Dann nimmt mich Barbara in ihre Arme und heult mit mir. ‚Nun gib dir einen Ruck, Liz!', sage ich innerlich zu mir. ‚Jetzt bist DU diejenige, die stark sein muss.'
„Ja, du hast Recht, Barbara", sage ich nun mit fester Stimme. Papa kommt wieder nach Hause, das habe ich auch im Gefühl." Ich spüre, dass meine Tochter sich wieder beruhigt hat. Wir drücken uns beide ganz fest und um uns herum spüren wir noch vier weitere Arme, die uns ebenso fest umschließen, so dass ich denke: ‚Nichts mehr auf der Welt kann jetzt noch passieren. Der Bär weiß, dass wir ihn niemals aufgeben werden.'
„Was wollen wir denn jetzt noch unternehmen?", fragt Nick, nachdem wir uns alle zusammen auf die Couch setzen, auf der er vorher unbemerkt eingeschlafen war.

„Also ich werde jetzt meine Mathe-Arbeiten nachsehen.", ist meine Antwort. Meine Kinder wollen mir helfen. Ich lehne ab und bin damit einverstanden, dass die drei am Internet bleiben um möglichst viel über Sierra Leone heraus zu finden. Dann verziehe ich mich in mein Büro und hoffe, dass das Nachsehen der Arbeiten mich auf andere Gedanken bringen wird. Meine Gedanken wandern aber nur zu meinen anderen Sorgen. Was, wenn man mir ein Disziplin-Verfahren an den Hals hängen will wegen der Sache mit der Inklusion?

Meinen Kollegen habe ich alles gebeichtet, was ich auf dem besagten Elternabend von mir gegeben habe. Ich hatte doch nicht gedacht, dass es Eltern gibt (oder Großeltern in besagtem Fall), die etwas dagegen haben würden, dass behinderte Kinder in ihrem Heimat-Dorf zur Schule gehen könnten.

Außerdem wollen einige auch scheinbar nicht, dass ihrem Kind das Lernen zu leicht gemacht wird. Wie zum Beispiel im Fach Mathematik: Da habe ich auf der Elternversammlung das Montessori-Material vorgestellt, das ich auch in der Konferenz meinem Team gezeigt hatte. Meine Kollegen waren in dieser Sache gottseidank einer Meinung mit mir. Selbst Hänschen hat mir zugestimmt, dass wir das Material für alle Klassen anschaffen sollten. Für den kleinen Karl wäre das Material auch sinnvoll gewesen, denke ich gerade, als ich seinen Test nachsehe. Hätte er dieses Hilfsmittel kennen gelernt, würde er Zehner und Einer beim Addieren bestimmt nicht verwechseln. Bei nächster Gelegenheit werde ich ihm das Mathe-Material vorstellen und es ihm dann zur Verfügung stellen, so lange bis es bei ihm Klick macht. Auch mir selbst wird klar, dass die Kinder eigentlich alle solche Hilfen beim Lernen brauchen können. Dann kommen auch die Begabten schneller vorwärts, denn die dürfen auf keinen Fall auf der Strecke bleiben. Es ist wichtig, dass sie entsprechend gefördert werden.

Irgendwie schaffe ich es, alle Arbeiten zu korrigieren. Als ich meine Sachen wegräume, höre ich, wie Nick zu den anderen sagt:

„Das Land ist zur Hälfte gebirgig und zur Hälfte flach. Die Hauptstadt Freetown liegt direkt am Meer. Dort dürften sie gelandet sein, denn sonst gibt es keinen nennenswerten Flugplatz in Sierra Leone."

„Das Schlimme ist ja, dass gerade Bürgerkrieg herrscht. Irgendwie hauen die sich dort gegenseitig die Köppe ein. 'S geht um Religion oder um irgendwelche Clans. Die Christen sind dort sogar in der Mehrzahl, aber es gibt auch fast genauso viele Muslime. " Barbara flüstert, aber ich höre trotzdem jedes einzelne Wort.

„Dann gibt es doch bestimmt Gründe, als Flüchtling in einem anderen Land zu leben, wenn im eigenen Land Krieg herrscht, oder?", will Nick jetzt wissen.

„Nein, eigentlich nicht, denn der Druck geht nicht von der Regierung aus, sondern die einzelnen Clans bekriegen sich. Sierra Leone ist seit 1971 eine Republik. Interessant ist nur, dass die dort eigentlich sehr reich sein müssten. Es gibt Diamanten und Gold im Boden."

„Wahrscheinlich bereichern sich daran immer dieselben, die auch in anderen Ländern den Reichtum unter sich aufteilen. Das kennen wir doch." , mische ich mich nun in das Gespräch meiner Kinder ein. „Und das gibt auch Zündstoff."

„Vielleicht hat das ja alles nichts mit der Geschichte, die Papa gerade erlebt, zu tun. Vielleicht aber doch ganz

viel." Barbara fasst sich mit der Rechten an den Unterleib und meint:
„Wenn ihr mal groß seid, dann werden wir euch diese Geschichte erzählen und bestimmt können wir dann gemeinsam darüber lachen, weil sich alles aufklärt."
Ich atme auf, genauso wie Bob, der ebenfalls einen Schreck gekriegt hat, als Barbara sich an den Bauch gefasst hat. „Is alles o.k., Baby?", fragt er besorgt?
„Jetzt stellt euch mal nicht so an! Ich bin völlig gesund, aber Hunger habe ich jetzt." Wir springen beide auf, Bob und ich. Ich drücke Bob auf seinen Platz neben Barbara zurück.
„Lass mal, das mach ich. Ich koch uns was. Hab gestern Abend schon alles vorbereitet, damit Papa nicht auf die Idee kommt, sich gleich an den heimischen Herd zu stellen." Ich drehe mich um, damit man meine wässrigen Augen nicht sehen kann. Das wäre mal wieder typisch Bär gewesen: Nachhause zu kommen und sofort zu kochen. Und sich zu ärgern, dass ich nicht zuhause bin. Ist ja auch verständlich. Wenn man von einer weiten Reise heimkommt, freut man sich, wenn jemand da ist, der einen erwartet. Ich sollte nicht auch noch die Wochenenden mit der Schule verbringen, das wird mir jetzt klar.
„Das mache ich nie nie nie mehr, Bär, das schwöre ich dir!", murmele ich.
„Was makst du nie mehr?", fragt Bob, der lautlos hinter mir in die Küche geschlichen ist. „Kann ik helfen?"
Er erwartet scheinbar doch keine Antwort von mir. Ich atme auf.
„O.k., wenn du genau tust, was ich dir sage. Alles ist vorbereitet. Wir müssen nur noch die Pilze putzen und schnippeln. Und dann nichts wie in den Backofen mit

dem Zeug." Zuerst will Bob wissen, was schnippeln ist, dann macht er sich an die Arbeit.

Wir zaubern einen Gemüseauflauf mit Fisch. Schon eine Viertelstunde später sitzen wir am Tisch, den Barbara und Nick ganz liebevoll gedeckt haben. Das gelungene Abendessen schmeckt uns trotz der ganzen Aufregung.

Papa und Mama rufen noch an und wollen wissen, wie's steht. Gleich danach ist Helen an der Strippe und auch der können wir leider nichts Neues erzählen.

Jetzt liege ich im Bett und kann natürlich nicht schlafen. Mein geliebtes I-Phone liegt griffbereit neben mir. Ich fasse ins leere Nachbarbett und murmele so vor mich hin: „Ach Bär, wo bist du bloß?"

Wie lieb wäre es mir jetzt, wenn der Bär sich in mein Bett drängeln würde, was ich sonst überhaupt nicht mag. Wenn ich müde bin, dann will ich einfach nur meine Ruhe haben und mein Bett für mich allein. Leider bin ich meistens müde, wenn ich ins Bett gehe und ich schlafe phantastisch. Manchmal nervt mich der Bär dann unablässig, bis ich nachgebe und ihn in mein gelobtes Decken- und Kissenreich einlasse.

Hinterher tut's mir dann nie Leid, dass ich mein Lager mit meinem Liebsten geteilt habe. „Ich werde mich ändern und dich nie mehr abweisen, mein Bär!" Wenn du nur wieder zu mir zurück kommst!

Gerade als ich diesen Gedanken habe, klingelt mein Handy. Wer kann das denn jetzt noch sein, denke ich und drücke auf Empfang.

Ein Krächzen ist zu hören. Ich rufe: „Hallo, wer ist da?". Wieder ein Krächzen, diesmal noch stärker. „Verdammt!", sag ich und will schon gleichzeitig auflegen, da hör ich eine leise Stimme, die mir sehr

bekannt vorkommt. Es ist ganz eindeutig die Stimme vom Bär:
„Puppe, bist du's?" flüstert er kaum hörbar. Ich spüre ein nervöses Kribbeln im Bauch.
„Bär! Wo bist du?", flüstere ich.
„Wir machen uns schreckliche Sorgen um dich!"
„Ich bin in Sicherheit...Kann bloß nicht reden. Melde mich wieder." Klick macht's und weg ist er. Oh Gott! Soll ich jetzt beruhigt sein oder mich noch mehr aufregen? Das kann ich jedenfalls nicht für mich behalten. Ich stehe auf und schleiche mich in Nick's Zimmer. Auch er schläft noch nicht. Die Lichtquelle in seinem Zimmer kommt von seinem Lab-Top. Natürlich. Er sitzt immer noch an seinem liebsten 'Kind' und spielt damit rum.
„Mama!", flüstert er. „Gut, dass du kommst. Ich hab einen Nachrichtensender geortet, der aus allen afri - kanischen Staaten berichtet. Hier, hör dir das mal an!"
Eine sonore Stimme erzählt in englischer Sprache, dass ein Flugzeug auf einen kleinen Flugplatz in die Berge von Sierra Leone entführt worden ist. Ein entlaufener Straftäter soll die Crew in Schach gehalten haben, aber die Polizei und das Militär seien bereits eingeschaltet. Bei dem Täter handele es sich um einen lange gesuchten Schmuggler, der sich in der letzten Zeit im Raum Luxemburg aufgehalten habe, ist zu erfahren. Er hat vom Staat Luxemburg gefordert, dass er wieder unbeschadet dorthin zurückkehren kann, sonst lässt er das Flugzeug in die Luft gehen. Die Luxemburgische Flugrettungsgesellschaft habe dieses Lösegeld bereits zugesagt. Mehr sei bisher noch nicht in Erfahrung zu bringen, außer dass es sich bei dem Täter um einen hoch gefährlichen Burschen handelt.

„Was meinst du, Mama? Da kann es sich doch nur um Papa's Flugzeug handeln."
„Bingo.", stimme ich zu. „Dein Vater hat mich soeben kontaktiert, deshalb bin ich zu dir gekommen. Er ist in Sicherheit, hat er mir soeben, nicht gerade überzeugend, mitgeteilt. Er würde sich wieder melden, könnte jetzt nicht reden. Soll ich das glauben, damit ich wieder ruhig schlafen kann, oder ist es wahr und er ist wirklich in Sicherheit?", frage ich.
„Natürlich ist es wahr, Mama! Sonst würde Papa so etwas doch gar nicht sagen, sondern er würde überhaupt nicht anrufen. Die Nachrichten sagen doch das Gleiche: Das Militär und die Polizei ist eingeschaltet. Dann ist die Crew bereits in Sicherheit. Das geht doch aus Papa's Anruf hervor. Bloß, er kann noch nicht reden, weil die Aktion noch im Gange ist, das vermute ich."
„Dein Wort in Gottes Ohr. Hoffentlich ist es so!" Ich bin furchtbar müde auf einmal.
„Weißt du was? Die anderen wecken wir jetzt nicht. Ändern können wir sowieso nichts mehr. Also lassen wir sie schlafen, was meinst du?"
Nick ist derselben Meinung und so verabschieden wir uns beide mit einem Gutenachtkuss. Lange danach liege ich immer noch wach in meinem Bett und denke nach. Da kommt der Bär durch die Haustür auf mich zu und nimmt mich in seine starken Arme. Ich bin sooo glücklich, dass er endlich wieder da ist.
„Liz, merkst du denn nicht, dass du schon träumst?", raunt mir mein Bär ins Ohr.

Kapitel 19
Schlechte Nachrichten verbreiten sich schneller als gute

Das war vielleicht e kurz Nacht. Der Ecki, so nenn ich ihn jetzt, war gestern Abend nach seinem Einsatz noch gekomme un jetzt is die Schnappsflasch leer. Vor e paar Minute hat de Wecker so aufdringlich geklingelt, dass das ganze Haus wach geworde is. Un wer liecht noch nebe mir im Bett? Drei Mal darfste rate.
Die Kinner sin uffgestanne un ich bin liege gebliebe un hab`s Radio angemacht un schnell die Deck üwwer den Kopf vom Ecki gezoche. Dann hawwe die im Radio was von 'ner Flugzeuch-Entführung irchendwo in Afrika gesacht un wie se weiter erzählt hawwe, bin ich im Bett hochgeschosse. Du liewer Gott, is des net des Flugzeuch mit dem der Mann von de Frau Berger fliecht? Awwer nadürlich! Die Firma von dem heißt doch 'Luftrettung Luxemburg'. Des hat mir die Frau Berger doch zuletzt noch erzählt. Un DIE Firma is betroffe! Oh Gott, hoffentlich is der deheim! Der fliecht doch net immer, oder?
„Wer fliegt nicht immer?" De Kopf von meinem Geliebten guckt so'n kleines Stück aus der Deck raus, als ob er sich net traue tät, ganz raus zu gugge.
In dem Moment guckt 'n annerer Kopf zur Tür rein. Der Kopf von der Mizzi isses. Oh Gott, jetzt sieht se, dass der Ecki bei mir geschlafe hat! Des scheint se awwer net zu störe, denn se sacht:
„Mama, hast du schon Radio gehört?" Dann isse ganz im Zimmer drin un lecht de Finger uff de Mund. Se will dass ich still bin. Dem Ecki sei Kopf is schon widder unner der Deck verschwunne.

„Die beiden Crew-Mitglieder sind seit einer Stunde außer Gefahr.", schallt's aus'm Radio. Die sache noch, dass des e außerordentlich guter Pilot gewese sein muss, weil er doch des Flugzeuch so sicher uff dem Flugplatz in de Berche gelandet hätt. Des könnt nur en Pilot mit militärischer Erfahrung, sowas.
Jetzt bin ich mir sicher, dass des de Mann von der Frau Berger sein muss un die Mizzi spricht's aus:
„Das ist ganz sicher der Herr Berger. Der war nämlich Militär-Pilot. Die Frau Berger hat uns erzählt, dass er bei seiner Ausbildung überall der Beste war. Die Rettungsgesellschaft hat den Herrn Berger mit Kusshand genommen, weil der ja auch gleichzeitig ausgebildeter Arzt ist."
Des wusst ich net un der Ecki streckt sei Kopf widder aus der Deck raus un sacht:
„Oh, das wusste ich auch nicht, dass der Herr Berger ein Kollege von mir ist. Der könnte mich doch mal vertreten."
„Annere Sorge hast du net, odder?" Ich denk, mer könnte doch froh sein, dass dem Herrn Berger nix passiert is. Typisch Mann! Die denke immer praktisch. Jetz schubbs ich awwer die Mizzi schnell aus meinem Schlafzimmer raus. Die Situation is mir richtich peinlich. Der Mizzi scheinbar gar
net. Die sacht auf'm Flur:
„Mama, warst du krank heut Nacht?"
„Wiesooo?" Mir wird ganz schwach.
„Weil ich gehört hab, wie du gestö…"
„Jetzt is awwer gut. Genuch rumgegackert, jetzt wird sich für die Schul fertich gemacht.", versuch ich die Mizzi abzulenke. Awwer die lässt sich net ablenke.
„Mama, jetzt sag doch mal: Warum is'n der Doc. da?"

„Mizzi da hab'm wir doch drüwwer geredt. Weißt du des net mehr? Der Eckard ist doch jetzt mein Freund. Der darf doch ruhig auch mal bei mir schlafen. Des was du gehört hast, war bestimmt des Radio. De Doc. un ich hawwe Radio gehört."
Hoffentlich schluckt se des! Der Matthis hat sich noch net blicke lasse. Dem könnt ich des Amme-Märche net erzähle. Awwer Gottseidank is dem sei Zimmer weiter wech. Hoffentlich hab ich mei Pille genomme. Ich weiß noch net mal, wann mir eingeschlafe sinn, viel wenicher, ob ich mei Pille genomme hab. (Die nehm ich ja Gottseidank immer noch, obwohl ich net mehr verheiratet bin.) Awwer die Schnapps-Flasch is sowieso leer un jetzt guck ich noch ob ich mei Pille vom Sonntach genomme hab.
„Uff", sach ich, wie ich feststell, dass de Sonntach net leer is uff meinem Pillen-Streife.
„Wie, Uff?" Das is jetzt die Stimm vom Matthis, der hat sich hinner mich geschliche.
„Matthis, was soll des? Du has mich erschreckt!", lenk ich vom Thema ab. „Bist du noch net fertich für die Schul?" Im gleiche Moment stell ich fest, dass der Bub schon sei Anorak anhat.
„Haste dei Pausebrot eingepackt?", frach ich. Jetzt is an des Pille-Dösje net mehr zu denke, dem Himmel sei's gedankt.
„Jaaah Mama!" Der Matthis klingt jetzt genervt un macht sich aus der Haustür 'naus. Puh!! Des war knapp!
Die Mizzi sitzt bereits am Frühstücks-Tisch. „Muss der Ecki nicht arbeiten heute?", fracht se ganz scheinheilich.
„Nee, muss er net. Der hat heut frei. Der hat ja üwwer's Wochenend gearbeit', gell?" Ich sach der Mizzi, dass der noch schlafe muss, weil der so spät noch arbeite

musst. Des schluckt se. Wenn se wüsst, was genau der noch geschafft hat, würd se bestimmt weiter bohre, awwer des weiß se doch net.

Se macht sich fröhlich uff in die Schul.

Ich ruf ihr hinneher:

„Lass die Frau Berger nur ja in Ruh mit dem, was du im Radio gehört hast, gell, hörste? Nee, das hörtse nimmehr. Auch egal. Ich glaub net, dass irgendein Mensch in de Schul das noch net weiß. Beim Tischdecke muss ich immer an den arme Herrn Berger denke. Der is jetzt bestimmt in 'ner doofen Situation, der Arme! Hoffentlich kommt der da lebend widder raus!

„Das ist ja eine schöne Geschichte." Der Ecki kommt gähnend ins Esszimmer.

„Na, schön is annerst.", sach ich. „Willste 'n Frühstücksei?"

Der Ecki will. So 'n schönes, gemütliches Frühstück hab ich schon lang net mehr gehabt. Der Ecki hat Kaffee gekocht. Hmmm, des riecht gut! Dazu gibt's etwas zu weiche Frühstückseier un ich hab meins versalze. Da hat der Ecki gelacht un gesacht, ich wär halt verliebt, da tät einem des passiere. Stimmt. Pst! Jetzt gehen die Nachrichte widder an:

„Die Staatspolizei hat den Erpresser überwältigt..", hör ich und dann sache se, dass's jetzt nur noch spannend wär, ob der Pilot des Flugzeuch widder aus dem Loch, wo des gelandet war, rauskriege würd. Der Verbrecher kommt ins Gefängnis. Mann, der hat ganz schön was uff'm Kerbholz, der Kerl! Der hat ganz schön viel Gold aus – wie heißt des? – Sierra Leone, ja genau(!) rausgeschmuggelt. Un damit net genug: 'N paar Leut hat der auch noch um die Eck gebracht. Jesses, wenn ich mir vorstell, der hätt den Herrn Berger auch abgemurxt,

was ja net verwunderlich wär, gell? Der hat'n doch gefloche, obwohl der des net wollt. Der wollt doch bestimmt net zurück in die Heimat.
Gottseidank is der awwer net uff de Kopf gefalle un hat genuch Übung in der Fliegerei, weil – der war doch Jetpilot bei der Luftwaffe gewese, odder? Ach Gott, jetzt hab ich wieder laut gedacht, weil der Ecki sacht:
„Das weiß ich nicht, aber dass er Arzt ist, das weiß ich jetzt und ich werde ihn bestimmt mal bei Gelegenheit darauf ansprechen. Vielleicht kann er mich tatsächlich mal vertreten, wenn Not am Mann ist."
„Du spinnst. Wenn der des hätt mache wolle, dann hätt der des doch mache könne. Nee, der fliecht bestimmt viel lieber. Dann kann der nämlich Beides machen. Sonst wär der garantiert jetzt unser Hausarzt un net du. Dann hätte ich dich ja garnet kenne gelernt. Des wär echt schad gewese."
Des war auch widder laut gedacht, awwer mein Doc. nimmt mich in den Arm un küsst mich ganz doll. Er gibt mir also Recht un freut sich üwwer unsere Bekanntschaft. Ach is des schön, so'n freier Doc.-Tag!

Kapitel 20
Erleichterung

Es ist kaum zu fassen. Ich sitze im Auto auf dem Weg zur Schule. Es ist halb acht und ich höre die regionalen Nachrichten. Die Geschichte mit dem entführten Flugzeug in Sierra Leone ist Hauptthema. Auch, dass der Pilot des Flugzeugs mein von mir geliebter Ehemann ist, wird ganz klar deutlich, jedem, der uns auch nur im Entferntesten kennt. Auf dem Weg über den Schulhof laufen mir die Kinder entgegen, wie sie es immer machen und wollen mir beim Tragen meiner Tasche behilflich sein, was ich auch heute, wie immer ablehne. Heute sind sie irgendwie anders. Sie schauen mir ins Gesicht, ich bekomme den Eindruck, dass sie darin lesen wollen, ob ich traurig bin. Ich denke, sie können in meinem Gesicht lesen, wie in einem offenen Buch. Doch sie schweigen und sprechen mich nicht auf die Geschehnisse an. Ich merke, die meisten wissen Bescheid und ich nehme mir vor, in der ersten Stunde mit den Kindern darüber zu sprechen, wenn sie das Bedürfnis haben.
Ich komme ins Lehrerzimmer, da herrscht betretenes Schweigen. Mein ganzes Team ist bereits eingetroffen, obwohl es noch recht früh ist. Ich nicke nur, als sie mich fragend anschauen. Jetzt kann ich die Tränen nicht mehr zurückhalten. Ich muss einfach heulen. Hänschen, der neben mir steht, nimmt mich einfach in den Arm und tröstet mich. Das tut mir unendlich gut und im Stillen muss ich ihm Abbitte leisten wegen meiner bösen Gedanken ihm gegenüber. Erst recht jetzt, als ich erfahre, dass mein ganzes Team heimlich in der letzten Woche im Ministerium erschienen ist, um mich in

Schutz zu nehmen gegen die Angriffe von einigen Leuten aus Nickelshausen. Sie waren erfolgreich und erzählen mir das gerade jetzt, damit ich wenigstens in einer Hinsicht getröstet bin.

Hänschen, der Personalratsvorsitzende hat das alles angezettelt. Deshalb waren alle meine Kollegen am Freitag in der Hauptstadt und wollten daher mit Ausnahme von Hermine nicht auch noch am Samstag demonstrieren gehen. Dem Minister haben sie trotzdem höflich ihre Meinung zu den Schulschließungen persönlich gesagt und auch, dass es gerade für unsere Schule ein Jammer wäre, da ihre Leiterin sehr engagiert arbeiten würde. Ich bin total platt!

Mein Termin beim Minister ist nun hinfällig geworden und darüber bin ich sehr erleichtert. Wenn jetzt alles in Ordnung wäre und mein Bär wäre gar nicht erst verschwunden, dann könnte ich diese Freude richtig genießen.

„Ich weiß gar nicht, was ich dazu sagen soll. Ich freue mich einfach, dass ihr..." und wieder kommen mir die Tränen.

„Lass gut sein!", unterbricht mich Egon „Wir haben es ja auch für uns gemacht. Wir mögen ja auch lieber eine ausgeglichene Schulleiterin, die stets ein Ohr für uns hat. So, wie es die ganze Zeit war."

Jetzt wollen doch noch alle den Stand der Dinge über Bertram wissen. Ich kann gerade noch berichten, dass ich heute Nacht von ihm angerufen wurde, als es bereits zum Unterricht läutet. In meinem Büro trockne ich schnell meine Tränen und gehe einigermaßen gefasst in mein Klassenzimmer.

Die Kinder haben den Stuhlkreis schon gestellt und sitzen still auf ihren Plätzen.

Der Montagmorgen beginnt immer im Kreis. Wir versammeln uns, um die Schulwoche gemeinsam zu planen und auch um über besondere Geschehnisse am Wochenende zu berichten. Meine erste Frage ist immer, wie auch jetzt:
„Worüber wollt ihr heute sprechen?"
„Worüber möchtest du denn gerne sprechen?", meldet sich der Max, der ja normalerweise bekanntlich selbst gerne als Erster redet. Ich bin erstaunt. Alle schauen mich gespannt an.
„Was möchtet ihr denn hören?" Ich gebe den Erzählstein an Max zurück.
Der gibt ihn weiter an Anton, der ja unser Klassensprecher ist. Ich merke, dass Anton sehr nachdenklich ist, denn er bohrt verlegen an seinem rechten Ohr herum. Das tut er immer wenn er ganz intensiv nachdenkt.
„Also Frau Berger, ich glaub die wollen alle hören, wie's deinem Mann geht und ob der nochmal wiederkommt, und ob du traurig bist, Frau Berger."
Ich bin sehr gerührt:
„Das sind ziemlich viele Fragen auf einmal, aber ich werde versuchen, sie alle zu beantworten. Zunächst einmal: Es geht meinem Mann gut. Er hat mich heute Nacht angerufen und gesagt, er ist in Sicherheit. Mehr, als ihr im Radio erfahren konntet, weiß ich leider auch nicht. Aber ich denke, dass er ganz bestimmt wieder nach Hause kommt. Wann, das weiß ich ebenso wenig wie ihr. Und ja, ich bin sehr traurig, dass meinem Mann das alles passiert ist. Ich weiß jedoch, dass er sehr mutig und tapfer ist und dass er es schaffen wird, wieder nach Hause zu kommen."

„Was ist das? Mutig und tapfer sein, was ist das?", fragt Karlchen.
Darüber entsteht jetzt eine Diskussion, wie man sie Zweitklässlern niemals zutrauen würde.
„Mut ist, wenn man was sagt, was einen den Kopf kosten könnt.", meint Anni. „Ich hab das in 'nem Film gesehen. Der Mann hat zum König gesagt, dass er nich gut findt, wie der regiert und da hat der König ihn köpfen lassen, aber der is gerettet worden in letzter Sekunde. Da war einer, zu dem haben sie das tapfere Männlein gesagt. Der hat den Mann gerettet. Der is von hinten angeschlichen un hat den auf's Pferd gezerrt un is ganz schnell mit dem weggeritten. Der König is dann abgesetzt worden, glaub ich. Nee, der is ins Gefängnis gekommen, weil der so brutal war. Sein Sohn is dann drangekommen un der war viel besser."
Ich finde es genial, wie Anni Mut und Tapferkeit in ein paar Sätzen erklärt hat. Die Klassenkameraden sind beeindruckt. Alle schauen auf Anni.
„Eine Frage: Hätte der Mann nun besser den Mund gehalten? Er hätte sich doch viel Ärger erspart, oder?", gebe ich zu bedenken.
Aber da sind sich alle einig, dass man seine Meinung sagen muss, wenn's nötig ist, selbst wenn man dabei Kopf und Kragen riskiert.
„Aber ich hab mal'n Sprichwort gehört, das heißt: „Reden ist Silber, Schweigen ist Gold:", gibt die Mizzi zu bedenken. Da meldet sich die Kathi zu Wort:
„Reden ist Silber, ja, aber wenn Reden Silber ist, dann ist Schweigen doch Quatsch, oder?"
Es entspinnt sich eine allgemeine Diskussion darüber, wann man besser schweigen sollte und wann man mutig sein soll und reden muss. Die Kinder erkennen

sehr wohl, dass es Situationen gibt, wo Mut gefragt ist und man nicht zusehen darf, was passiert, aber auch wo man am besten nicht redet und still ist. Sie finden für beide Situationen Beispiele:
„Wenn man was nicht richtig findet, muss man das sagen.", schlussfolgert die Mizzi. „Dann ist Schweigen Quatsch."
„Aber wenn alles gesagt is, dann hält man besser's Maul!", kontert der Max und knufft die Mizzi in die Seite.
Die beiden finden immer einen Grund, sich zu kappeln.
„Ja, und vor Allem DU kannst's Maul net halten, du Depp!",und die Mizzi knufft zurück.
Die Kathi geht dazwischen. „Das hättst du dir wirklich sparen können, Max. Weißt, manchmal ist Schweigen auch wirklich Gold."
„Lass gefälligst die Mizzi in Ruh, sonst kriegst es mit mir zu tun!", schaltet sich jetzt auch der Till in den Streit ein. Davor scheint der Max wirklich Angst zu haben. Er zieht den Schwanz ein:
„Ich hab's ja net so gemeint. Ich wollt die Mizzi doch nur ,n bisschen foppen. Aber ich seh schon, ich hätt besser geschwiegen, glaub ich. Entschuldige, Mizzi!"
Hier findet Max bei allen Beteiligten Zustimmung.
„Aber's war auch mutig, dass du dich entschuldigt hast, Max.", meint jetzt die Anni.
Ich bin mal wieder erstaunt, wie die Kinder die Kurve gekriegt haben und freue mich, dass sie sich ohne mein Zutun wieder vertragen haben. Vor Allem aber bin ich stolz drauf, dass sie erkannt haben, dass Schweigen nicht immer Gold ist und Reden nicht immer Silber.
Mir fällt da auch noch ein Sprichwort ein:

„Was sich liebt, das neckt sich." Ob der Max die Mizzi liebt? Das glaube ich eher nicht. Ich vermute eher, dass unser gesprächiger Max ein wenig eifersüchtig auf die Mizzi ist, weil die so oft die richtigen Worte findet. Ich glaube, er möchte **auch** mal im Mittelpunkt stehen. Bei Gelegenheit mache ich mir mal Gedanken, wie ich ihm dazu verhelfen kann, ganz heimlich und hinten rum, damit die anderen 's nicht merken.
Dies sind so meine Gedanken, als es plötzlich an der Tür klopft. Alle Kinder rufen: „Herein!"
Der Henrik aus dem ersten Schuljahr ist's. Er schaut nach rechts und nach links. Dann entdeckt er mich.
„Hallo Frau Berger. Du sollst mal ans Telefon kommen. Ganz schnell! Es wär wichtig, hat der Herr Vogler gesagt."
Egon ist gerade mit dem Ersten im Sportunterricht. Da hat er das Telefon immer dabei.
„Falls was passiert", sagt er immer. Das hat seine Berechtigung, auch meiner Meinung nach.
Ich springe vom meinem Stuhl auf und sage in einem leicht zittrigen Ton zu den Kindern, dass sie zu ihrem Platz gehen sollen und Ideen für den Wochenplan aufschreiben sollen. Den Max, der recht gut in Mathe ist, beauftrage ich, ein paar Textaufgaben mit dem Thema Einmaleins zu erfinden. Dann gehe ich gemäßigten Schrittes aus der Klasse und folge Henrik in die Turnhalle. Auf dem Weg dorthin geht mir alles Mögliche kreuz und quer durch den Kopf:
Was könnte passiert sein? Es kann nur was Schlimmes passiert sein, denn der Bär ruft nie in der Schule an. Also kann er es nicht persönlich sein. Also ist ihm was Schlimmes passiert. Oh mein Gott! Mein Herz rutscht ganz tief in die Hose. Mir wird es richtig flau im Magen.

Wenn es also der Bär nicht ist, wer kann es dann sein? Und wer lässt mich aus dem Unterricht rausholen, um mir was mitzuteilen. Niemand. Doch! Einen hat's mal gegeben, aber der ist inzwischen pensioniert. Ich verfalle in einen Laufschritt. Hastig öffne ich die schwere Schiebetür zur Turnhalle.

Henriks Klasse spielt gerade Handball. Egon hat sie seit letzter Woche in die Regeln des Handballs eingeführt und ruft ihnen gerade zu:

„Weiter so! Das machst du gut, Daniel! Halte dich rechts vom Berti!"

Dann entdeckt er mich und steigt von seinem Schiedsrichter-Stuhl herunter um mir das Telefon zu reichen. Er zwinkert mir zu. Das wiederum beruhigt mich ein wenig, weil wenn ja was Entsetzliches geschehen wär, dann würde der Egon mir nicht zuzwinkern.

„Hallo", meine Stimme klingt ganz wackelig.

„Hallo Frau Berger, hören Sie mich? Sie klingen so weit weg."

Träume ich jetzt oder ist dies tatsächlich die Stimme von unserem lieben Dr. Breuer?

„Herr Dr. Breuer?"

„Ja Frau Berger. Sie werden sich sicher wundern, dass ich sie anrufe, aber ich wollte es mir nicht nehmen lassen, Sie zu ihrem Kollegium zu beglückwünschen. Mein Nachfolger hat mich heute Morgen angerufen und mir mitgeteilt, dass sich Ihre Geschichte am Ministerium in Wohlgefallen aufgelöst hat. Ihr gesamtes Kollegium hat sich geschlossen und höchstpersönlich beim Herrn Minister für Sie eingesetzt. Alle Achtung, kann ich da nur sagen, alle Achtung! Es ist mir eine Freude; Ihnen das mitteilen zu können."

„Danke…"

„Und außerdem", unterbricht mich der Herr Schulrat in Ruhestand (Ich bin es ja gewöhnt) „soll ich Ihnen einen schönen Gruß von unserem neuen Schulrat ausrichten, denn er kennt sie gut."

Jetzt bin ich echt überrascht.

„Es ist der Herr Drexler, ein ehemaliger Kollege von Ihnen, liebe Frau Breuer."

Ach du liebe Zeit! Das kann doch nur der Helmut Drexler sein! Er war einer meiner liebsten Studien-Kollegen in der Uni gewesen. Und der Helmut, der sein Studium schon ein Semester vor mir begonnen hatte, hat mir stets mit Rat und Tat zur Seite gestanden.

„Frau Berger! Sind Sie noch da? Hören Sie mich?" Der Herr Breuer wartet meine Antwort nicht ab. „Der Herr Drexler bereist demnächst alle Schulen in unserem Kreis und auf Ihre Schule freut er sich ganz besonders."

„Das ist ja..", versuche ich mich in unser Gespräch einzubringen.

„Und noch was, Frau Berger", unterbricht mich der Herr Breuer wieder: „Ich bin gerade in Limone am Garda-See und raten Sie mal, was ich da mache!"

„Urlaub.", gelingt es mir zu antworten.

„Nein. Äh, das heißt ja, doch. Aber ich lese gerade Ihr Buch. Was sagen Sie da zu?"

„Ja, was sagen **Sie** denn DA ZU?"

„Es ist sehr interessant. Und ich bereue, dass ich es nicht früher gelesen habe, Ihr Buch. Jetzt weiß ich wenigstens, was Sie mit 'Inklusion' gemeint haben. Hätte ich das früher gewusst, dann hätte ich mehr Argumente für Sie gehabt. Aber jetzt wird ja alles gut. Niemand wird Sie mehr belästigen, denn der Herr Drexler lässt nichts über Sie kommen. Liebe Frau Berger, jetzt wird es aber Zeit,

dass Sie wieder in Ihren Unterricht kommen. Auf Wiedersehen und machen Sie's gut! Ich drück Ihnen die Daumen, dass Ihre Schule nicht geschlossen wird!"
„Auf Wiedersehen Herr Dr.Breuer und schönen Urlaub noch! Und Dankeschön, dass Sie mich angerufen haben!", rufe ich noch, aber die Leitung ist tot.
Ich schaue den Egon an und der schaut mich nun erwartungsvoll an.
„Und?", fragt er.
„In der Pause erzähle ich euch alles. Jetzt muss ich zurück zum Unterricht."
„Klar. Bis nachher!", ruft Egon mir nach. Ich bin schon an der Schiebetür und im Laufschritt geht's jetzt in mein Klassenzimmer zurück. An der Tür halte ich kurz inne. Es ist still da drin. Ich öffne schwungvoll die Türe und sehe meine Kinder konzentriert bei der Arbeit.
Die Mizzi schaut von ihrem Heft auf und fragt:
„Alles gut, Frau Berger?"
„Ja, soweit ist nichts Schlimmes passiert.", antworte ich der Mizzi ganz ehrlich, wie ich nun mal bin.
Ich bin sehr stolz auf meine Kinder. Der Wochenplan steht. Er ist mal wieder sehr voll, aber gemeinsam streichen wir die schwierigen oder auch überflüssigen Aufgaben aus dem Plan heraus. Auch eine Textaufgabe von Max wird gestrichen, obwohl sie gar nicht so schlecht war. Er hätte nur den Namen von Mizzi auf Frau Berger umschreiben müssen.
„Die Mizzi hat 24 Paar Sommerschuhe und 18 Paar Winterstiefel im Regal stehen. Wieviel einzelne Schuhe muss das Regal aushalten.?"
„Das ist eine Unverschämtheit, du Arsch! So viel Schuhe hat nicht mal meine Mutter. Frau Berger, ich

beantrage, die Aufgabe zu streichen!", wehrt sich die Mizzi.
„Antrag statt gegeben." antwortet die Kathi für mich.
Schade, denke ich. Die Aufgabe hat mir gefallen. Dem Bär würde sie noch besser gefallen. Er hänselt mich ständig mit meiner angeblichen Schuh-Manie. Dabei kennt er scheinbar keine anderen Schuhschränke als meinen. Gegenüber meiner Freundin Mary bin ich nämlich ein Weisenkind. Jetzt würde ich mir geradezu wünschen, der Bär möge mich ärgern deswegen. Es würde mir überhaupt nix ausmachen. Wenn er nur da wäre, mein geliebter Bär!
Es klingelt. Mein Gott, wie die Zeit vergeht.

Kapitel 21
Die liebe Frau Berger hat's ganz schön schwer!

Ich kann's net glaube: Des is tatsächlich der Herr Berger mit dem Flugzeuch. Jetzt isses offiziell. Die Mizzi hat's grad erzählt. Die is aus der Schul heimgekomme un hat gesunge un gelacht:

„Der Herr Berger is wieder zu Hause!!! Nach der Schule hat er vor unserer Klassentür gestanden und hat die Frau Berger umarmt un ich glaub, die haben sich geküsst. Genau hat man's nicht gesehen, aber ich bin ganz sicher, dass die sich geküsst haben. Dann hat die Frau Berger gesagt: Gottseidank! Und hat echt geweint vor Freude. Wir haben alle mit geweint. Das war so ergreifend!"

Wie altgescheit des Kind doch is! Jetzt komme mir tatsächlich auch die Träne. Is des schön, dass der Herr Berger wohlbehalte wieder da is! Was muss die arm Frau Berger durchgemacht hawwe! Des Ganze noch zu ihrem Huddel mit de Schul.

Hoffentlich wird jetzt net ach noch die Schul geschlosse! Heut Morge hat's in de Zeitung gestanne, des mit der Demo in de Hauptstadt. Zichtausend Leut waren da. Des Ministerium hat des gar net gestört. Die schließe die Schule trotzdem, sache se. Jetzt wolle die von de Opposition 'n Volksbegehre in Gang bringe. In Marieberch gibt's nächste Woch wieder ne Gemeinderat-Sitzung, wo se beschließe wolle, welche Schul in unserer Gemeinde geschlosse werde soll. Des ganze Theater widder von vorn. Die arm Frau Berger! Die hat doch gar kei Schongs geche die zwei annere Schulleiter. Die sinn doch alle Zwei in de richtiche Partei. Glaub doch nur ja net, dass die sich ihr Schul zumache lasse.

Der XXL steckt ja noch mit dene unner einer Deck, der Heini! Der Drecksack, tut sei eichenes Dorf verrate. Des is des Gemeinste was 'n Mensch mache kann. Was verspricht der sich eichentlich von seinem Verhalte? Will der Bürchermeister werde? Awwer **der** Schuss kann ganz schön nach hinne losgehn, des sach ich dir, gell?! Von Nickelshause kriecht der awwer net'n einzig Stimm, wenn der unser Schul zumacht.

Heut Abend bin ich mit dem Ecki verabredt. Ins Kino wolle der Doc un ich. Ganz allein, nur wir Zwei. Ich freu mich schon ganz doll. Des muss ich jetzt der Mizzi beibringe. Die kennt des nämlich gar net, dass ich aus'm Haus geh ohne sie.

„Du Mizzi? Was sachste dazu, dass der Doc mich ins Kino eingelade hat?"

Die Mizzi is ganz begeistert: „Super Mama, in welchen Film gehen wir denn?"

„Net ‚Wir', der Doc un ich ganz allein. Un der Film heißt ‚Zucker'."

„Och Mann Mama, wir waren schon lange nicht mehr im Kino! Wieso können wir nicht mit? Von dem Film hat uns nämlich die Frau Berger erzählt. Da will sie vielleicht mit ihrem Mann zusammen reingehen und uns davon erzählen. Och Mann Mama, das ist gemein, dass ich nicht mitgehen kann!"

„Kind, du hast doch morgen Schule. Da kannste doch abends net ins Kino gehe. Außerdem wär dann der Matthis ganz allein im Haus."

„Der kann doch auch mitgehen. Dann ist keiner allein zu Haus. Vielleicht könnte der Till noch mitgehen. Der würd bestimmt auch gern mitkommen. Ach Mama, bitte!"

„Der Film interessiert mich nicht die Bohne!"

Der Matthis is grad zur Tür rein gekomme un hat sei Schultasch in die Eck geschmisse, wie er des jeden Tach macht. Der muss zuerst immer sei Schulfrust abreagiere, bevor er sich mit uns unnerhält.

„Ihr seid doch bekloppt! In so'n Film reinzugehen, das ist nur blöd!"

„Wieso?", frach ich jetzt den Matthis. „Woher weißt'n DU, was das für'n Film is?"

„Den haben wir in der Schule durchgesprochen. In Biologie. Das ist 'n Film für Schwachsinnige und so welche, die's werden wollen. Die verteufeln Mac Donalds und Donuts als ob das Gift wäre. Das glaubt doch kein Mensch, dass man innerhalb von 5 Wochen 10 Kilo zunehmen kann, wenn man nur Burgers und Donuts isst.", weiß der Mattis üwwer den Film zu berichte.

Des klingt ja höchst spannend. Ich glaub, ich muss den Matthis und die Mizzi doch in den Film mitnehme. Der scheint wirklich wichtich zu sein. Awwer der Ecki will doch mit mir allein ins Kino. Was mach ich dann jetzt bloß? Nee, das kann ich net machen, dann is der Ecki bestimmt beleidicht. Der will doch nur mit mir allein ins Kino gehe.

Bis heut Abend wird die Mizzi sich schon widder beruhige. Ich muss jetzt awwer noch mei Wäsch uffhänge un's Geschirr spüle. Die Kinner hawwe grad fertich gegesse un sinn in ihr Zimmer verschwunne. Die mache bestimmt ganz brav ihr Hausaufgabe.

Bei der Mizzi weiß ich des genau, awwer den Matthis muss ich zeitweise üwwerprüfe. Der geht manchma direkt an sei Computer, des macht mich rasend. Des weiß der awwer ganz genau. Desweche tut der auch manchma so, als ob. Ich bin awwer net bled un komm 'm immer uff die Schlich. Dann werd ich noch rasender un geb dem Kerl absolutes Computer-Verbot. Ich hol dem einfach des Scheißding für zwei Tach ab.

Heut geh ich ins Zimmer un tatsächlich sitzt der Kerl an seine Hausaufgabe.

„Was is, Mama? Spionierst du mir wieder hinterher?", fracht der mich frech.

„Nee Matthis, dir kann mer ja hunnertprozentisch vetraue, gell? Ich wollt nur mal gun Tach sache."

Jetzt weiß der gute Jung tatsächlich kei Antwort. Der brummelt sich was in de Bart un ich geh beruhicht mei Wäsch uffhänge. Naja, er is ja 'n guter Jung, wenn ich's so betracht. Richtichen Huddel hatt ich eichentlich noch nie mit dem. Is aach was wert, gell?! Des mit seinem Papa, des hat er mittlerweile üwwerstanne. Er sacht: „Der soll mich am Arsch lecken, aber so was von! Der existiert für mich gar net mehr." Naja, klingt net so ganz nach Verarbeitung, awwer schon 'ne Stufe besser als vorher:

„Wenn der Papa da wär, dann würdest du das nicht mit mir machen!"

Un „Blöde Kuh!", hat der mir nachgerufe, wenn ich mit seinem Heilichtum-Computer aus'm Zimmer gerauscht bin. Ich hab's genau gehört, selbst wenn er's ganz leis gesacht hat un wie ich schon fast aus'm Zimmer war. Ich hab's genau gehört.

S'Telefon klingelt grad. Des kann nur der Ecki sein. Ich geh schnell ran un sach in meiner Zuckersüß-Stimm:

„Ja halloooh? Hier is Korny, mit wem sprech ich?"

„Hallo Frau Korny, hier is der Till. Ich darf!"

„Was darfste?"

„Na mit ins Kino! Meine Eltern haben gesagt, dass der Film gut wäre und dass sie's mir ausnahmsweis

erlauben, weil du's bist. Ich soll dir auch schönen Gruß von der Mama sagen. Der isses heut schwindlich, deshalb kann se nicht mitgehn."
„Hääh, äh – wie bitte? Ich weiß gar net, von was du sprichst! Wie kommst du denn drauf, dass..."
„Ei, die Mizzi hat mich doch angerufen und gefragt, ob ich mitgeh ins Kino! Frau Korny, hören Sie mich?"
Jetzt bin ich awwer sprachlos! Dieses Biest!
„Ähm Till, ja ich hör dich. Können wir dich später zurückrufen?" Ich verfall ins Hochdeutsch. Dann werd ich echt gefährlich. Der Till is einverstanne un lecht uff. Wie 'ne Furie renn ich zu der Mizzi ins Zimmer.
„Sag e mal Mizzi, was fällt dir eichentlich ein?! Wie kommst'n du dezu, den Till ins Kino einzulade, wo du noch net mal mitdarfst?"
Die Mizzi merkt sofort an meinem Tonfall, dass die Sach jetzt Ernst wird, denn die antwort' mir jetzt ganz kleinlaut.
„Ei Mama, das hab ich dann bestimmt falsch verstanden. Ich dachte.."
„Manchma is Denke üwwerflüssig, nämisch genau dann, wenn die Sach sonneklar is. Du hast morge Schul un desweche is des zu spät. Außerdem hawwe die Eltern vom Till dem jetzt erlaubt, dass der mitgehn kann. Des wirst du noch bereue, mei lieb Kind! Du gehst jetzt ans Telefon un erklärst dem Jung persönlich, wie die Sachlage is"
Die Mizzi fängt an zu Heule. Der Matthis steht hinner mir un in der Tür hinner dem Matthis steht der Ecki höchstpersönlich. Der hat alles mitgehört. Ach du Scheiße! Was muss der jetzt von uns denke?? Ich, die Mutterfurie un die Mizzi, des arme Kind!

„Mama, der Herr Doktor ist da. Ich hab ihm aufgemacht. Ist was passiert?", fracht der Matthis ganz scheinheilich.
„Ihr könnt mich all!", heul ich grad auch los.
Der Ecki macht jetzt was, da hab ich net mit gerechnet: Der nimmt mich in sei Arme vor de Kinner un streichelt mir üwwer de Rücke, dass mir ganz wackelich wird un sacht:
„Wollten wir nicht heute Abend mit den Kindern ins Kino? Ich bin gegen Sieben draußen und hupe kurz. Dann können alle einsteigen, o.k.? Ich wollte nur eben Bescheid sagen. Muss noch kurz in die Stadt. Dann reservier ich gleich unsere Plätze."
Schon widder streichelt er mir üwwer de Rücke un losgelasse hat er mich auch noch net. Ich fühl mich wie Wackelpudding. Die Mizzi hört uff zu jammern un der Matthis sacht doch tatsächlich:
„Okay, Doc. Wir fahren mit."
Ich bin sprachlos. Grad ebe hat der doch gesacht, der Film wär Blödsinn, oder?
„Also dann bis nachher!", ruft der Ecki noch un is schon widder verschwunne, wie er aufgetaucht is.
„Darf ich den Till jetzt anrufen und ihm sagen, dass er mit uns fahren kann?"
Ich nick nur un die Mizzi läuft jubelnd aus'm Wohnzimmer un ich steh da un versteh die Welt net mehr.
Ich glaub dem Doc liecht wirklich was an mir. Un der Matthis will mit ins Kino. Des find ich richtig gut von dem Jung. Vielleicht will er nach dem Film noch ins Mac-Donalds? Bei dem weiß mer nie, was der im Schild führt.
Beim Wäsch uffhänge muss ich widder an die Berger denke. Wie die Frau uff ihr Gesundheit achtet, des is

bemerkenswert. Un die Kinner wolle jetzt kei Fleisch mehr esse. Ich lass die Mizzi esse was se will. Ich zwing die zu nix. Des, was die Frau Berger mir zum Lese gegebe hat, war ganz schön intresant. Ich mein, ich bin zwar drüwwer eingeschlafe, awwer da hab ich ja den Ecki noch net so gekannt. Der is ja auch an so Gesundheits-Sache intresiert. Eins hab ich mir schon gemerkt: Des richtiche Fett macht net fett, sondern ganz im Gecheteil: Des macht sogar schlank, wenn mer net schon schlank is. Der Doc sacht, ich soll nur ja net abnehme. Ich wär schlank genug, awwer des find ich net. Ich könnt ruhich noch zwei drei Kilo abnehme, so um die Hüfte un am Po.

Nein, meint der. Dann hätt er nix mehr zu greife. Wie süß!

Gut. Dann brauch ich net mehr zu hungere.

Kapitel 22
Die einen kommen, die anderen gehen

Es gibt Tage, da läuft alles glatt. Heute ist zum Beispiel so ein Tag.
Zuerst eröffnen mir die Kollegen, dass sie am Freitag im Ministerium waren und dass ich jetzt keinen Termin mehr dort habe. Meine ganze Angst vor diesem unheilvollen Termin war also umsonst. Mein Team steht zu mir, auch Hänschen und der ganz besonders, weil er als Personalrat die Sache komplett in die Hand genommen hat. Ist das nicht irre?
Damit nicht genug. Der neue Schulrat heißt Helmut Drexler. Der Helmut! Ich kann's noch immer nicht fassen. Er kommt bald in die Schule, um mich zu besuchen. Und dass mich der Herr Dr. Breuer deswegen angerufen hat, finde ich irgendwie auch ganz lieb. Der ist doch im Urlaub in Italien. Und obwohl der gar nicht mehr im Dienst ist, liest er jetzt mein Buch.
Naja, vielleicht hatte er vorher ja auch gar keine Zeit dazu. Ich muss ihm Abbitte leisten. Dass man einfach nicht zu Wort kommt bei ihm, finde ich jetzt gar nicht mehr so schlimm, denn ansonsten ist er ja ganz knuffelig. Er war immer freundlich und hat sich um uns Schulleiterinnen und Schulleiter aus dem Kreis stets gut gekümmert. Naja, seine Verabschiedung steht uns noch bevor. Ich werde das meiner Schulleiter-Freundin Annemarie sagen. Die hält nämlich die Schlussrede für ihn. Kein Wunder, denn sie und ihr Mann Eberhard sind ja mit dem Ehepaar Breuer befreundet.
Aber das Schönste an diesem Tag: Mein Bär ist endlich wieder zu Hause!

Nach der Schule – ich öffne die Klassentür um die Kinder zu verabschieden – da steht mein Bär in ganzer Größe vor mir und breitet seine Arme aus. Ich kann niemanden sagen, welches Gefühl das in mir ausgelöst hat! Das war jedenfalls wie Weihnachten, Ostern und Geburtstag zusammen.
„Puppe! Ich bin wieder da.", sagt er einfach und schließt mich in seine starken Arme.
Die Kinder hinter mir im Klassenraum sind mucksmäuschenstill.
Ach Lis, dass du dich einfach nicht beherrschen kannst und bei allen möglichen Gelegenheiten heulen musst! Ja. Mir sind die Tränen gekommen. Ist doch kein Wunder! Gar nicht auszudenken, wenn mein geliebter Mann dort in den Bergen von Sierra Leone abgestürzt wäre und nie mehr heimgekommen wäre! Jetzt kommt mir erst in voller Größe die Gefahr vor Augen, in der mein Mann geschwebt hat.
„Alles gut, Puppe."
Der Bär tröstet mich und ich höre die Kinder hinter mir schniefen und schluchzen. Dann bin ich wieder ganz schnell in der Gegenwart. Die Augen noch nicht so ganz trocken, drehe ich mich um zu ihnen und sage:
„Kinder, das ist eine Überraschung, was?!" Die Kinder fassen sich schnell und nicken mit den Köpfen.
„Willkommen, Herr Berger!", rufen alle im Chor.
Jetzt gelingt es mir doch noch, jedem Kind die Hand zu reichen und das ohne weitere Tränen. Das persönliche Verabschieden jedes Kindes an jedem Tag ist ein Ritual, auf das ich auch heute nicht verzichten will. Als Letztes kommt Karlchen an die Reihe. Er will mir, wie so oft, auch heute wieder was Nettes ins Ohr flüstern:

„Frau Berger, so geht's mir auch, wenn ich meine Mama und meinen Papa lange nich gesehn hab und dann sooo vermisst hab. Dann muss ich auch immer heule."
Nein bitte, jetzt nicht wieder weich werden, Liz! Jetzt ist Stärke gefragt.
„Ich verstehe dich sehr gut, Karl. Du bist ein tapferer Junge. Das wird mir jetzt erst richtig bewusst." Das flüstere ich ihm natürlich auch ins Ohr. Er lächelt mich an und geht gehobenen Hauptes hinter Anni her - aus der Schultüre raus.
Der Bär ist verschwunden, aber ich kann mir denken, wo er ist.
Ja, er ist im Lehrerzimmer. Ich höre einen Sektkorken knallen. Dann höre ich Egons Stimme:
„Wenn einem so was Gutes wiederfährt, das ist schon ein Sektchen wert!"
Ich schleiche mich ins Lehrerzimmer rein und beobachte die Szene:
Der Bär schenkt ein:
„Die Flasche habe ich vom Flugplatz mitgebracht. Es ist der Lieblings-Sekt meiner Frau. Ich dachte, das kann nicht warten bis zu Hause. Ich weiß, was sie in den letzten Tagen durchgemacht hat. Liz, wir haben dich gesehen."
Ich bin total gerührt. Doch jetzt kann ich mich sehr beherrschen. Meine Stimme ist ganz fest:
„Liebes Team. Ich möchte euch nochmal danken für euren Einsatz im Ministerium. Das nimmt mir eine große Last von meinen Schultern. Dass mein geliebter Mann wieder zu Hause ist, das ist für mich eine unendliche Erleichterung. Ich habe in den letzten drei Tagen kein Auge zugetan. Nun lasst uns anstoßen auf

uns und dass wir alle noch lange zusammen arbeiten können!"
Es klopft an der Tür. Ich gehe zum Öffnen und denke: 'Hoffentlich ist das nicht unsere liebe Frau Ursula Harz, ihres Namens Schulsprecherin der Grundschule Nickelshausen und bekannterweise Alkoholgegnerin ersten Ranges. Das wird bestimmt oberpeinlich!'
Aber nein! Sie ist es nicht. Es ist meine geliebte Tochter Barbara und ihr Bald-Ehemann Bob. Barbara strahlt übers ganze Gesicht.
„Mama, wir wollten uns nur bei euch beiden verabschieden. Jetzt wo Papa wieder da ist, können wir dich ja alleine lassen. Wir fliegen heute noch nach Dallas zurück. Das Gepäck haben wir schon im Wagen."
„Was?! Aber in was für einem Wagen denn?"
Ich drücke meine kleine Tochter ganz fest. Sie dreht in ihrer typischen Art die Augen zur Decke.
„Aber Mama! Erinnerst du dich nicht, wie Bob gekommen ist?"
Du lieber Gott, ja! Der ist doch tatsächlich mit dem Taxi gekommen. Unfassbar! „Aber ihr fahrt doch nicht etwa mit dem Taxi?"
„Doch, Mama. Aber diesmal mit Onkel Klaus' Taxi, Mama. Beruhigt dich das?"
Ja, das beruhigt mich und als ich erfahre, dass mein Onkel Klaus selbst fährt, beruhigt mich das noch mehr.
„Wir wollten euch Beide nicht auch noch mit einer Fahrt zum Flugplatz vereinnahmen, wo Papa doch gerade von dort gekommen ist. Onkel Klaus hat sofort zugesagt und er freut sich sogar darauf, uns zum Flugplatz zu fahren."
Barbara und Bob verabschieden sich von uns allen. Der Bär und ich versprechen, dass wir zur Hochzeit mit der

ganzen Familie kommen. Meine kleine Tochter soll nicht einsam sein an so einem wichtigen Tag. Der Bär und ich gehen mit vor die Tür und drücken die Beiden noch einmal ganz fest. Mein Onkel Klaus sitzt hinter dem Steuer. Er zwinkert uns zu und ruft:
„Alles einsteigen, festschnallen! Die Fahrt beginnt!"
Das hat er schon zu uns gesagt, als wir noch Kinder waren, wenn er mit uns weggefahren ist. Manchmal haben wir mit ihm zusammen Ausflüge in die Pfalz gemacht, zu den Verwandten meiner Oma. Die stammte aus einem kleinen Dorf im Dahner Felsenland. Meine Mama sagt immer: Dass wir so nah am Wasser gebaut haben, hätten wir von den 'Pfälzern' (so nennen wir unsere großmütterliche Verwandtschaft) geerbt.
Als mein Kind aus unserem Blickfeld verschwunden ist, setzen wir uns im Lehrerzimmer gemütlich zu den anderen an den Tisch und trinken unseren Sekt. So habe ich auch keine Gelegenheit, unserer Tochter nachzuweinen.
Der Bär erzählt dabei, wie alles passiert ist und mir läuft eine Gänsehaut nach der anderen über den Rücken. Heute hat es keiner eilig, nach Hause zu kommen. Sogar Hänschen hat heute ordentliches Sitzleder. Erst um halb drei schließe ich die Schultüre ab. Dann steige ich zum Bär ins Auto, denn fahren will ich nicht mehr. Ich trinke leidenschaftlich gerne Sekt, vertrage ihn aber überhaupt nicht. Der Bär hat jetzt drei Tage frei und fährt mich morgen früh zur Schule. So kann ich mein Auto getrost auf dem Parkplatz bei der Schule stehen lassen.
„Puppe, du siehst müde aus.", sagt mein Mann auf der Heimfahrt zu mir.

„Ich fühl mich auch so. Aber das ist ja kein Wunder, denn ich habe seit ein paar Tagen nicht mehr richtig geschlafen. Und essen konnte ich auch nichts. Hab einfach keinen Appetit gehabt."
Als ich aus dem Auto steige, merk ich wie's mir richtig schummrig wird. Das hängt bestimmt am Sektgenuss. Aber so viel habe ich doch gar nicht getrunken, oder? Der Bär braucht die Haustür nicht aufzusperren, denn unser Sohn reißt die Tür ganz weit auf und begrüßt seinen Vater stürmisch. Dabei bin ich ziemlich gerührt und ich merke, wie meine Augen schon wieder feucht werden.
„Na, das ist aber eine Überraschung! Seid ihr extra meinetwegen da?"
Nick schüttelt stumm den Kopf.
„Ich bin allein da. Bine ist mir abhanden gekommen."
Mein Sohn lässt jetzt den Kopf hängen. Er macht ein trauriges Gesicht. Meinen Hang zum Heulen hat er Gottseidank nicht von mir geerbt.
„Lasst uns doch erst mal ins Haus gehen!", unterbreche ich meine beiden Männer. Mir ist schon wieder schummrig und ich möchte mich hinsetzen.
„Ich glaub, ich werde in Zukunft auf Mutti hören und am helllichten Tage keinen Alkohol mehr trinken.", sage ich noch zu den beiden, da merke ich, wie der Bär und Nicki ganz weichgezeichnet aussehen und wie sich ein Zickzack durch die offene Tür bewegt. Das entsetzte Gesicht von meinem Mann fällt mir auch noch auf, aber dann kann ich mich an nix mehr erinnern.
In meinem schönen warmen Bett wache ich auf und schaue direkt in die Augen von Nick.
„Papa, sie ist wieder wach!", ruft er. „Du hast uns ganz schön in Aufregung versetzt. Wir haben den Doktor

gerufen. Gottseidank war er in der Nähe. Er ist vor ein paar Minuten eingetroffen. Papa unterhält sich gerade mit ihm.
„Oh Gott, ein Arzt!??! Ihr wisst doch beide genau, dass ich keine Ärzte mag."
Mein Sohn schmunzelt: „Ich glaub, dir geht's wieder besser. Mama, hast du vergessen, dass du mit einem verheiratet bist?"
„Das ist doch etwas ganz anderes!", sage ich noch. Da öffnet sich die Schlafzimmertür und Doktor Herz tritt ein. Ich bin erleichtert, denn den kenne ich. Er ist der neue Freund von Frau Corny. Und ich hab mich schon einmal mit ihm unterhalten. Ich erinnere mich auch, dass er gesagt hat, dass er seine Kinder in Nickelshausen in der Schule anmelden möchte.
Einen Gedächtnisschwund habe ich also schon mal nicht, das steht fest. Gleich hinter dem Doktor kommt der Bär ins Schlafzimmer:
„Gottseidank, du bist wach!" Er kommt zu mir und drückt mich ganz fest.
„Du bist in Ohnmacht gefallen. Ich konnte dich gerade noch auffangen."
„Ja, Papa hat blitzschnell reagiert. Alle Achtung! Und dann haben wir dich sofort ins Bett verfrachtet und den Arzt gerufen."
Alle drei schauen erwartungsvoll auf mich.
„Was für ein Quatsch! Ihr wisst doch genau, dass ich keinen Sekt vertrage! Und schon gar nicht am helllichten Tag. Ich bin wieder fit!"
Jetzt will ich aufstehen und den lieben Doktor Herz nachhause schicken. Da drückt mich der Bär fest in die Kissen zurück.

„Du bleibst jetzt erst mal liegen und lässt dich von Dr. Herz untersuchen."
Gegen so viel Kraft komme ich nicht an. Ich geb mich geschlagen. Dr. Herz untersucht mich von Kopf bis Fuß. Dann fragt er mich, wann ich das letzte Mal was gegessen habe. Ich kann ihm das leider nicht beantworten. Getrunken habe ich zuletzt zwei Gläser Sekt. Davor habe ich lange Zeit auch nichts getrunken, außer Kaffee.
„Na prima: Schlaflose Nächte, nichts gegessen und nichts getrunken. Da haben wir schon die Ursache für Ihren Schwächeanfall. Falls es Ihnen übermorgen besser geht, kommen Sie bitte in meine Praxis, damit ich eine umfassende Blutuntersuchung nebst einem EKG mit Ihnen machen kann. Bis dahin bleiben Sie schön im Bett und verhalten sich passiv!", sagt der doch zu mir. Das meint der nicht ernst, oder?
Ich wusste ja schon immer, dass von Ärzten nichts zu halten ist, aber den Dr. Herz habe ich doch für ziemlich vernünftig gehalten. Der Bär guckt mich ganz streng an. Noch so ein Doktor! Mit denen ist nicht zu diskutieren, wenn sie sich mal eine Meinung gebildet haben. Und wenn sie dann auch noch zu zweit sind, dann sollte man am besten klein bei geben. Ich tue das auch, drehe mich um und schlafe sofort wieder ein.
Das Telefon klingelt. Ich bin ganz überrascht, dass ich im Bett das Telefon höre. Das ist etwas höchst Ungewöhnliches, weil der Bär und ich sämtliche elektronische Geräte aus dem Schlafzimmer verbannt haben. Es gibt auch keinen Fernseher und kein Radio und überhaupt, gibt es nur drei Steckdosen hier: Genug für unsere Nachttischlampen, und um den Staubsauger zusätzlich einzustecken.

„Kein Elektrosmog im Schlafzimmer!", sagt der Bär immer.
Ich hebe also ganz erstaunt den Hörer ans Ohr und frage ganz verschlafen:
„Berger hier, wer spricht?". Es ist meine Mutter.
„Kind, geht's dir besser? Der Nicky hat mich angerufen und mir gesagt, dass du zusammengebrochen bist. Aber jetzt bist du ja selbst am Telefon. Das beruhigt mich schon mal ein bisschen."
„Ja Mama, das Kind hat schon immer zu Übertreibungen geneigt. Alles halb so schlimm. Ich bin schon wieder fit. Muss zwar noch im Bett bleiben, aber da muss ich jetzt durch. Der Bär ist streng mit mir."
„Das ist gut so! Gottseidank ist er wieder da. Wir haben alle mit dir gezittert. Hoffentlich kommen Barbara und Bob gut in Amerika an! Sie waren noch bei uns um sich zu verabschieden. Was für ein netter, hübscher Mann, dieser Bob!"
„Mutti, du bist 75 Jahre alt.", wende ich ein, denke aber dasselbe und bin auch schon fast 50.

Kapitel 23
Eine Gemeinderatssitzung mit geheimer Abstimmung

Gottseidank is der Herr Berger wieder da. Des hätt uns noch gefehlt, wenn der net mehr zurückgekomme wär. Naja, des Kapitel is ja jetzt abgeschlosse. Die Frau Berger is froh, die Kinner sin froh, alles gut.
Alles Gut? Net gut! Weil nämlich jetzt heut in der Gemeinderatssitzung geheim (!) abgestimmt wird, ob un welch Schul bei uns in der Gemeinde geschlosse werde soll.
„Des gibt's doch net! Bei der letzte Sitzung hawwe se noch beschlosse, dass keine der drei Schule geschlosse wird. Un jetzt wolle se des wieder rückgängig mache un wolle doch eine Schule schließe. Des sin doch Arschlöcher, gell? Da steckt doch nur widder der XXL dehinner.", sach ich zum Ecki.
„Sei bloß vorsichtig, was du sagst, Körnchen!", meint der Ecki zu mir. „Der Kerl ist imstande, dich wegen so einer Äußerung, öffentlich getan, zu verklagen.
„Der? Der kennt doch net mal sei eichener Spitzname!", geb ich dem Ecki zur Antwort.
„Sei dir da mal nicht so sicher!", meint der Ecki. „Die meisten Leute kennen ihren Spitznamen sehr wohl. Es gibt immer ein Vögelchen, das piept."
„Wie meinst'n das: Ein Vögelchen, das piept?"
„Na, jemand der ihm seinen Spitznamen verrät."
„Das würd dem Blödmann grad Recht geschehn. Is ja net grad 'n schöner Spitzname."
„Gibt's denn schöne Spitznamen?", fracht mich der Ecki.
„Ja, zum Beispiel der von de Frau Berger, der is niedlich.", sach ich.

„Wie heißt sie denn mit Spitznamen, die Frau Berger?"
„Na, Bergi. Haste den noch nie gehört?"
„Sehr fantasievoll, echt! Aber du hast Recht: Hässlich ist der Spitzname nicht."
Der Ecki grinst wieder so dämlich. Ich find, das is echt 'n süßer Name, aber die Frau Berger kennt den Namen, glaub ich. Ich hab selbst mal mitgekriegt, wie die Kinner gerufe hawwe:
„Psst, die Bergi kommt!"
Ich hab grad hinner der Klassetür gestanne un auf die Frau Berger gewartet an dem Tach. Ich bin mir sicher, dass die des gehört hat. Gegrinst hat'se, als se mich entdeckt hat hinner der Klassetür.
„Die sinn awwer richtig lieb, Frau Berger. Die sinn mucksmäusjestill.", hab ich zu ihr gesacht. Da hat se genickt un hat wieder gegrinst. Zu de Kinner hat'se gesacht:
„Kinder, arbeitet ruhig weiter! Ich komme gleich."
Ja so is die Frau Berger. Ich mag se unheimlich gern. Wenn heut des Urteil fällt, dass die Schul doch geschlosse wird, dann gehen wir Eltern bis ans Ministerium. Des kannste glaube! Un die Frau Bauer geht mit uns. Des hat se uns zugesichert, schon bei der Demo. Die könne doch net einfach so'n schön Schul schließe mit so'ner guten Schulleiterin! Was passiert dann üwwerhaupt mit de Frau Berger? Die is doch dies Jahr Rektorin geworde. Dann muss die ja an ne ganz annere Schul! Un ich hab gehört, wie se gesacht hawwe, dass der Marienberger Rektor dann Schulleiter von alle drei Schule wird. Is des net ungerecht, gell?! Der is doch lang net so nett wie die Frau Berger. Die Heimkinner wollt der auch net in seiner Schul hawwe. Da hat die Frau Berger gesacht, dass sie se gern nimmt. Un der

wird Schulleiter von dene ganze Schule, der Feichling! Des müsst doch dann awwer wenigstens die Frau Berger werde!

Ich hab widder laut gedacht. Der Ecki sacht nämlich schon widder, dass ich vorsichtich sein soll, was ich sach. Mit diesem Mann sei nämlich auch net gut Kirsche esse. Der Ecki hat nämlich grad mit dem schon mal 'n Zusammestoß gehabt. Der Kerl hat doch bei 'nem Arztbesuch zum Ecki gesacht, er müsst sei Kinner in Marieberch anmelde, weil die Nickelshausener Schul net mehr genuch Kinner zum Einschule hätt. Un weil des doch garnet stimmt, hat der Ecki gesacht, dass er sehr wohl sei Kinner an der Nickel-Schul anmelde würd un dann hat der Marieberch Rektor gesacht, des würd er dann ja noch sehn. Der Ecki war ganz schön sauer auf den.

Unser Ortsvorsteher, der Franz, der in der gleiche Partei is, wie der Marieberch Rektor (der gleichzeitig auch noch Ortsvorsteher is!!), der hat gesacht, dass Nickelshause mehr als genuch Kinner hat um'n Einschulungsklass zu bilde. Dann hawwe die zwei sich auch in die Haar gekricht. Wo die doch in der selbe Partei sinn! Ich find des ganz doll von dem Franz, dass der den Mut hat, sich geche sei eichene Partei zu wende. Die könne doch von mir aus die Talminzweiler Schul zumache, awwer doch net unsre.

„Das wäre ja für die Talminzweiler Leute dasselbe Drama, meinst du nicht, dass man das denen auch nicht wünschen sollte?", sacht mein übergescheiter Schatz.

Ach Eckhard, du bist ja soooo klug und gerecht! Diesmal denk ich net laut. Ich ärger mich richtich üwwer diesen Schlaumeier.

„Nee, das mein ich net! Denen ihr Schulleiter hat doch uff der Sitzung gesacht, dass die Nickelshauser Schul geschlosse werde soll, weil die demnächst ausstirbt. Ausstirbt! Hat der gesacht! Unverschämtheit!"
„Tja, so ist jeder sich selbst der Nächste, Körnchen. Merktst du's?"
Wo er Recht hat, hat er Recht, der Ecki. Ich geb's ja zu. So isses. Heut Mittach wolle sich die Nickelshausener Eltern widder vorm Rathaus uffstelle. Die wolle demonstriere für unser Schul. Nee, des wage die Nickels im Gemeinderat sich net, unser Schul zu schließe, dann müsste ja all Nickels im Gemeinderat für die Schließung stimme. Des glaub ich nie und nimmer!! Dann würde die hinnerher im Dorf gelüncht werde, da kannste sicher sein. Ich geh jedenfalls mit, obwohl mir heut irchendwie komisch is. So als hätt ich was Falsches gegesse. Dem Ecki hab ich noch nix devon gesacht, sonst lecht der mich widder uff sei Unnersuchungstisch un will mich examiniere. Des macht der liebend gern mit mir. Unn wer weiß, was dann noch alles passiert!
Nee! Ich reiß mich zusamme un dann wird's schon widder. Der Ecki kann eh net mitkomme, weil der Dienst hat. Wenn der doch bloß ne richtiche Vertretung bekäm! Des wär net schlecht!
Siehste, jetzt klingelt auch schon des dämliche Telefon vom Eckhard un der muss sofort losfahre.
Die Mizzi is schon zum Till gegange. Dem Till seine Mama, die Magdalena kommt auch mit, un die holt mich nachher mit de Kinner zusamme ab. Der Magdalena geht's jetzt auch widder besser und die Leut wisse jetzt all, dass se schwanger is. S'is auch schon deutlich sichtbar. Jedenfalls sinn die Magdalena un ich mittlerweile richtiche Freundinne geworde. Die Britta

hat ja selten Zeit für mich. Die is ja so beschäfticht mit ihrer Politik und ihrer Schul un ihrer Elterninitiative geche die Schulschließunge, dass die üwwerhaupt kein Zeit mehr hat für mich, gell? Deshalb bin ich froh, dass ich die Magdalena hab. Mit der kann ich auch üwwer alles quatsche. Un die Kinner verstehn sich so gut.
Des mit dem Eckhard, des weiß se auch schon. Ich hab's ihr erzählt. Da hat se gesacht, dass se sich freut, dass so ‚ne hübsche Frau wie ich (die hat echt hübsche Frau gesacht!) net so lang allein beibe tut. Sie hat noch gesacht, dass sie den Frank noch nie hat leide könne, weil der mich ganz offiziell im Dorf betroge hätt. Des gehört sich net, hat se gemeint. Ich bin echt froh, dass ich jetzt die Magdalena als Freundin hab. Des is doch ideal, so'ne Freundschaft, gell?!
Mit der Britta hab ich gestern ganz lang telefoniert. Se sacht, dass se die Schul von ihrer Tochter Magda schließe wolle. Awwer die Eltern geben net so schnell auf. Die wolle sich wehre un die wolle sich weigern, ihr Kinner nach Bad Wendelshofe zu schicke in diese "Molloch-Schule", wie die Britta sich ausgedrückt hat. So viel Kinner könnt die Wendelshofener Schul garnet aufnehme. Dann wär des ne Massenveranstaltung, awwer kein Schul mehr, sacht die Britta.
„Man müsste glatt 'ne Privatschule gründen!", ruft die Britta laut.
Ich musst den Hörer 'n bisschen vom Kopp weghalte, sonst wär mir's Ohr geplatzt. Awwer ich muss zugebe, dass des kei schlecht Idee is. Des muss ich der Frau Berger sache. Vielleicht könnt mer ja in Nickelshause so'n Schul gründe. Platz genuch wär doch. Dann könnt der XXL nix degeche mache.
„Des is ne Idee.", sach ich zur Britta.

„Was?", fracht die.
„Die Privatschul! Die könnt mer doch hier in Nickelshause locker mache."
Is nur so ne Idee von mir.
„Gar nicht schlecht!", ruft mei Freundin laut. Un im Hinnergrund hör ich den Hermann frache:
„Was ist nicht schlecht?"
„Na, die Idee, eine Privatschule zu gründen.", hör ich mein Freundin zu ihrem Mann sache.
Die Britta hat mir fest versproche, mich un den Ecki demnächst zum Esse einzulade.
„Dann können wir einen Schlachtplan entwerfen. Der Hermann meint auch, dass das mit der Privatschule keine schlechte Idee ist. Am besten laden wir die Frau Berger auch ein, was meinst du?"
Un ob ich des meine! Die Britta hat immer die beste Ideen. S'is halt meine beste Freundin.
Wie ich so üwwer des Telefongespräch nachdenk, klingelt's an der Tür. Die Kinner stürme rein un die Mizzi ruft:
„Mama bist du fertig? Wir fahren."
Ich brauch 'n Moment, bis ich kapiert hab, dass wir zur Gemeinderats-Sitzung fahre. Dann schnapp ich meinen Mantel un los geht's.

Kapitel 24
Der Gemeinderats-Beschluss

Ich bin schön brav im Bett liegen geblieben und ich muss sagen, es hat mir gut getan. Der Doktor war recht vernünftig, denn er hat zum Bär gesagt:
„Man kann zwar nicht vorschlafen, aber man kann Schlaf nachholen. Ich gebe ihnen hier ein Schlafmittel natürlicher Herkunft, falls ihre Frau mitten in der Nacht aufwacht. Es ist Baldrian und dieses Mittel wird ihr dazu verhelfen, dass sie wieder einschläft."
Der Bär und der Doktor haben sich dann unten im Wohnzimmer eine ganze Zeitlang sehr angeregt unterhalten. Worüber, das hat mir mein Mann noch nicht verraten. Nur so viel, dass mir nichts Ernsthaftes fehlt und dass lediglich die Aufregungen der letzten Tage mich derartig umgehauen haben.
„Du verschweigst mir was! Das merke ich doch genau.", sag ich zu ihm, als er sich an meinem Bett niederlässt und ein Tablett mit Tee und Honigbrötchen auf meinem Nachtschränkchen abstellt."
Der Bär macht ein ernstes Gesicht und reicht mir stumm die Zeitung. Ich schau ihn fragend an.
„Willst du die zuerst lesen, oder lieber zuerst frühstücken?"
„Lieber erst frühstücken. Ich hab nämlich Hunger, mein Schatz."
Ich bin nach wie vor überzeugt davon, dass mein Mann mir etwas Wichtiges unterschlägt. Ich werd's schon rausfinden, aber zuerst genieß ich das frische Vollkornbrötchen mit Honig und Quark. Mein Bär ist schon früh aufgestanden, hat in der Schule nach dem

Rechten gesehen und dem Egon als Dienstältesten die Amtsgeschäfte übertragen.
Der hat dem Bär aufgetragen, mich ja nicht zu früh zurück zu schicken, was mein Ehemann ihm sofort in die Hand versprochen hat. In unserer Schule ist der Vertretungsunterricht bestens geregelt. Jedes Kind aus meiner Klasse weiß, in welche Klasse es sich einfinden muss, wenn ich mal nicht anwesend bin.
Danach ist mein geliebter Mann in die Bäckerei gefahren, um dort Brötchen und die Zeitung zu holen.
Erst als er das Frühstück zubereitet hat, ist er zu mir ans Bett gekommen und hat mich geweckt. Er ist einfach der beste Ehemann aller Ehemänner. Ich liebe ihn von Tag zu Tag mehr, falls das überhaupt geht. Es stimmt also:
Die Liebe geht mitunter auch durch den Magen! Vor Allem, wenn der Magen so leer ist wie meiner heute Morgen. Ein Blick auf die Uhr sagt mir, dass es schon Viertel nach 10 ist. Du lieber Gott! Wann habe ich das letzte Mal sooo lange geschlafen. Ich fass es nicht!
Im Bett hab ich's mir gemütlich gemacht. Die Kissen sind in meinem Nacken aufeinander getürmt, damit ich bequem die Zeitung lesen kann. Der Bär hat das Frühstückstablett wieder mitgenommen und ist in die den Teil unseres Hauses verschwunden, wo die Hausarbeit wartet. Hat sich irgendwie komisch benommen, der beste Ehemann aller Ehemänner.
Als ich den Lokalteil auffalte, springt mir die Überschrift ins Gesicht:
Marienberg schließt Grundschule in Ortsteil Nickelshausen – Geheime Abstimmung verärgert Bürger

Oh Gott, mir wird schwarz vor Augen. Ich erinnere mich erst in diesem Moment daran, dass ja gestern der Gemeinderat getagt hat, um eine Lösung zu finden, dass alle drei Schulen in unserer Gemeinde offen bleiben können. Die Buchstaben verschwimmen vor meinen Augen und ich bin nicht in der Lage, zu erfassen, was ich da gerade gelesen habe. Erst nach mehreren Minuten bin ich bereit, den Artikel zu lesen.

In der Hauptsache ist darin zu erfahren, dass das Ministerium vorgegeben hat, mangels einzuschulender Kinder, eine der drei Schulen zu schließen. Welche, das gab das Ministerium nicht vor. (Braucht es ja auch nicht, denn zwei der drei schulleitenden Personen sind treue Parteigänger. Die dritte Person gehört keiner Partei an und sagt in aller Öffentlichkeit, was sie über die Schulschließungen denkt. Sie geht sogar unvermummt auf eine Demo in der Hauptstadt.)

Der Gemeinderat hat dann beschlossen, dass seine Gemeinderatsmitglieder (mehrheitlich Anhänger der Regierungspartei) darüber abstimmen sollen, welche der drei Schulen geschlossen werden soll. Das hat er auch gestern getan. In geheimer Abstimmung! Und in Abwesenheit zweier Frauen aus Nickelshausen, die sich krank gemeldet hatten. Ich hauche die Namen auf's Zeitungspapier:

FRAU DICK UND FRAU BREIT….Es ist nicht zu fassen!

Das Widersinnige an der ganzen Sache ist, dass Marienberg ja gar kein eigenes Grundschul-Gebäude hat. Die Grundschule befindet sich in den Räumen der Gesamtschule. Deshalb hat der Gemeinderat einstimmig und öffentlich beschlossen, dass in Marienberg ein neues Grundschulgebäude errichtet wird, das alle Schüler aus den drei Ortsteilen langfristig aufnehmen kann. Welch ein Irrsinn! In unserem Dorf ist kein Millimeter Platz für ein so großes Gebäude!!! In Nickelshausen dagegen, befindet sich das Schulgebäude auf einer riesigen freien Fläche, die zudem auch noch Eigentum der Gemeinde Marienberg ist.

Ich schnappe nach Luft. Das können die nicht im Ernst beschlossen haben. Die haben bestimmt nicht nachgedacht. Das würde die Gemeinde Millionen kosten, wo sie doch in Nickelshausen nur anzubauen braucht, auf eigenem Gelände! So blöd sind die nicht. Die kommen bestimmt noch zur Vernunft. Darüber ist noch nicht das letzte Wort gesprochen, das könnt ihr mir glauben, ihr Parteigänger! „Ihr Deppen!", ruf ich jetzt laut.

„Meinst du mich?" Mein geliebter Ehemann betritt das Schlafzimmer.

„Diese Deppen! Die sind doch blöd! An den lieben Steuerzahler denken die wohl gar nicht!", schrei ich und schleudere die Zeitung an die Wand.

„Gut, dass du zuerst gefrühstückt hast!" Das ist der einzige Kommentar zu meinem Gefühlsausbruch. Der Bär hat die Zeitung ja schon vorher gelesen. Er nimmt mich in seine starken Arme und tröstet mich. Ich heule mal wieder, aber diesmal wütend und schreiend.

Es dauert ziemlich lang bis der Bär mich einigermaßen beruhigen kann. Er wiegt mich in seinen Armen sanft hin und her. Dabei flüstert er mir zärtlich ins Ohr: „Ich werde im nächsten Jahr aufhören zu fliegen."

„Was???" Ich beruhige mich sofort.

„Doktor Eckhard Herz braucht Verstärkung. Er hat mich gestern darauf angesprochen. Was meinst du dazu?"

Ich bin zunächst sprachlos, was bewirkt, dass ich aufhöre zu weinen.
„Aber doch nicht meinetwegen?", will ich vom Bär wissen.
„Nein, auch nicht zum Trost. Ich spiele schon lange mit dem Gedanken, eine Praxis zu eröffnen. Die Fliegerei mache ich jetzt seit 10 Jahren.
Ich habe mir meinen Traum vom Selber-Fliegen erfüllt. Nun ist's auch genug."
Ich kann's nicht glauben: Der Bär erfüllt jetzt meine kühnsten Träume! Ich schaue meinen geliebten Gatten tief in die Augen. Meine Tränen versiegen im Nu. Ich frage:
„Bist du auch ganz sicher, Bär?"
„Ja Puppe! Ich hab nur auf eine Gelegenheit gewartet, die sich mir bietet um aus der Fliegerei auszusteigen. Und du darfst mir glauben: Die Ereignisse der letzten drei Tage haben in keiner Weise zu meiner Entscheidung beigetragen."
Jetzt bin ich es, die den Bär ganz fest drückt. Ich bin so gerührt!
So viel Angst, wie in den letzten drei Tagen, möchte ich nie mehr um meinen Mann haben. Naja, ein Jahr muss ich ja noch durchhalten, aber das schaffe ich leicht. Wenn ich bedenke, dass ich die ganzen Jahre während seiner Bundeswehrzeit um ihn gezittert habe, wenn er als Arzt in Krisengebiete ausrücken musste. Als der Krieg in Afghanistan ausbrach, hatte der Bär nur noch ein Jahr bei der Bundeswehr, aber da hat's ihn voll erwischt. Er musste fast das ganze Jahr dort unten bleiben. Ich bin schier gestorben vor Angst. Ja, ich bin ein Angsthase, wie mein Papa immer sagt. Aber ich schäm mich überhaupt nicht dafür. Alle meine

Freundinnen haben vollstes Verständnis für mich. Meine beste Freundin Mary hat mir sogar angeboten, bei ihr zu übernachten, wenn ich mich allzu einsam und allein fühle. Ihr eigener Mann Theo ist auch viel beruflich unterwegs und so haben wir uns beide gegenseitig getröstet.

Das Telefon klingelt. Ich hebe nicht ab, der Bär nimmt den Hörer in die Hand.

„Ja, ich bin's höchstpersönlich... Seit gestern.... Willst du sie sprechen? Ich geb sie dir."

„Es ist Annemarie.", flüstert der Bär und reicht mir den Hörer.

„Hallo meine Liebe. Hast du schon die Zeitung gelesen?", fragt sie mich allen Ernstes.

„Nein, sie hängt gerade nach einem Höhenflug mit Absturz an der Gardine."

„Ich bewundere deinen Humor."

„Brauchst du nicht. Ich bin nicht lustig aufgelegt. Ich ärgere mich über unsere Schildbürger. Die Nickels hätten es in der Hand gehabt, die Schule zu erhalten, aber zwei Damen aus Nickelshausen haben sich bei der entscheidenden Gemeinderats-Sitzung krank gemeldet. Wahrscheinlich gab es so etwas wie einen Fraktionszwang und da sind sie lieber daheim geblieben, als für eine Schließung zu stimmen. Kann ich sogar fast verstehen. Und wie ist es bei euch?"

„Bei uns ist noch gar nichts klar. Es sieht so aus, als ob wir in unserer Grundschule bleiben können, weil die Schule in Bad-Wendelshofen nicht genug Klassenräume hat, um alle Kinder aufzunehmen, die zur Kreisstadt gehören. Zwei Schulen bleiben also offen, auch wenn sie langfristig nicht genug Kinder haben um von jedem Jahrgang zwei Klassen zu bilden."

„Du hast es verdient.", sage ich zu Annemarie. „Du machst den Job nun schon seit fast 20 Jahren und das mit Erfolg."
„Ich denke, über eure Schule ist auch noch nicht das letzte Wort gesprochen. Wenn's um Geld geht, dann sind sogar Gemeinderatsmitglieder meistens vernünftig."
„Zwei davon, die es hätten entscheiden können, haben sich ja lieber krank gemeldet. Ist das vernünftig???" Ich merke, wie erneut der Zorn in mir hochsteigt. Dann denke ich wieder an die Damen Dick und Breit und habe irgendwie das Gefühl, dass ich ihnen Unrecht tue.
„Du musst einfach darauf vertrauen, dass die wieder zur Vernunft kommen.", meint Annemarie. Die hat Nerven! Dann hätten sie vor der Sitzung zur Vernunft kommen müssen.
Wir verabreden uns noch für unseren nächsten Schulausflug, den wir zusammen immer vorher abgehen um zu testen, ob er nicht zu kurz oder zu lang ist. Kaum hab ich aufgelegt, da klingelt mein Handy. Es ist meine Schwiegermama Helen:
„Wie geht es dir?", fragt sie als Erstes. „Bertram hat mir erzählt, dass du zusammengebrochen bist." Was für eine Übertreibung!
„Na, ganz so schlimm war's auch wieder nicht. Ein kleiner Schwächeanfall, weiter nix, Schwiegermama. Hauptsache, unser guter Bertram ist wieder da. Alles andere ist halb so schlimm, gell?"
Helen stimmt mir voll und ganz zu. Sie fragt mich, ob ich etwas brauche und ob sie mir was Gutes tun kann. Ja, so ist sie, meine Schwiegermama. Wenn man sie braucht, ist sie zur Stelle. Ich habe diesen Gedanken noch nicht ganz zu Ende gedacht, da öffnet sich

abermals die Schlafzimmertür und meine Mutter steht vor mir.

„Kind, ich hab mir gedacht: ‚Fahr doch mal vorbei und schau nach, ob sie was brauchen.' Wie geht's dir denn jetzt, mein Schatz?"

„Mutti, es geht mir wieder gut, wie du siehst. Es ist ja auch nix Schlimmes passiert. Außer, dass sie unsere schöne Nickelshausener Schule schließen wollen!" Diesmal beherrsche ich mich. Bei meiner Mutter kann ich eigenartigerweise stark sein.

„Der Papa hat's mir vorhin erzählt. Er hat's in der Zeitung gelesen. Dein Vater ist der Meinung, dass es niemals passieren darf, dass in Marienberg die Schule geschlossen wird. Er sagt, die hätten besser die Schule in Talminzweiler schließen sollen, statt eurer."Typisch Papa! 'Marienberg-einmalig', das ist schon immer seine Devise gewesen. Nickelshausen und Talminzweiler sind für ihn nur lästige Anhängsel.

„Der Gemeinderat hatte beschlossen, alle drei Schulen zu retten. Und jetzt? Das ist wieder typisch Marienberger. Und die Nickels sind Feiglinge!"

Ich hab das Gefühl, es müsste einen Knall tun und alles wäre nur ein dummer Traum von mir gewesen.

„Ich habe selbstgemachte Spätzle für euch mitgebracht. Die esst ihr doch so gerne. Nicky mag die doch auch, oder? Wo steckt er denn?", fragt meine geliebte beste Mutter aller Mütter. (Ich liebe ihre selbstgemachten Spätzle!)

„Der ist in seinem Zimmer und telefoniert schon seit einer Stunde." Der Bär ist soeben hinter meine Mama getreten und macht mir ein Kniepauge. Wieso ist der Bär so verschmitzt. Ich frage ihn gerade heraus.

„Ich glaube, er telefoniert mit einer guten Freundin."

„Mit Bine? Ach du lieber Himmel, das wäre ja wunderbar!", rufe ich. Mama nickt zustimmend. Sie mochte Bine besonders gerne, weil sie ein gemeinsames Hobby mit ihr teilt. Etwas, das ich überhaupt nicht kann und niemals lernen werde: Das Nähen. Ich bewundere beide dafür umso mehr.
„Ich glaube, den Namen 'Bine' gehört zu haben.", bestätigt der Bär.
Jetzt bin ich erleichtert, denn mein Sohn war durch die jüngsten Ereignisse Gottseidank etwas abgelenkt. Gejammert hat er zwar nicht, aber er war eher still und wirkte traurig. Eine Mutter merkt so was. Aber auch meine Aufmerksamkeit war ja an ganz anderer Stelle. Ich konnte an nichts Anderes mehr denken, als an die Situation, in der mein Mann sich befand. Da geht die Tür auf und unser Nick kommt mit strahlenden Augen ins Zimmer.
„Leute, ich muss weg. Die Uni ruft." Ist es nicht eine gewisse Bine, die ruft? Aber ich stelle diese Frage nicht. Eine Mutter muss sich in solchen Fällen zurückhalten, nicht wahr?
„Na dann – nix wie hin! Aber vorher solltest du dich noch etwas stärken. Oma hat Spätzle gemacht. Die isst du doch gerne."
„Oma, das ist ja toll! Kann ich die mitnehmen? Hab jetzt leider keine Zeit mehr, sie hier zu essen."
„Ein paar davon gehören auch mir und deinem Papa", wende ich ein. Meine Mutter geht mit meinem Sohn aus dem Schlafzimmer, nachdem ich das Kind noch einmal fest gedrückt habe. Bestimmt packt sie ihm jetzt in eine meiner wertvollsten Tupper-Dosen die ganzen Spätzle ein und macht für uns dann noch mal neue. So ist meine Mutter nämlich. Die Dose sehe ich in meinem Leben nie

wieder! Wie oft habe ich Nick schon Reste vom 'Sonntagsbraten' mitgegeben und die Verpackung in Form von Glasdosen nicht zurückbekommen. Ich stehe auf und gehe in den Flur um meine Mutter von dieser Handlung abzuhalten. Da geht im selben Moment die Haustür zu und sogleich höre ich einen Motor aufheulen.

„Das ist wieder typisch mein Sohn! Wenn er es eilig hat, fährt er wie ein Schwein!", entfährt es mir.

„Aber nicht doch, Puppe! Erinnerst du dich noch, welchen Fahrstil du als junges Mädel hattest? Nicky Lauda wäre neidisch geworden, wenn er das mitbekommen hätte."

Mein Bär nun wieder! Alles was er nicht hören soll, das kriegt er mit.

Bei mir war das doch alles völlig anders! Außerdem war ich gar nicht mehr sooo jung, als ich meinen Bär kennengelernt habe.

„Deine Mutter steht in der Küche und bereitet eine neue Portion Spätzle zu. Sie hat unserem Sohn die ganze Ladung mitgegeben, stell dir das vor!"

„Stell dir vor, das hab ich mir schon vorgestellt. Und genau so ist es natürlich gekommen."

Der Bär versteht nicht, was ich meine. Er schickt mich zurück ins Bett. So ein strenger Arzt! Ich bin überhaupt nicht mehr krank. Ich lese noch einmal den Zeitungsabschnitt durch, in dem der Nickelshausener Ortsvorsteher hervorgehoben wird.

„Hingegen plädiert der Nickelshausener Ortsvorsteher vor dem Rathaus unter dem Beifall der Elternschaft, die dortige Grundschule zu erweitern, statt in Marienberg neu zu bauen:

‚Sie liegt ruhig und verkehrsgünstig. Und acht Klassen sind schon vorhanden, vier könnten angebaut werden. Der zentrale Schulstandort Nickelshausen wäre die kostengünstigere und kindgerechteste Lösung. Wo denn das Geld für eine neue Marienberger Grundschule herkommen solle', fragt der Ortsvorsteher. Außerdem wusste niemand zu sagen, wo die neue Grundschule hinkommen sollte. Die vielen aufgebrachten Eltern hatten ihren Sprösslingen Transparente in die Hand gedrückt, die die Kinder wieder und wieder in die Höhe streckten.

Idylle in Nickelshausen gegen Chaos in Marienberg oder **Wenn eine neue Schule, dann eine Baumschule** und **Vertreibung aus dem Paradis** war darauf zu lesen."

Ich hab dem Nickelshausener Ortsvorsteher tatsächlich Unrecht getan. Er tritt für seinen Ort ein und nicht für seine Partei. Das finde ich großartig.

Das Telefon klingelt. Es ist Dr. Herz. Er will wissen, wie's mir geht und ob ich auch schon die Zeitung gelesen hätte. Ich bejahe:

„Bin gerade dabei und rege mich schon wieder furchtbar auf über so viel Schildbürgertum."

Eben das solle ich nicht tun, sagt er. Das wäre momentan Gift für mich. Er meint, genau wie ich, dass darüber noch nicht das letzte Wort gesprochen wäre, deshalb sollte ich mich gar nicht erst aufregen. Die jetzige und auch die zukünftige Elternschaft werden das so nicht hinnehmen. Außerdem sind die Einschulungszahlen für Nickelshausen gefälscht, sagt er.

„So weit bin ich noch gar nicht gekommen. Das wird ja immer schöner!"

Jetzt rege ich mich sehr auf.

„Regen Sie sich nicht auf. Das muss die Zeitung richtig stellen, denn der Marienberger Rektor und Ortsvorsteher hat da ein wenig an den Zahlen herumgebastelt. Mein Kind ist in Nickelshausen angemeldet und nicht in Marienberg. Das will der gute Mann aber nicht akzeptieren. Solche Fälle gibt es tatsächlich noch mehr. Ein Kollege von mir, der im Außenbezirk auf der Moselstraße wohnt und selbst entscheiden kann, wo er sein Kind hinschickt, wollte seinen Sohn auch nicht in Marienberg, sondern in Nickelshausen anmelden. Diese Tatsache will der Herr Rektor aber nicht als gegeben hinnehmen."

Da bleibt mir der Mund offenstehen. Gut, dass mich niemand so sieht. Ich sehe sicherlich nicht sehr intelligent aus.

„Apropos: Ist Ihr Mann zuhause?" Ich bejahe abermals. Kann mir schon denken, was er mit Bertram besprechen will, tue aber so, als wüsste ich nix.

„Der passt schon gut auf mich auf, der Herr Überdoktor und wir befolgen strikt Ihre Anweisungen, lieber Herr Hausarzt. Ich liege noch immer im Bett und bin aus dem öffentlichen Verkehr gezogen worden. Aber ich rufe ihn sogleich herbei, wenn Sie es wünschen."

Ja, er wünscht. Ich glaube er hat's nicht gemerkt, dass ich im Bilde bin über die künftige berufliche Laufbahn meines Mannes. Der Bär hat mich darum gebeten, mit niemanden über seine Pläne zu reden, denn er muss sich ja noch ein ganzes Jahr in der Luft herumtreiben. Deshalb sage ich auch zu niemanden ein Sterbenswörtchen bevor die ganze Angelegenheit nicht spruchreif ist. Ein dampfender Teller erscheint in der Tür, gefolgt von meiner Mutter. Hmm, das sieht mal wieder lecker aus!

„Mutti, kannst du bitte den Bertram rufen und ihm sagen, dass sein Typ verlangt wird?"
Das Wasser läuft mir im Mund zusammen. Ich schaffe es noch gerade so, meinem geliebten Mann den Hörer zu übergeben, bevor ich mich über das köstliche Essen hermache, das meine Mutter in Windeseile zubereitet hat.
„Mutti, ich glaube, ich werde gerade im Moment wieder kerngesund." Meine Mama strahlt. Sie weiß genau, dass sie die beste Köchin der Welt ist. Schon als Kind hat mir meine Mutter immer die herrlichsten Sachen aufgetischt, wenn ich krank war. Dazu gehören noch heute die Mehlspätzle.
„Aber Kind, iss langsam, sonst verschluckst du dich noch.", ist ihr schmunzelnder Kommentar. „Du weißt doch: Gut gekaut ist halb verdaut."
„Wer ist denn hier der 'Gesundheitsapostel', du oder ich?"
„Denk dran, mein Kind, diese Spätzle hier sind aus minderwertigem Weißmehl!", kommt sofort die Retourkutsche. „Davon solltest du auch nicht über-mäßig viel essen. Du könntest Diabetes davon be-kommen."
Dieses Zitat ist nicht original von mir, sondern es stammt aus meiner Gesundheitszeitschrift, die ich monatlich beziehe. Daher weiß ich auch, dass Weißmehl und Zucker, über Jahrzehnte im Übermaß genossen, zu Diabetes Typ 2 führen können. Es wird mir im Moment klar, dass ich meine Weisheiten vielleicht in Zukunft besser für mich behalten sollte. In meiner gesamten Familie werde ich einfach nicht ernst genomen, was mein gesundheitliches Wissen anbelangt. Papa sagt immer:

„Ich bin schon 80 Jahre alt und hab seit zwei Jahren Zucker. Na und? Früher sind die Männer kaum 70 geworden und sind gestorben. Heute gibt's doch genug Medizin für jede Krankheit. Mir geht's doch gut, mein Schäfchen."

Papa glaubt mir einfach nicht, dass ich keine Medizin nehmen möchte, wenn ich alt bin, denn jedes noch so gute Medikament kann irgendwelche Nebenwirkungen haben, die nachher schlimmer sind als die Krankheit selbst. Auch das glaubt er mir nicht. Ich hab's aber in meiner Gesundheits-Zeitschrift so gelesen. Das Blatt ist unabhängig von jeglicher Werbung und trägt sich durch Leserspenden. Deshalb glaube ich auch, was drinsteht. Der Bär verschmäht diese Zeitschrift konsequent.

Ich komme einfach nicht zu meiner Familie durch mit meiner Einstellung:

Lieber Vorbeugen als jeden Tag zig Medikamente einnehmen zu müssen, wobei wir wieder beim Thema 'Mehlspätzle' wären. Hmm, die sind aber auch wirklich wieder köstlich heute!

Das Telefon klingelt als ich gerade die letzte Gabel Spätzle in den Mund schiebe. Ich hebe ab und spreche mit vollem Mund:

„Berger."

„Ja, hier Jennings. Britta Jennings. Erinnern Sie sich?"

Jetzt habe ich fertig gekaut und mich fast dabei verschluckt. Meine Mutter räumt leise den Teller weg und huscht aus dem Zimmer. Sicherlich fragt mich diese Britta jetzt auch, ob ich die Tageszeitung gelesen habe.

„Natürlich erinnere ich mich an Sie. Sind Sie nicht eine Freundin von der Frau Korny? Wir haben uns doch auf der Demo und auf dem Schulfest in Dermingen getroffen, oder?"

„Ja genau. Sie wundern sich sicher, warum ich Sie anrufe. Ich war heute Morgen in Ihrer Schule und wollte Sie sprechen, da hat man mir gesagt, dass Sie krank sind. Hoffentlich geht es Ihnen etwas besser?"

„Es geht mir besser. Wissen Sie, mein Mann ist Arzt und er hat mich für zwei Tage ans Bett gefesselt."

„Ojeh, das hört sich schlimm an!"

„Ich bin eigentlich kerngesund. Aber Sie wissen ja, wie Ärzte heutzutage manchmal mit ihren Patienten umgehen. Mein Mann hat sich sogar noch Verstärkung ins Haus geholt. Am Montag werde ich von diesem Herrn, den Sie ja auch kennengelernt haben, durchgecheckt. Es handelt sich um den Herrn Doktor Herz."

„Ach ja natürlich! Er ist der neue Freund meiner besten Freundin Anne Korny. Klar kenn ich den. Das ist auch mit ein Grund, warum ich anrufe: Ich möchte Sie gerne zusammen mit meiner Freundin und Herrn Dr. Herz zum Advents-Kaffee bei mir zuhause einladen. Es geht um eine Idee, die Eva und ich bezüglich Ihrer Grundschule ausgesponnen haben."

„Ach die liebe Frau Korny! Ich weiß überhaupt nicht, was ich ohne sie machen würde. Sie unterstützt mich, wo sie nur kann. Was für eine Idee hatten Sie denn?"

„Lassen Sie uns darüber reden, wenn Sie wieder gesund sind. Wie wär's am 11.Dezember um 16 Uhr bei mir in Bad Wendelshofen?"

Kapitel 25
Die Idee nimmt Gestalt an

Hat doch die Britta tatsächlich bei der Frau Berger angerufe, wo die doch krank war! Ich hab zu ihr gesacht: ‚Tu des net!', awwer die Britta lässt dich bekanntlich von nix abhalte, was mer ihr sacht. Wenn die sich was in de Kopp gesetzt hat, gibt's kei Halte mehr.

Der Termin steht schon fest un die Frau Berger is ach net soo krank, dass se net am Montach in die Schul komme kann. Des hat mir de Ecki verrate, awwer ich darf's net weitersache, weil des Arztgeheimnis is. Am Montach Mittach muss se zu ihm in die Praxis komme un dann wird se voll durchgecheckt. Ich hab den Ecki gefracht, was'n eichentlich los is. Da hat er gesacht, das des echt 'n Betriebsgeheimnis is un dass 'n Arzt nie, auch net zu seiner verheirate Frau, was sache darf, was'n Patient anbetrifft. Also gell, verheirat' sinn mer ja noch net, awwer deshalb darf der Ecki erst recht nix sache.

Die Mizzi, die hat mich halb verrückt gemacht, von weche ob die Frau Berger am Montach widder in die Schul kommt, awwer ich hab dicht gehalte.

„Mizzilein,", hab ich gesacht, „Des wirste doch am Montach sehe, ob die Frau Berger da is, odder net, gell?"

Des hat der Mizzi schon genücht als Antwort. Se hat da draus abgeleitet, dass ihr geliebte Lehrerin am Montach widder da is. Ich hab nix gesacht, gell!? Hab ich echt net. Un die Klein is zufriede.

Es is ja e Himmelsschand, was unser Gemeinderat sich uff der geheime Sitzung geleist hat. Heut Morge hat's in de Zeitung gestanne:

Marienberg schließt Grundschule in Ortsteil Nickelshausen – Geheime Abstimmung verärgert Bürger

Des hab ich mir gedacht! Dene kannste net traue, des sin doch Archlöcher! Der Ecki stimmt ausnahmsweis mal mit mir überein. Der hat sich auch geärchert üwwer so viel Schwachsinn. Awwer jetzt, sacht er, tritt Plan B ein. Der Ecki, der Herr Berger un die ehemalich Schulleiterin, die Frau Bauer, hawwe zirka Fuffzich Leut mobilisiert un die gehe üwwerall in de drei Dörfer rum un sammele Unnerschrifte. Die Frau Berger wüsst noch nix devon, sacht der Ecki. Die soll des erst erfahre, wenn se widder ganz gesund is. Die wolle von Haus zu Haus Klingelputze gehn un von jedem wisse, ob er defür is, dass in Marieberch e neu Schul gebaut werde soll.

„Da geh ich auch mit!"

Ich bin voll begeistert! Awwer der Ecki Punkt Doc will des net. Un warum net? Weil mir's in de letzt Zeit manchmal, awwer nur manchmal (!) schwindlich wird. Des is doch net schlimm, awwer der Herr Doktor sacht, des viele Rumlaufe wär net gut, wenn's mir schwindlich werde würd. Das hat mer nu devon, wenn mer mit 'nem Doktor zusamme is! Nächst Woch muss ich widder auf sei 'Couch'. Er will mich durchchecke von Kopf bis Fuß.

Also da is mir's lieber, ich liech mit dem uff meiner eigene Couch. Des würd er dann hinnerher mit mir mache, das hat er mir versproche.

Ach, ich bin ja so verliebt! Jedes Mal, wenn ich den Ecki seh, rutscht mir noch immer des Herz in die Hos, obwohl ich'n jetzt ziemlich oft seh. Un rot werd ich bestimmt auch noch. Des is so peinlich! Awwer des hält mich net ab vom Glücklichsein. So glücklich war ich schon ewich net mehr. Wenn bloß die Schulschließung net wär, dann könnt ich mei Verliebtheit viel besser genieße. Un der Ecki, der is auch verliebt. Der macht mir vielleicht immer Komplimente! Ich hab gar net gewusst, dass ich so toll ausseh. Sogar mei Stuppsnas find' der gut. Mei Auge hawwe ja schon mehr Leut schön gefunne, awwer mei Nas, also des kann nur jemand schön finne, wenn er verliebt is.

Die Britta hat die Frau Bauer, unser ehemalich Schulleiterin, angerufe un hat ihr erzählt von unserem Plan. Die Telefonnummer hab ich ihr gegebe un da hat die Britta die einfach angerufe. Ich find des ganz schön mutich, awwer so isse, die Britta. Die macht vor nix Halt. Da hat die Frau Bauer zu de Britta gesacht, dass se 'ne Unnerschrifte-Aktion organisiert hätt mit dem Ecki zusamme, was ich ja schon wusst, gell? Dann wär des Thema ganz vom Tisch un es wär kei Anlass üwwer 'ne Privatschul nachzudenke. Awwer des hält die Britta un mich net devon ab, weiter drüwwer nachzudenke, dass hier in Nickelshause 'ne Privatschul entstehe könnt.

Die Frau Berger hat auch schon zu mir gesacht, dass se sich 'n Privatschul wünscht, dann wärn wenigstens die Eltern uff ihrer Seit. Die würde ja dann ihr Kind net uff die Privatschul schicke, wenn se net einverstanne wäre mit ihrem Schulkonzept. Se hat gesacht, das wär so'n Traum von ihr.

„Aber träumen darf man ja, nicht wahr, Frau Korny?", hat se zu mir gesacht. Un jetzt wird ihr Traum vielleicht wahr. Des wär'n Spaß!
Der Ecki hat zu mir gesacht, ich soll mich net zu früh freue, die Frau Berger wüsst doch noch gar nix von ihrem Glück.
„Aber so unmöglich ist die Vorstellung gar nicht, Körnchen.", hat er gesacht. „In Nickelshausen würde das Schulgebäude ja dann leer stehen und es wären bestimmt viele Nickels begeistert, wenn ihre Kinder hier weiter in die Schule gehen könnten."
Ich hab zugestimmt un gesacht, dass ich der Frau Berger ihr Ideen einfach gut finne tät. Des könnt se dann alles umsetze, was se so im Kopp hat.
„Es gibt übrigens mittlerweile eine Menge Leute, die das Schulkonzept der Frau Berger gut finden. Die Nickels stehen voll hinter ihr. Die brauchen zwar scheinbar ne Weile, aber wenn sie mal jemanden ins Herz geschlossen haben, dann lassen sie nichts mehr über ihn kommen.", meint mein Schatz.
„Wie kommste denn da drauf?", frach ich ihn.
„Na weißt du, die Leute reden doch viel, wenn sie so im Wartezimmer sitzen. Und Einiges krieg ich ja auch mit, nicht wahr?"
„Ja und? Was sagen die Leute so über die Frau Berger?"
„Zum Beispiel, dass sie es gut finden, dass die Frau Berger behinderte Kinder in der Nickelshausener Grundschule aufnehmen möchte, damit diese nicht von der Gesellschaft ausgeschlossen werden."
„Ja, das hat'se uff unserem Elternabend gesacht, wo der Oberlehrer Böck sich so drüwwer uffgerecht hat. Dann hat der 'n Brief ans Ministerium geschriebe, die solle die Frau Berger versetze. Des weiß ich von der Magdalena.

Un ich glaub, die Frau Berger weiß auch, dass der Böck den Brief geschriebe hat, weil der ihr sofort Paroli gebote hat an dem Elternabend un gesacht hat, dass er des zu ‚verhindern wüsste.' Awwer ich glaub, aus der Sach mit dem Ministerium is Gottseidank nix geworde, sonst wüsste die Eltern von ihrer Klass des schon längst."

Der Ecki meint auch, dass des Ministerium uff so blöde Briefe net reagiere würd, awwer ich sach:

„Der hat ganz gute Beziehunge dort nauf, der Böck. Der kennt den Bildungsminister Meier, oder Müller oder wie der heißt, persönlich. Des hat mir auch die Magdalena verrate. Die wird übrigens ganz schön unnergebuttert von ihrem Schwiechervatter. Der Böck kontrolliert jeden Tach, was der Till für Hausaufgabe uffhat un guckt, ob der Till die auch macht. Kannste dir des vorstelle?! Da drüwwer ärchert sich die Magdalena ganz doll. Un wenn se sacht, dass der Opa sich net einmische soll in dem Till sei Angelechenheite, dann sacht der Böck zu ihr, se hätt doch noch net mal Abitur. Se soll sich net so wichtig mache, schließlich müsst sei Enkel, de Till, uff jeden Fall des Abitur mache. Awwer mit so 'ner Lehrerin würd der des nie schaffe. Die Magdalena würd sich manchmal am Liebste scheide lasse. Ihr Mann is doch nie da, um se in Schutz zu nehme."

„Wie geht's der denn so? Hab sie lange nicht mehr gesehen, da sie ja jetzt zur Frauenärztin nach Wendelshofen fährt."

„Der isses immer schwindlich.", sach ich grad un merk, wie's mir irgendwie selbst schwindlich wird. Des is doch ganz bescheuert, odder? Kaum denk ich an mei Freundin, dann wird's mir schwummerich. Awwer ich sach nix zum Ecki, sonst behandelt der mich widder, wie so'n rohes Ei. S'is ja ach schon besser. Mann is des blöd! Wie wenn ich genau so schwanger wär, wie die Magdalena! Albern is des!

Der Ecki sacht, dass er jetzt noch zu der Frau Bauer fährt un sich dort mit dem Mann von der Frau Berger trifft, um sich für's Klingelputze zu verabrede.

Ich persönlich lech mich jetzt hin un entspann mich. Des wird mir bestimmt gut tue.

Kapitel 26
Ein ganz normaler Tag

Ich steige fröhlich aus meinem Auto aus. Endlich wieder in meiner geliebten Schule! Ich hab das Gefühl, als wäre ich seit Monaten nicht mehr hier gewesen. Wann war ich überhaupt das letzte Mal krank?? Ich weiß es nicht.
Auf dem Schulhof kommt mir eine ganze Schar von Kindern entgegengelaufen.
„Frau Berger, Frau Berger, da ist ein Mann mit einem roten Bart in der Schule und hat nach Ihnen gefragt.", ruft Karlchen. „Der sieht ganz unheimlich aus."
„Na, den werd ich aber gleich verjagen.", beruhige ich Karlchen. Die Horde begleitet mich bis zum Eingang meines Büros. Sie stellen mir alle möglichen Fragen. Die Anni:
„Wo warst du die ganze Zeit?"
Der Paul aus der ersten Klasse: „Hast du gelesen, dass die die Schule absperren wollen?"
Ich brauche gar nicht zu antworten, denn ich bekomme keine Gelegenheit dazu. Die Mizzi sagt:
„Gottseidank bist du wieder da. Hier geht alles drunter und drüber! Da läuft einer in der Schule herum und betrachtet unsere Plakate von den Projekten. Pass bloß auf, wenn du reingehst!"
Ich verspreche es, aber nicht ohne die Mizzi zu fragen, woher sie weiß, dass jemand die Poster betrachtet.
„Ach ich wollt nur schnell meine Schultasche abstellen", gesteht sie kleinlaut. „Ich weiß, das sollen wir nicht. Ich mach's bestimmt nicht mehr, Frau Berger, versprochen."

Die Kinder wissen, dass sie vor dem Klingeln nicht das Schulgebäude betreten dürfen, da sich dort zu diesem Zeitpunkt noch keine Aufsicht befindet.
„Ja ja, Mizzi, du hast Recht: Es geht alles drunter und drüber, wenn ich nicht da bin." Ein Schmunzeln kann ich mir nicht verkneifen.
Tatsächlich, als ich das Schulgebäude betrete, kommt mir ein bärtiger Rothaariger entgegen. Irgendwie kommt der mir bekannt vor.
„Hallo Lissi!", ruft er. „Konnte nicht früher vorbeikommen, Tschuldige!"
Er breitet seine Arme aus und in dem Moment erkenn ich ihn.
„Der Helmut Drexler! Ich fass es nicht!" Ich fliege ihm in die Arme. „Du altes Haus!"
„Auch nicht älter als du, liebe Lissi.", lacht er.
Ich betrachte ihn genau.
„Der Bart steht dir gut. Hätte dich fast nicht erkannt. Muss ich jetzt 'Sie' zu dir sagen, wo du doch der Herr Schulrat bist?"
„Die kleine Lissi! Immer zum Scherzen aufgelegt. Du hast dich jedoch überhaupt nicht verändert."
„Der große Helmut. Immer noch der alte Mister Charming."
So haben wir es früher immer schon gehalten, als wir noch als Studenten im selben Semester waren. Nichts war uns ernst genug um nicht ein wenig darüber zu blödeln.
Der große blonde, blauäugige Helmut war immer der Beste im Seminar, dabei aber überhaupt nicht eingebildet und als Mann ein Charmeur, wie er im Buche steht. Ein bisschen waren wir Mädels alle in ihn verliebt.

„Komm rein und setz dich hin. Ich kümmere mich um eine Vertretung für meine Klasse. Ein bisschen Zeit muss ich mir für den neuen Herrn Schulrat schon nehmen."
Mit diesen Worten bitte ich den grinsenden Helmut in mein (Gottseidank) aufgeräumtes Büro. Dann eile ich aus meinem Büro, wo ich fast über meine Aktentasche falle. Nanu, wo kommt die denn jetzt her?? Habe ich die irgendwo stehen lassen? Ich nehm sie mit ins Lehrerzimmer, wo sich meine Kollegen sofort bereit erklären, meine Klasse aufzuteilen, damit ich in Ruhe mit unserem neuen Schulrat sprechen kann. Ich verrate zunächst nicht, dass ich unseren Vorgesetzten schon lange kenne.
„Gut, dass du wieder da bist. Hier stehen alle Kopf", meint meine Kollegin Herrchen.
Hab ich das nicht eben schon mal gehört?
„Die Kinder sind ganz verstört wegen dem Zeitungsartikel und die Eltern rufen ständig an mit irgendwelchen Fragen zur Schulschließung."
Herrchen wirkt sichtlich erschöpft, was ich verstehen kann. In ihrem Alter möchte man wirklich nicht mehr die Schule wechseln. Hinzu kommt, dass meine älteste Kollegin Hermine nicht der Erfinder der Flexibilität ist. Sie hat auch ziemlich lange gebraucht um mich als neue Schulleiterin zu akzeptieren, da sie sehr gut mit Erzengel Bauer zurechtkam.
„Ich freue mich auch, dass ich wieder da bin. Hab euch alle vermisst."
Es klingelt. Meine Kolleginnen und Kollegen strömen brav in ihre Klassen. So müsste es immer sein, denke ich und öffne die Tür zu meinem Büro.

„So, da bin ich. Hab alles im Griff. Möchtest du einen Kaffee?"
„Du erinnerst dich an meine Kaffee-Leidenschaft?"
„Ich habe zwar Einiges aus unserer Studenten-Zeit vergessen, aber das nicht. Immer, wenn es stressig wurde, hast du dich hingesetzt und in Ruhe eine Tasse Kaffee getrunken. Das habe ich so an dir bewundert. Andere Leute werden durch Kaffee nur nervöser, aber du hast dich stets damit beruhigt."
„Genau so ist es auch noch heute. Du glaubst ja nicht, was morgens auf Deutschlands Straßen los ist."
Ich stelle meine Kaffeemaschine an und setze mich zu Helmut.
„Ich hab zwar nicht viel Verkehr auf meinem Schulweg gehabt, aber aufgeregt bin ich doch."
„Du bist aufgeregt? Aber doch nicht meinetwegen!"
Jetzt muss ich aber lachen:
„Bild dir nur nicht zu viel ein, mein lieber Herr Schulrat. Das hättest du wohl gerne? Ich wusste ja nicht mal, dass ich dir heute Morgen begegnen würde."
Helmut macht ein enttäuschtes Gesicht.
„Schade.", meint er. „Hätte mir gut gefallen."
Ich serviere uns beiden eine Tasse Kaffee. Für Helmut das ganze Programm mit Zucker und Milch, für mich schwarz, wie immer. Helmut staunt, dass ich es immer noch weiß, wie er den Kaffee gerne mag.
„Meine Aufregung ist auf die landesweiten Schulschließungen zurück zu führen.", erkläre ich. „Hast wahrscheinlich schon davon gehört, dass unsere Schule davon betroffen ist?"
„Ja, leider. Deshalb bin ich auch hier."
Mein neuer Schulrat erklärt mir, dass er alles versucht hat, um unsere Schule zu retten, dass es aber vorher

wohl schon beschlossene Sache war, welche der drei Marienberger Schulen geschlossen werden soll.
Er konnte nichts mehr für uns tun. Auch sein Vorgänger, der liebe Herr Dr. Breuer hat alles Mögliche in Gang gesetzt, dass gerade unsere Schule geöffnet bleiben soll.
„Er hat mir dich als eine sehr engagierte Schulleiterin geschildert. Besonders hat er sich gefreut, dass die Marienberger Heimkinder so vorzüglich bei dir integriert wurden. Es scheint, dass der hiesige Gemeinderat sich die Sache anders vorgestellt hat."
Ich kann dazu nur mit dem Kopf nicken. Sprechen kann ich im Augenblick eher nicht.
„Ich begreife das Ganze zwar nicht, aber es ist jetzt ganz sicher, dass eure schöne Schule geschlossen wird.", sagt Helmut.
„Deine Kollegen haben sich im Ministerium ja sehr für dich eingesetzt, habe ich von meinem Vorgänger gehört. Irgend so ein Oberlehrer wollte dich hier verschwinden sehn, weil du angeblich seinen Enkel nicht ordentlich unterrichtest.
Da war mir klar: Meine Freundin Lissi hat ihre fortschrittliche Linie, die schon im Studium klar er-sichtlich war, weiter verfolgt."
Dieser unverschämte Kerl von Schulrat scheint sich köstlich über die Sachlage zu amüsieren. Wie ernst das Ganze für uns alle hier ist, ist für ihn offensichtlich nicht sehr relevant.
„Und DU- hast scheinbar deine süffisante Art auch weiterverfolgt, deshalb bekommst du jetzt einen Kaffee, damit du still bist!" Ich kann diesem blöden Kerl einfach nicht richtig böse sein.

Er hat ja Recht. Schon während des Studiums habe ich ein Seminar mit dem Thema „Reformschule" besucht. Aus meinem Semester war dort niemand außer Sigrid und mir drin. Sie war meine beste Freundin und war damals genau so verschossen in Helmut Drexler wie wir alle. Helmut hat sich über uns lustig gemacht und gesagt:
„Liebe Mädels, ihr glaubt doch nicht wirklich, dass die Reformpädagogen Realisten waren. Kinder brauchen ihre Grenzen, und die müssen wir Erwachsene ihnen setzen."
Der hatte ja gar keine Ahnung, dieser Besserwisser! Ich war damals richtig wütend auf ihn und hab mich mit ihm gestritten bis aufs Blut. Sigrid hat mich nicht wirklich unterstützt. Ich hatte das Gefühl, dass sie nicht so ganz von der Reformpädagogik überzeugt war. Helmut und ich haben dann zusammen eine Reformschule in der Schweiz besucht um uns (Ich Helmut und ich mich) davon zu überzeugen, dass Montessori, Steiner und Co Recht hatten: Dass Lernen durch Tun und das selbständige Handeln der beste Weg zur guten Bildung ist. Ich glaube, damals habe ich Helmut am Meisten bewundert. Er war zwar sehr von seiner eigenen Meinung überzeugt, aber er hat sich auch eines Besseren belehren lassen.
Als wir dann aus der Schweiz zurück kamen, verkündete Helmut, wie einleuchtend die Reformpädagogik doch wäre, so als hätte in Wirklichkeit er sie höchstpersönlich erfunden. Sigrid war in der darauffolgenden Zeit irgendwie abweisend mir gegenüber. Ich stellte sie zur Rede:
„Was ist eigentlich mit dir los, beste Freundin? Habe ich dir was getan?"

Aber Sigrid blieb einsilbig und unsere Freundschaft war nicht mehr die alte. Irgendetwas stand zwischen uns. Als ich dann den Bär kennenlernte, war es wieder wie in alten Zeiten. Ich erzählte Sigrid alles über meinen Freund und sie zeigte sich jetzt sehr interessiert.
Gemeinsam mit Helmut haben wir dann noch ein weiteres Seminar über Maria Montessori besucht. Ich war einfach begeistert von dieser Pädagogik. In meiner Abschluss-Prüfung hatte ich mir dann auch dieses Thema ausgesucht und diese mit Eins bestanden.
Nach dem 1.Staatsexamen verloren wir drei uns aus den Augen. Helmut ging nach Berlin, Sigrid ins Sauerland, wo sie auch herkam. Sie wurde Hauptschullehrerin in Attendorn.
Von Helmut habe ich gar nichts mehr gehört und mit Sigrid habe ich noch ein paar Mal telefoniert, dann riss der Kontakt ziemlich abrupt ab. Ich hatte dann noch ein paar Versuche gemacht, Sigrid anzurufen, ich musste dann aber erfahren, dass es keinen Anschluss mehr „unter dieser Nummer" gab. Seltsam.
„Sag mal, Lissi, hast du eigentlich den langen Doktor geheiratet?", fragt mich Helmut jetzt, als hätte er meine Gedanken über die Vergangenheit gelesen.
„Ja, habe ich.", antworte ich.
„Das war dein Glück."
„Wieso????"
„Sonst wärst du heute vielleicht mit einem bärtigen, rothaarigen Schulrat verheiratet, der damals noch ein Student - und wahnsinnig verschossen in dich war."
„Dein Kaffee wird kalt.", lenke ich vom Thema ab. „Du hast noch keinen Schluck getrunken."
Lächelnd führt Helmut seine Tasse zum Mund und schweigt für einen Moment. Dann sagt er:

„Das wusstest du schon, oder?"
„Bis ich meinen heutigen Ehemann getroffen habe, war ich ja auch in DICH verknallt, aber alle anderen Mädels genauso. Wie sollte ich wissen, dass du MICH geheiratet hättest.
„Weil ich sogar mit dir in die Schweiz gereist bin, um dich zu verstehen, du Dummerchen!"
Jetzt muss ich lachen. Wenn ich nicht just zwei Wochen später den Bär kennen gelernt hätte, wäre ich vielleicht jetzt eine Frau Drexler.
„Ja ja, der Lange hat dich mir gnadenlos ausgespannt. Wie geht's ihm überhaupt? Was macht er denn jetzt so. Der war doch Arzt, oder? Im Ministerium haben sie mir gesagt, du wärst mit einem Piloten verheiratet. Komisch!"
„Gar nicht komisch. Manche Menschen entwickeln sich halt weiter."
„He he, was soll das heißen, Frau Schulleiterin? Haben wir uns etwa nicht weiter entwickelt?" murrt mein Schulrat.
„Aber ja doch. Ich habe uns Beide ja nicht ausgeschlossen. Der "Lange" hat nach seinem Militärdienst als Fliegerarzt noch den Pilotenschein mit Lizenz zur Personenbeförderung gemacht und fliegt seit ein paar Jahren Rettungsflüge in alle Welt mit einer fliegenden Intensivstation."
„Nein!", ruft Helmut. „War das etwa doch der, der in Afrika festgehangen hat und in allen Medien genannt wurde, weil er so ein Held ist??"
„Ja, genau der." Nun bin ich doch stolz auf meinen Bär. Helmut ist begeistert.

„Jetzt aber mal zu dir, mein Lieber! Mit wem bist du eigentlich verheiratet?" Mein Gegenüber grinst. „Ich glaube, das könntest du erraten."
Ich hab keinen blassen Schimmer. „Lass mich nicht im Dunkeln tappen! Wie sollte ich das wissen. Wir haben uns doch alle aus den Augen verloren nach dem Examen."
„Nein, liebe Lissi, nicht alle."
„Jetzt sag bloß, dd…"
„Ja, du liegst richtig: Sigrid und ich haben uns in Berlin wiedergetroffen und haben uns ineinander verliebt."
Ich schmunzele: „Du vielleicht in Sigrid, aber Sigrid war schon immer in dich verliebt."
Helmut scheint nicht im geringsten überrascht über diese Mitteilung zu sein:
„Sie lässt dich übrigens ganz lieb grüßen und sie möchte dich schrecklich gerne wiedersehen."
„Also seid ihr noch zusammen.", stelle ich fest.
„Ja, und wir haben zwei hübsche, auf dem Papier erwachsene Kinder."
„Ich merke, dein Besuch heute Morgen reicht beileibe nicht, um uns über unsere Privatsituation fertig auszutauschen. Mit einem Blick auf die Uhr muss ich jedoch sagen, dass wir uns beeilen müssen. Für die erste Stunde werde ich von unserem Sonderschul-Lehrer vertreten. Das ist normalerweise nicht üblich, aber ich muss schauen, wie's weitergeht, denn er muss danach in die 4a.
„Tu das! Ich trinke derweil noch ein Tässchen. Hmmm, schmeckt gut, dein Kaffee!"
Als ich in meine Klasse komme, ist niemand da. Ich finde einen Zettel auf dem Lehrerpult, auf dem steht:

„Sind kurz ausgeflogen. Müssen an einem außerschulischen Lernort was erkunden. Liebe Grüße Egon
P.S.: Herbert ist in meiner Klasse. Lass dir Zeit!"
Na sowas!
„Ich kann mich doch auf mein Team verlassen. Jetzt hab ich noch Zeit bis zur Pause." Darüber freut sich der Herr Schulrat und nun können wir auch über die Schulsituation sprechen.
Helmut rät mir, ruhig Blut zu bewahren. Die Umsetzung zur Schulschließung dauert noch eine Weile, meint er. Bis dorthin sollte ich mich entscheiden, wo ich als Schulleiterin die nächste Stelle antreten möchte. Wenn's so einfach wäre! Der Gedanke, wo-anders in einer wildfremden Schule Lehrerin zu sein, ist mir wildfremd.
„Meinst du tatsächlich, wir könnten die Schließung der Nickelshausener Schule nicht mehr verhindern?" Ich heule fast.
„Leider nein, Lissi. Wir brauchen noch Leute im Ministerium.
Hast du keine Lust, Schulrätin zu werden?"
Ich bin empört! „Glaubst du vielleicht, ich wollte meine Tage als Schreibtischhengst verbringen?!
Nie und nimmer!", schreie ich.
„Aber Lissi, das ist doch kein reiner Schreibtisch-Job. Schau mal, wo sitze ich denn jetzt?"
„An meinem Schreibtisch, mir gegenüber…"
„Genau!"
„Vergiss es! Mich trennt keiner von meinen Schulkindern. Lieber gründe ich eine Privatschule!"
Ich bin total überrascht, wie leicht mir das über die Lippen gehuscht ist. Helmut schaut mich mit seinem mir seit langem bekannten Kennerblick an:

„Das sieht dir ähnlich!", lacht er. „Weißt du wie schwer es ist, eine Schule zu gründen? Abgesehen davon, dass du eine zusätzliche reformpädagogische Ausbildung brauchst, um solch eine Schule zu leiten. Willst du das wirklich?"
„Ich wusste ja bis jetzt selbst nicht, dass ich das will. Darüber muss ich noch gründlich nachdenken.", beruhige ich mein Gegenüber und mich selbst.
„Bevor wir uns schon wieder in die Wolle kriegen, lass uns was ausmachen. Ich bin total gespannt auf Sigrid."
Ich zücke meinen Terminkalender, der ziemlich voll ist.
„Was macht sie eigentlich beruflich?" Diese Frage fällt mir ja reichlich spät ein.
„Sie hat schon in Berlin den Beruf an den Nagel gehängt, nachdem sie mit unserem ersten Sohn schwanger war. Wenig später kam Sohn Nummer zwei und dann wollte sie nicht mehr zurück in den Lehrberuf. Wie du weißt, hat Sigrid ja Kunst als Schulfach studiert. Sie ist jetzt Malerin und macht sehr schöne Sachen. Du wirst sehen.
Ich erfahre, dass Helmut mit seiner Familie in die Landeshauptstadt gezogen ist und so nur 30 km von Marienberg entfernt lebt. Wir bekommen tatsächlich einen Termin hin, den ich noch mit meinem geliebten Ehemann absprechen muss.
Wenigstens EIN Lichtblick!
Jetzt steht es fest: Die Nickel-Schule wird bald Geschichte sein.
Am Liebsten möchte ich zurück in mein Bett.

Kapitel 27
Schweigen ist Quatsch

Das schlächt dem Fass den Boden aus! Schon widder is was üwwer die Schulschließunge in der Zeitung, awwer net, wie mer's uns gewünschst hätte:
„Geplante Grundschul-Schließungen erhitzen weiter die Gemüter.", steht da.
Einer von dene Politiker äußert sich sehr kritisch. Er behauptet:
„..dass die Konzentration von Standorten zu größeren Klassen führen wird."
Ei das is ja e Hammer!!! Dann sacht er noch:
„Das ist pädagogischer Unsinn und widerspricht den Ergebnissen der jüngsten Pisa-Studie." Na siehste!
Ich les weiter:
„Die Abschaffung der Einzügigkeit als Argument zum Wegfall einer Grundschule ist pädagogisch nicht nachvollziehbar." Der sacht dann noch, dass nach seiner Ansicht bei so einer Reform „keine Grundschulklassen mit mehr als 25 Schülern gebildet werden dürfen."
Dann schreibt der noch was von „Kombi-Klassen".Das hab ich ja noch gar net gewusst, dass es so was wie „Kombi-Klassen" gibt.
Des is ja ein Hammer! Da könne verschiedene Klassestufe gemeinsam unnerrichtet werde. Also: Erstes un Zweites zusamme un dann Drittes un Viertes zusamme. Dann kann mer auch jeweils zwei Parallelklasse bilde. Des wär dann e sogenannte „Mini-Grundschule". Ich glaub's net! Wieso hawwe dann die schlaue Politiker uns des net schon früher gesacht??!!
Der Vorsitzende von de Grüne wirft dem Bildungsminister Realitätsverlust vor, weil der die Einsparunge

bei de Grundschulschließunge auch noch als „Qualitätsoffensive" bezeichnet.
Bravo! Endlich mal einer, der dene da oben sacht, was er denkt! Ich glaub, 's nächste Mal wähl ich die Grünen. Die sache wenigstens ihre Meinung.
Im Kreis Bad-Wendelshofen wolle se die Hälft von alle Grundschule schließe. Na prost Mahlzeit! Jetzt kommt mir 'n Gedanke:
„In Nickelshause könnte mer doch auch so 'ne 'Mini-Grundschule' mache." Des sach ich der Frau Berger. Vielleicht hat die des noch gar net gelese.
Die Mizzi is heut heimgekomme un hat so wirres Zeuch erzählt, dass ich sowieso zu der Frau Berger gehe muss für mit der zu spreche. Ich bin aus der Mizzi gar net schlau geworde.
„Mama", hat se gesacht „Die Frau Berger hat jetzt einen neuen Mann und der gefällt mir überhaupt nicht."
Ich sach: „Awwer Mizzi, was redste dann für dummes Zeuch! Die Frau Berger hat doch den Herrn Berger, da brauch die doch kein neuen Mann."
„Doch Mama, ich bin ganz sicher! Der komische Mann mit dem Bart, der heute Morgen in der Schule überall rumgespitzelt hat, ist der Frau Berger ihr neuer Mann."
„Wie kommste dann uff so was?"
„Ich hab genau gesehen, wie se den geküsst hat.", behaupt des Kind.
„Wie kannste dann so was gesehn hawwe?", frach ich.
„Naja Mama, ich wollte der Frau Berger noch die Schultasche bringen, die hat se nämlich auf dem Schulhof stehn lassen. Und als ich dann vor ihrem Büro die Tasche abgestellt habe, da hab ich genau gesehen, wie se den Mann umarmt und geküsst hat. Ehrlich Mama!" Die Mizzi wirkt ganz unglücklich.

Normalerweis lücht des Kind net, des weiß ich. Awwer diesmal glaub ich, dass es was erfunne hat, ich weiß net, warum. Ich versuch, des Kind zu tröste:
„Schau mal, da hast du dich bestimmt versehe. Des war ganz sicher net die Frau Berger. Des war ne annere Frau un du hast gemeint, es wär die Frau Berger gewese, gell?"
„Nein Mama!", beharrt die Mizzi. „Ich hab mich ganz bestimmt nicht versehen." Un dabei bleibt'se.
Dass ich die Frau Berger so schnell erreiche würd, hab ich ja selbscht net gedacht, awwer se hat sofort abgehobe.
„Sie hatten Glück, Frau Korny. Ich bin gerade auf dem Weg zu Doktor Herz. Der hat mich für heute Nachmittag einbestellt. Er will mich von Kopf bis Fuß durchchecken, hat er gesagt."
Ach guck an! Wie wenn ich's net gewusst hätt.
„Ich bin schon knapp dran. Der neue Schulrat war heute Morgen hier, ein alter Freund von mir aus Studienzeiten." Aha, des war der 'neue Mann', den die Mizzi gesehe hat.
„Deshalb hat's auch ein Bisserl länger gedauert mit der Unterredung und ich bin spät dran. Kann ich was für Sie tun, Frau Korny?", fracht se.
„Dann will ich Sie net aufhalte, gell?! Ich wollt auch nur was frache wegen dem Termin bei der Britta Jennings, awwer des hat Zeit."
„Kann ich Sie zurückrufen, Frau Korny?"
„Des würd mich freue, Frau Berger." Ich lech uff un bin gespannt, wann se anruft un bin erleichtert, weil der Kerl, den se geküsst hat, nur der Schulrat war. Den hat'se noch aus frühere Zeite gekannt. Wie erklär ich

des dann jetzt der Mizzi?? Wie wenn ich die Mizzi gerufe hätt, kommte se grad zur Tür rein.

„Mama;", sacht se, „Mama, warum wird eigentlich unsere Schule geschlossen und nicht die von Marienberg?"

Ach du Gott, was soll ich dann jetzt da drauf antworte?

„Weißte Mizzi, die vom Ministerium hawwe gesacht, dass kei Schul mehr bestehe bleiwe darf, wenn se net von jedem Jahrgang zwei Klasse bilde kann."

„Aber das können die aus Talminzweiler doch auch nicht, hat der Max heut Morgen in der Schule gesagt. Er hat das von seinem Vater so gehört. Der stammt aus Talminzweiler."

„Liebes Kind, das is was ganz Anneres, wenn du aus Talminweiler kommst, weil dann haste den Gemeinderat hinner dir." Ach, wie soll des e Kind in dem Alter verstehe!

„Das versteh ich nicht, Mama.", sacht mei Tochter auch prompt.

„Also. Der Gemeinderat hat die Wahl gehabt zwischen der Schließung von Nickelshausen oder Talminzweiler. Un dann hawwe se sich für Nickelshausen entschiede, die Ar...äh, die Gemeinderatsmitglieder. Des hat was mit Mehrheite zu tun, verstehste?"

„Nee, das versteh ich nicht. Die Frau Berger hat gesagt, dass die überhaupt nicht gegen die Nickelshausener Grundschule stimmen könnten, weil die Nickelshausener Gemeinderats-Mitglieder doch kein Interesse haben könnten, dass ihre Grundschule geschlossen wird."

„Ja mein Kind, deine Lehrerin geht davon aus, dass alle so ehrlich sinn, wie du, sie un ich. Des is leider net der Fall. Die zwei Gemeinderats-Mitgliederinnen, uff die's

ankomme wär, sinn daheim gebliebe. Was sachste jetzt?"
„Ja aber warum denn? Das macht doch überhaupt kein Sinn, Mama."
Ich krieg jetzt die Krise. Wie kann ich dem Kind dann jetzt erkläre, was Fraktionszwang bedeutet un wie dreckich der is, der Fraktions-Chef von dieser Fraktion? Ich versuch's trotzdem:
„Guck mein Kind: Die Zwei, die gefehlt hawwe bei der wichtiche Entscheidung, hawwe sich gedrückt, awwer net freiwillich, nää. Die sinn gezwunge worde."
„Aber von wem denn? Wer kann die denn zu so was zwinge, wenn die nicht wollen?"
„Der Fraktions-Chef, des Arsch…", des is mir awwer jetzt wirklich so rausgerutscht. Die Mizze natürlich:
„Aber Mama, du hast mir verboten, Arschloch zu sagen, aber du selbst…"
„Ach weißte, Mizzi: Ich weiß jetzt, wer des war, den die Frau Berger heut Morge geküsst hat…"
Des Telefon klingelt.
Es is die Frau Berger. Wenn man vom Teufel spricht, gell?
„Hallo Frau Korny! Ich hab ja versprochen, Sie zurück zu rufen und hier bin ich."
„Ach ja, hallo Frau Berger!", sach ich, damit die Mizzi weiß, mit wem ich telefonier. Se bleibt hartnäckisch in meiner Näh.
„Ja, ich wollt Sie frage, ob sie heut die Zeitung schon gelese hawwe?" Die Frau Berger versteht net ganz wo drauf ich hinaus will.
„Da steht was von Zwergschule. Wisse Sie, was 'ne Zwergschule is?"

Ja klar weiß se des. Nee, se hat noch kei Zeitung gelese un was des mit der Frau Jennings zu tun hätt. Ich sach, dass ich auch eingelade bin zu de Britta un dass mer des dort doch vielleicht mal andenke könnte, von wechen Zwergschule. Awwer den Zahn zieht mir die Frau Berger sofort:
„Ja, Frau Korny, das haben wir alles durchdacht. Fest steht, dass nur zwei Schulen in dieser Gemeinde geöffnet bleiben dürfen. Und welche, das wissen wir ja."
Ich bin total fertich.
„Also gibt's kei Möglichkeit mehr, unser schön Schul zu rette."
„Nein, liebe Frau Korny. Die einzige Möglichkeit, die Nickelshausener Schule zu retten, ist die Gründung einer Privatschule. Darüber habe ich auch schon mit dem neuen Schulrat Drexler gesprochen. Der sagt, das sei sehr schwierig und kaum realisierbar."
„Die Britta meint, des **sei** realisierbar.", sach ich. Mei Stimm is net die Festeste.
„Das wäre ja schön, aber um solch eine Schule zu leiten, müsste ich eine Zusatz-Ausbildung absolvieren und dann ist auch noch nicht gesagt, dass diese Privat-Schule genehmigt wird."
Mei Stimm zittert:
„Awwer so schnell wollen wir doch net aufgeben, Frau Berger, oder?" War des jetzt ich, die des gesacht hat???
„Naja, vielleicht hat ihre Freundin ja eine Idee, wie wir das Problem lösen können. Ich persönlich hab im Moment keine."
Die Frau Berger meint, dass des alles net so heiß gegesse wird, wie's gekocht is. Se sacht, dass die Mizzi noch

mindestens zwei Jahre in Nickelshause in die Schul gehe kann. Vorher passiert sowieso nix.

„Awwer es geht net allein um die Mizzi und der Mizzi ihr Klass, Frau Berger. Es geht drum, dass auch die jüngere Kinner hier in Nickelshause zur Schul gehen könne."

Ich denk grad dran, dass ich mit meine Tache mindestens drei Woche üwwerfällich bin un dabei wird's mir schon widder schwindlich.

„Ich weiß.", sacht die Frau Berger. „Mir tut das genau so Leid, wie Ihnen, Frau Korny, zumal wir beide wissen, dass das Ganze hätte verhindert werden können."

Ich merk, dass die Frau Berger genau so wütend üwwer die ganz Sach is, wie ich.

„Ich freu mich trotzdem, die Frau Jennings mal privat kennen zu lernen."

Die Frau Berger un ich verabrede uns, zusamme zu der Britta zu fahre, weil ich genau weiß, wo die Britta wohnt.

Die Mizzi hat unser ganzes Gespräch mitgekriegt.

„Mama, wen hat die Frau Berger geküsst?"

So is mei Mizzi! Die vergisst nix. Awwer se is doch ganz erleichtert, wie se hört, was ich zu erzähle hab. Se fällt mir sogar um de Hals, als se hört, dass ich mit der Frau Berger zu der Britta fahre, um mit dene Beide üwwer die Zukunft von unserer Schul zu spreche.

„Mama, da fahr ich mit.", sacht se.

„Nein, mein Kind, des is was für Erwachsene." Ich nehm mei klein Tochter in de Arm un drück se ganz fest. Jetzt komme mir auch noch die Träne. Mann, seit wann hab ich dann so nah am Wasser gebaut?

Kapitel 28
Das Leben geht weiter

Die Frau Korny ist eine sehr sympathische Frau. Umso mehr freut es mich, dass sie sich engagieren und mir helfen will, das Schulschließungsproblem in unserem Ort zu lösen. Sie macht sich immer sehr viele Gedanken und ist sogar auf die Idee gekommen, unsere Schule zu einer sogenannten Zwergschule umzufunktionieren. Das war ja eine gute Idee, aber leider geht das in unserer Situation nicht. Es sei denn.......
Das Wort 'Privatschule' kommt mir schon wieder in den Sinn. Helmut hat mir abgeraten. Auf den muss ich doch noch lange nicht hören. Er hat früher schon meinen Widerstandsgeist geweckt. Warum soll das heute anders sein?
Das sind meine Gedanken auf dem Weg zu Dr. Herz.
„Sie sind völlig gesund, Frau Berger."
Die Untersuchung ist beendet. Ich atme auf.
Der Doktor sagt mir, dass ich mich wieder anziehen kann.
„Hab ich doch gesagt. Ihr Ärzte meint immer, dass man krank ist, nur weil man mal ein wenig Schwäche zeigt."
Triumpf.
Der Doktor strahlt übers ganze Gesicht:
„Ich gratuliere Ihnen! Sie sind schwanger." Ich falle in Ohnmacht. Das heißt, ich lasse mich einfach zurückfallen auf den Untersuchungstisch.
„Das ist ja...das ist doch fast unmöglich!", rufe ich.
„Wieso , Frau Berger? Sie sind doch noch nicht in den Wechseljahren, oder?"
Das Lächeln von Dr. Herz wird noch breiter. Tausend Gedanken schießen mir durch den Kopf. Warte mal:

Wie lange ist das her, dass ich das letzte Mal beim Frauenarzt war???
Da hab ich mir meine Spirale entfernen lassen. Dachte einfach nicht daran, dass ich mit 47 Jahren noch schwanger werden könnte.
„Jetzt haben wir den Salat.", denke ich laut.
„Hoffen wir doch, dass es ein Kind wird und nicht ein Salat." Der Herr Dr. Herz lacht mir offen ins Gesicht. Der schämt sich überhaupt nicht, so eine ungeheure Vermutung auszusprechen!
„Ich glaube Ihnen nicht, das kann einfach nicht sein. Das lasse ich von meiner Frauenärztin überprüfen!", entfährt es mir. Ich bin fest entschlossen, sofort nach Bad Wendelshofen zu Frau Dr. Braun zu fahren.
„Bevor Sie fahren, probieren sie den doch mal aus!" Der Doktor hält mir so ein kleines Päckchen hin und zeigt auf die Toilettentür.
„Aha, ein Schwangerschaftstest. Dann werden Sie ja sehen, dass sie Unrecht haben." Ich reiß ihm das Ding aus der Hand und rausche ab.
In der Toilette beruhige ich mich so langsam. Ich kann doch nicht Oma werden und gleichzeitig noch ein Kind bekommen. Barbaras Mail fällt mir ein, die sie geschrieben hat, als sie wohlbehalten mit Bob in Dallas angekommen war:
„Mama, wir sind wieder daheim. Jetzt weiß ich erst, wie sehr ich hier alles vermisst hab. Besonders meinen Bob! Der ist jetzt ganz glücklich und behandelt mich wie ein rohes Ei. Alle hier freuen sich, dass ich schwanger bin. Wir haben einen neuen Hochzeitstermin, und wir haben ihn in die Osterferien gelegt. Was sagst du dazu? Extra wegen dir, Mama. Sie haben mir versprochen, dass die Hochzeit im allerkleinsten Kreise gefeiert wird. Bob hat

sich durchgesetzt. Endlich! War ja auch Zeit, dass der sich mal gegen den Wunsch seiner Eltern und FÜR MICH einsetzt, gell? Es kommen sage und schreibe -mit euch zusammen- nur etwa 100 Leute. Das ist doch schon mal was.

Jetzt kann ich mich auch so richtig auf die Hochzeit freuen.

Alle wollen wissen, ob es ein Junge oder ein Mädchen wird. Ich lasse aber keinen Ultraschall machen, weil ich es selbst nicht wissen will. Dass es Zwillinge werden, wissen außer uns nur Bob's Eltern.

Kussi, auch an Dad!"

Ach Gott, wenn ich zu meiner Tochter sagen müsste, dass sie nicht nur Mutter, sondern auch Tante wird. Aber ich bin ja fest davon überzeugt, dass der gute Dr. Herz sich geirrt hat. Kann ja mal passieren. Er ist ja kein Frauenarzt. Ich muss mich auch gleich für meine Reaktion auf seine Diagnose entschuldigen. Wie habe ich mich bloß benommen. 'Liz, reiß dich zusammen!', sage ich laut zu mir selbst.

Als ich zurück in die Praxis komme, halte ich das Röhrchen in meinen Händen.

„Da, sehen Sie, Herr Doktor: Keinerlei Anzeichen für eine Schwangerschaft.

Keine Verfärbung und nix." Ich triumphiere.

„Wie lange haben Sie denn gewartet?" Dieser Mensch grinst noch immer.

„Ich bin sofort zu Ihnen geko…."

Mir fehlen die Worte. Ich schau auf das Röhrchen und sehe, wie es sich verfärbt.

Ein kleiner Hoffnungsschimmer funkt noch auf. Falsche Farbe???

„Nun, Frau Berger?"

„Oh Gott, was mache ich denn jetzt!" Ich fange jämmerlich zu weinen an.
Der Doktor tröstet mich:
„Schauen Sie, Frau Berger, seien Sie doch froh, dass Ihnen nichts fehlt. Sie hätten doch auch ernsthaft erkrankt sein können."
Ich bin totunglücklich. Er tröstet mich erneut:
„Ach liebe Frau Berger, das Leben geht weiter. Wenn Sie erst mal eine Nacht darüber geschlafen haben, dann geht's bestimmt wieder."
Das waren seine Worte beim Abschied. Ich entschuldige mich noch in aller Form für mein dämliches Verhalten und stolpere aus dem Sprechzimmer.
Als ich ins Wartezimmer zurückkehre, bin ich einigermaßen gefasst. Da sehe ich Frau Korny. Sie sitzt auf dem selben Stuhl, auf dem ich eben gesessen habe. Ob sie auf mich wartet? Wir haben doch alles besprochen.
„Hallo Frau Berger! Fertig?"
„Ja. Sind Sie krank, Frau Korny?" Meine Frage klingt ziemlich dümmlich.
„Nein, Frau Berger, ich glaub net. Aber Sie wissen ja, wie Ärzte sind, gell?"
Woher sollte ich das wissen???
„S'war mir nur n'bissel schlecht, zwei drei Mal un dann muss der Dok alles gleich checke. Der wird sich gleich davon üwwerzeuche, dass ich völlich gesund bin." Die Frau Korny lächelt mich schelmisch an.
„Geht's Ihne widder besser, Frau Berger?" Ich nicke schnell. Die hat Nerven! Völlig gesund!
Draußen steht die Mizzi und hat einen Stapel Papier in der Hand.
„Hallo Mizzi!" Ich bin schon wieder einigermaßen gefasst und eile zielstrebig auf mein Auto zu.

Da kommt mir die Mizzi hinterher gerannt und drückt mir so ein Blatt Papier in die Hand.
Wir wollen nicht schweigen! Wir wollen uns wehren!
Aufruf zur Demo
Alle Schulen, die geschlossen werden sollen - wehrt euch!
Ich entnehme dem Flugblatt, dass wir uns alle am Freitag auf dem großen Markt treffen sollen und von dort aus zur Staatskanzlei abmarschieren.
„Die Tante Britta hat's geschrieben und der Onkel Hermann hat's heut Morgen hier im Ort verteilt."
„Danke Mizzi."
„Der Hermann hat mir extra aufgetragen, dir eins zu geben, Frau Berrger."
Nochmal: „Danke Mizzi."
„Ist dir nicht gut, Frau Berger?" Das Kind merkt alles. Ich reiß mich zusammen.
„Nein Mizzi, alles in Ordnung." Ich reiße die Autotür auf und lasse mich in meinen Fahrersitz fallen. Die Mizzi ist mir gefolgt.
„Soll ich den Ecki holen?", fragt sie mich. „Du bist ganz blass!"
„Nein danke Kind, da komme ich gerade her. Alles in Ordnung.", wiederhole ich. Und wie in Trance: „Ich bin kerngesund."

Kapitel 29
Das große Schweigen

„Du bist kerngesund." Der Ecki strahlt.
„Sag ich doch die ganz Zeit." Ich strahl auch. „Mei Couch daheim is eh viel gemütlicher."
„Wir bekommen ein Kind."
Ich klotz den Ecki an un dann fällt mir die Kinnlade runner. Ich wart noch 'n paar Sekunde bis ich aufwache soll, awwer des is kei Traum. Des is die nackte Wirklichkeit.
„Du kannst dich wieder anziehen." Breites Grinsen.
„So lange hast du mir gegenüber noch nicht geschwiegen. Freust du dich nicht?"
Ich bleib stumm. Jetzt kniet sich der Ecki vor mich hin und guckt mich an, wie meiner Mutter ihr Dackel Erwin.
„Liebes Körnchen: Möchtest du mich heiraten. Ich wär dazu bereit."
Ich weiß kei Antwort. Ich wollt doch nie nie nie mehr heirate. Awwer der Eckhard is awwer 'n Mann, den man heirate kann. Glaub ich. Außerdem bin ich hoffnungslos verliebt in den Kerl. Jetzt hör ich mich selbst wie von fern spreche:
„Lieber Herr Doktor, das muss ich mir noch sehr genau überlegen."
Der Dackelblick verschwindet, nu muss ich awwer schnell in dem Eckhard sei Arme flieche, sonst glaubt der noch, was ich sach. Ich kanns net fasse, der will mich tatsächlich heirate!
„Ich liebe dich, Körnchen.", sacht er ganz einfach un drückt mich ganz fest an sich. Ich drück zurück un hör mich sache: „Dito."

Der Ecki guckt mich ganz erstaunt an un fracht, ob ich des net deutlicher sache könnt.
„Okay: Ich lieb dich auch un ich nehm des Angebot an."
Jetzt werd ich noch fester gedrückt wie eben un ich merk auch, dass des unheimlich gut tut.
„Du darfst dich jetzt echt wieder anziehen, Körnchen."
Der Ecki schmunzelt:
„Obwohl, ich könnte auch noch ein paar weitere Untersuchungen anstellen."
„Nee nee, mei lieber Herr Doktor, des mache wir beide lieber bei mir zuhaus", sach ich un sammel schnell mei Klamotte ein. So schnell wie ich angezoche bin, kannst du net gucke.
„Du darfst mitgehn zum Unterschriften sammeln. Ich bin ja jetzt sicher, dass du gesund bist. Wir gehen noch ein einziges Mal Klingelputzen und dann dürften wir etwa 3000 Unterschriften haben. Die überreichen wir dann dem Bürgermeister."
„Was??? 3000 Unnerschrifte! Wo habt ihr'n die alle her?"
„Du glaubst es nicht: Die Leute aus Marienberg haben fast alle unterschrieben. Sie wollen keinen Schulneubau. Die meisten sagen, dass in Marienberg gar kein Platz für eine weitere Schule ist. Sie wollen nicht, dass die Gemeinde unnötiges Geld dafür ausgibt, wo doch eine komplette Schule mit Turnhalle schon in Nickelshausen vorhanden ist."
Ich vergess kurz, dass ich schwanger bin un dass ich wahrscheinlich doch widder heirate werd.
„Dass is Prima!", sach ich. „Meinste, dass wir noch ne Chance hawwe?"

„Das glaub ich schon, mein Körnchen.", sacht mein Schatz. „Wir müssen doch dafür sorgen, dass unsere Kinder in eine ordentliche Schule gehen können."
Hat er auch widder Recht, mein schlauer Hausarzt.
„Ich bekomme übrigens sehr bald einen Kompagnon, was sagst du dazu?"
Ich bin platt.
„Was? Wer denn?"
„Du kennst ihn. Er ist ein Held der Lüfte, aber er will aufhören mit den Lüften."
„Näää, echt??" Ich kann's net glaube! Der Herr Berger! Des wär ja …des wär ja Suppi, gell!"
„Ja, Körnchen, und ich hab dann auch mal Zeit für meine Familie."
Welche Familie…achsooooh, ja. Die wird ja dann..warte mal… siebenköpfig sein. Is ja dann auch meine Familie, gell? Die wird ganz schön groß werde. Un wie wenn der Ecki meine Gedanke lese könnt, sacht er doch, dass er für sei neue Familie auch 'n neues Haus baue will. Ein wunderschönes großes Haus, sacht er.
Nee, der Ecki! Des is mir einer! Hat sich scheinbar schon üwwer alles Gedanke gemacht, bevor er mich gefracht hat, ob ich ihn will. Ich glaub, den hab ich verdient, odder? Ach Leut! Ich bin so verliebt!

Kapitel 30
Wie gut, dass man Familie hat!

Auf dem Nachhauseweg heule ich die ganze Zeit. Im Auto sieht mich ja keiner und der Bär kann mich ruhig verheult sehen, wenn ich nachhause komme. Dieser Schuft!
„Puppe,", hat er gesagt „du bist jetzt in einem Alter, wo man keine Kinder mehr bekommt. Wir brauchen doch nicht mehr zu verhüten."
Also ließ Puppe sich ihre Spirale entfernen, die sie fast 20 Jahre lang tapfer alle sechs Jahre hat wechseln lassen.
Ich schließe meine Haustür auf, da merke ich schon, dass keiner da ist. Selbst Zorro scheint unterwegs zu sein. Sonst streicht er mir immer um die Beine herum und gibt nicht auf, bevor er sein Futter von mir bekommen hat. Der Schlüssel meines Mannes hängt definitiv nicht am Schlüsselbrett.
Das gibt's doch nicht! Immer wenn ich den brauche, ist er nicht da! Ich sitze auf der Kellertreppe und heule weiter. Während ich so vor mich hin weine, fällt mir meine Mama ein. Sie hat immer ein tröstendes Wort für mich, egal was mir passiert ist. Ich geh noch mal checken, ob der Bär mir keinen Zettel geschrieben hat, aber ich finde nix. Unverschämt!
Einfach zu verschwinden ohne Bescheid zu sagen.
Meine Mutter ist zuhause. Gottseidank! Schon als sie mir die Haustür öffnet, guckt sie mich so schräg von der Seite her an:
„Kind, du hast ja geheult." Nimmt mich sofort in die Arme.
„Du bist doch nicht etwa doch ernsthaft erkrankt??"
Ich schüttele den Kopf.

„Neee, kerngesund." Mama führt mich ins Wohnzimmer und drückt mich in den bequemen Sessel von Papa.
„Du kannst einen ganz schön erschrecken! Ich dachte, du hast eine schlimme Krankheit."
„Viel schlimmer." Mein Weinen geht in Schluchzen über.
„Nichts kann schlimmer sein, als eine unheilbare Krankheit." Meine Mutter nun wieder!
„Nun sag endlich! Was ist passiert?" Ich werde in den Arm genommen und hin und her gewiegt, so wie ich es als Kind gewöhnt war, wenn ich Kummer hatte.
„Ich bin schwanger."
„Ach sooo! Also das ist doch nicht schlimm! Ich freue mich."
Meine Mutter drückt mich ganz fest an sich.
„Ich werde gerne Oma, weißt du. Je größer die Familie, umso besser. Du führst eine glückliche Ehe und hast Geld genug, um ein drittes Kind groß zu ziehen, oder? Was ist also daran so schlimm?"
Ich kann darauf nicht antworten.
„Du wirst sehen: Wenn du eine Nacht darüber geschlafen hast, dann ist die Welt wieder in Ordnung."
„Schluchz.."
„Da kommt Papa. Sollen wir's ihm sagen?"
Ich nicke. Ich weiß, dass Papa die Dinge immer locker sieht und so ein kleiner Scherz von ihm könnte mich tatsächlich diesmal ausnahmsweise aufheitern.
„Es war einmal ein Mann, der wurde nicht nur Urgroßvater, sondern auch gleichzeitig Großvater. Dies war der Grund, warum er sich doch wieder etwas jünger fühlte." Ich schniefe.

„Die Zahnarztpatientin sagt zu ihrem Zahnarzt: Ach Herr Doktor, ich hab so Angst. Lieber würde ich ein Kind bekommen. Der Zahnarzt, nicht dumm: Moment! Dann muss ich den Behandlungsstuhl etwas tiefer legen."
Jetzt muss ich aber doch lachen. Der Papa und die Mama lachen beide befreit mit. Da kommt meine Schwester rein:
„Was gibt's denn zu lachen? Kann ich mitlachen?"
Papa erzählt den Witz nochmal. Das steckt an. Julia lacht mit. Ich fühle mich etwas entspannter und kann meiner ‚kleinen' Schwester den Grund für unserern Heiterkeitsausbruch sogar ohne Tränen erklären. Da schaut mich meine Schwester prüfend an und sagt:
„Witze können manchmal wirklich gut sein." Und zu Papa gewendet:
„Gell Papa?"
Meine Schwester kennt mich besser als jede meiner Freundinnen. Sie weiß genau, was in mir vorgeht, auch wenn ich es nicht zeige. Ich nicke ihr zu und sie weiß Bescheid.
„Was gibt's denn zu essen?", fragt sie. „Es riecht so gut."
„Bratkartoffel mit Eiern und Salat." Hmmm! Mein Lieblingsessen!
10 Minuten später sitzen wir alle zusammen am Tisch und essen bei Mama unsere heißgeliebten 'Mama-Bratkartoffeln' mit superleckerem Salat.
Wie gut, dass ich meine Familie habe!

Kapitel 31
Ein Jahr später

Es ist Mitternacht. Ich kann nicht schlafen. Heute Nacht habe ich Dienst. Ich kann jederzeit angerufen werden. Seit drei Monaten arbeite ich mit Doktor Herz zusammen und ich muss sagen: Es gefällt mir. Aus verschiedenen Gründen:
Erstens kann ich immer in der Nähe meiner Puppe und meinem kleinen Püppchen sein und zweitens brauche ich nie mehr bei Nacht und Nebel aufzubrechen um zum Beispiel nach Afrika, Indien oder in die Emirate zu fliegen. War ja ein schöner und ereignisreicher Job, aber auf die Dauer für einen Opa wie mich, etwas zu anstrengend. Ja, sie haben richtig gehört! Ich bin nicht nur Papa von unserer drei Monate alten Freya sondern auch Opa von unseren sieben Monate alten Zwillingen Milena und Robert, genannt 'Bobby Junior'.
Zurzeit schlafen meine beiden Puppen friedlich in unserem Ehebett. Unser Baby ist sehr pflegeleicht.
Sie schläft gerne und viel und sie ist soo süß!!! Nein ehrlich, das ist unglaublich, was sie schon alles kann. Ich könnte ein Buch über sie schreiben:
Sie kann lächeln. Sie kann ihre kleinen Fingerchen um meinen großen, dicken Finger schlingen. Wenn sie auf dem Bauch liegt, hebt sie schon frech ihren hübschen Kopf und gleichzeitig geht der Po in die Höhe. Unsere kleine Freya ist das schönste und begabteste Kind auf der ganzen Welt.
Ich kann mich noch genau an den Tag erinnern, als Liz mir eröffnet hat, dass ich nicht nur Großvater, sondern auch Vater werde.

Das war genau an dem Tag, an dem wir zusammen mit den Schulkindern, unserem Bürgermeister 3000 Unterschriften gegen einen Schulneubau in Marienberg überreicht haben. Der Bürgermeister und der Ortsvorsteher von Nickelshausen waren ja auf unserer Seite. Aber der Schulelternsprecher und die Eltern der Schulkinder von Marienberg wollten unbedingt einen Schulneubau. Der Schulelternsprecher hatte beste Beziehungen bis hin in die oberste Etage der Landesregierung, weshalb der Neubau auch genehmigt wurde und die 'Pädagogische Insel', wie er die Schule meiner Frau bezeichnete, geschlossen wurde.

Der Bürgermeister machte uns an diesem Tag schon keine großen Hoffnungen, dass unsere Unterschriften-Aktion etwas bringen würde.

Meine Frau haben wir aus der ganzen Sache mit den Unterschriften rausgehalten, da ich nicht wollte, dass sie sich aufregt. Sie hat mir zu dieser Zeit aus ärztlicher Sicht überhaupt nicht gefallen.

Als ich dann zuhause ankam, ziemlich demoralisiert, da sitzt meine Puppe da und macht ein Gesicht, wie 10 Tage Regenwetter. Ich wusste ja, dass sie an diesem Tag von meinem Kollegen Eckhard untersucht worden war und ich kann nur sagen, das Herz ist mir in die Hose gerutscht als ich sie gesehen hab. Meine kleine Frau ist ernsthaft erkrankt, dachte ich sofort.

Wie erleichtert und froh ich war, als sie mir dann eröffnete, dass sie schwanger ist, das ist mit Worten garnicht auszudrücken!!! Ich hab sie sofort in den Arm genommen und ihr gesagt, dass ich mich freue und dass ich sie sehr liebe.

Sie hat dann noch ein bisschen geweint, denn sie hat ja nah am Wasser gebaut, wie man so sagt.

Außerdem hab ich ihr dann das mit den Unterschriften erzählt und dass wir nicht glauben, dass es was gebracht hat. Das war noch nicht alles:
Zorro war am Morgen nicht nachhause gekommen und hatte auch am Vorabend nichts gefressen.
Das führte dazu, dass Liz von ihrem eigenen Kummer ziemlich abgelenkt war. Zorro war um 11 Uhr Abends zurückgekehrt und hat ziemlich zerrupft ausgesehen. Hatte wohl einen Nachbarschaftsstreit gehabt. Oder eine unglückliche Liebe, wer weiß.
Wir waren jedenfalls sehr erleichtert, dass er nicht ernsthaft krank oder sogar tot war.
Bis drei Uhr nachts haben wir Pläne geschmiedet. Der Kater lag auf meinem Schoß, wie immer hat er beim Pföteln meine Schlafanzug-Hose mit Löchern übersät.
Liz hat dann noch bis zu den Sommerferien gearbeitet, denn nach den Ferien gab es die Nickels-Schule schon nicht mehr.
Die Kinder müssen jetzt mit dem Bus nach Marienberg in eine ziemlich klein geratene Schule fahren.
Da meine Frau ein sehr kreativer und flexibler Mensch ist, hat sie eine Privatschul-Initiative gegründet und sich zu einem Montessori-Diplom-Kurs angemeldet. Sie will, mit Einverständnis unseres Bürgermeisters in Nickelshausen eine Privatschule gründen.
Die Nickels unterstützen sie geschlossen. Wer hätte das gedacht?!
Mit im Bunde waren sofort:
Die Frau Korny, die Frau Jennings, jetzt Anne und Britta genannt und deren Ehemänner Eckhard und Hermann. Die beiden Ehepaare sind jetzt mit uns befreundet und wir treffen uns regelmäßig. Eckhard und Anne haben ja auch Nachwuchs bekommen.

Der kleine Paul ist genauso alt wie unser Püppchen. Die beiden jungen Mütter tauschen sich regelmäßig aus.

Noch ein befreundetes Ehepaar hat sich dazu gesellt, möchten aber aus bestimmten Gründen in der Öffentlichkeit nicht genannt werden:

Es ist Liz' alter Studienfreund Helmut und seine Frau Sigrid. Ich muss sagen, ich war damals ganz schön eifersüchtig auf diesen Helmut.

Der schlich ständig um Liz herum und ich weiß noch, dass er damals sogar mit Liz in die Schweiz gefahren ist, um irgend so eine Schule zu besichtigen. Als ich Liz bei Sigrid gesucht habe, eröffnete mir diese, dass meine neue Freundin mit ihrem Studienkollegen Helmut in die Schweiz gefahren ist.

Sigrid war damals auch sauer auf die beiden, weil sie heimlich in Helmut verknallt war, der Helmut aber nur Augen für Liz hatte.

Seither mag ich keinen Martini mehr, denn das war an diesem Abend das Einzige, was Sigrid noch im Haus hatte. Mann, hat mir der Kopf am nächsten Tag weh getan. Aber irgendwie mussten wir uns ja trösten, die Sigrid und ich.

Wie ich in dieser Nacht nachhause gekommen bin, weiß ich gar nicht mehr. Mein Auto stand am nächsten Tag jedenfalls noch vor dem Studentenheim in dem Liz und Sigrid damals wohnten.

Der Helmut ist seit einem Jahr Schulrat und zuständig für den Schulbezirk meiner Frau. Die beiden haben sich wieder getroffen, als Helmut zum ersten Mal die Nickels-Schule besichtigt hat und schon wusste, dass sie geschlossen wird. Der Helmut will natürlich nicht, dass publik wird, dass er eine Privatschul-Initiative unterstützt. Aber er ist im Grunde seines Herzens davon überzeugt, dass Liz das gut macht, er darf aber nicht offiziell zugeben, dass die Regelschule nicht immer das Gelbe vom Ei ist.

Er ist der Meinung, dass sich ganz schön viel ändern muss in unseren Schulen und das hängt nicht zuletzt von unserem Lehrpersonal ab. Helmut ist für mehr Fortbildung und neue Lernstrategien. Den Frontal-Unterricht findet er auch nicht mehr so gut.

Da ist er mit Liz einer Meinung. Sigrid versteht sich wieder richtig gut mit Liz und die beiden albern rum wie in alten Zeiten. Sie ist außerdem Patin von unserer Freya ge-worden und somit ein ständiger Gast des Hauses.

Ich bin auch stolzer Großvater, so ist das nicht! Meine Tochter Barbara ist ja auch Mutter geworden. Liz und ich sind in den Sommerferien nach Dallas geflogen und haben eine wundervolle Hochzeit gefeiert.

Meine Mutter und meine Schwiegereltern hatten wir auch im Schlepptau.

Nick und Bine kamen einen Tag später.

Da steht uns übrigens in diesem Jahr noch eine Hochzeit ins Haus. Die beiden wollen im Sommer heiraten.

Dann werden wir auch Barbara und Bob mit den Zwillingen wieder sehen. Die kommen dann zur Hochzeit.

Darauf freut sich Liz schon sehr. Sie ist doch ein bisschen traurig, dass sie ihre Enkelkinder so selten sieht.

Barbara hat in eine richtig nette Familie eingeheiratet und ich hab nichts dagegen, dass die auch noch reich dazu sind. Im Gegenteil:

So muss ich mir um meine Tochter und ihre Kinder überhaupt keine Gedanken machen. Barbara hat ihr

Studium wieder aufgenommen und arbeitet an ihrem Master. Ja, sie war schon immer sehr ehrgeizig. Sie will es allen beweisen, dass sie selbst etwas auf die Beine stellen kann und nicht vom Geld ihrer Schwiegereltern abhängig ist. Die macht schon ihren Weg, da habe ich gar keine Angst.

Die Kleinen werden ganz schön verwöhnt von ihrer Granny, die es sich nicht nehmen lässt, auf sie aufzupassen, wenn Barbara in der Uni zu tun hat. Die haben aber auch'ne tolle Granny. Sieht Spitze aus, die Frau. Und einen charmanten Grandpa haben sie auch, die zwei.

Wir haben uns auf Anhieb gut mit dem Ehepaar Browning verstanden, schon beim ersten Anblick!

Liz war ja zu dem Zeitpunkt schon ganz schön schwanger, aber sie hat alles gut hingekriegt mit dem Flug und so weiter.

Meine Frau sah auf der Hochzeit ganz toll aus. Sie war mal wieder die Schönste von allen!

Es war jedenfalls ein bombastisches Erlebnis, diese Hochzeit. Die Brownings haben auf Barbara gehört und nur ihre engsten Freunde und alle ihre 'closed' Verwandten eingeladen.

Trotzdem waren wir zusammen mit unserer kleinen Gruppe weit über hundert Leute. Aber irgendwie war's gar nicht schlimm.

Die Brownings hatten eine fantastische Country-Band eingeladen und wir haben getanzt wie die Wilden.

Meine Puppe war ganz schön erschöpft, als wir nachts in unser Hotelzimmer kamen. Aber sie war glücklich.

Ich schleiche mich ins Schlafzimmer um mich noch ein bisschen hinzulegen.

Die zwei Mädels liegen friedlich nebeneinander und schlafen süß. Ich muss sie einfach eine Weile betrachten bevor ich das Licht lösche.
Sie sind soooo schön, die Beiden! Was habe ich doch für ein Glück im Leben!
Hoffentlich gibt es heute Nacht keinen Notfall mehr. Mein 'Bieper' liegt neben meinem Bett.
Er ist so leise gestellt, dass Liz und Freya bestimmt nicht aufwachen.

Nachwort

Da dies mein zweites Buch ist, möchte ich an dieser Stelle mitteilen, dass ich mit dem dritten bereits 'schwanger gehe'. Das Kind hat sogar schon einen Namen:

Strengstens erlaubt!

Es wird ungefähr neun Monate dauern, bis es 'zur Welt' kommt. Vielleicht wird es auch eine Frühgeburt. In jedem Falle wird es eine Fortsetzung der hier erzählten Geschichte. Die Turbulenzen in der Luft werden abebben, aber auf dem Boden und im Hause Berger wird es dafür noch turbulenter.

Aber jetzt verrate ich nichts mehr, ich fahre einfach fort zu schreiben.

Ganz wichtig ist es mir noch, einigen Menschen zu danken, die mich ermutigt haben, meine Geschichte aufzuschreiben und auf diese Weise meine Erlebnisse zu verarbeiten, die ja wirklich nicht leicht zu verdauern waren.

An erster Stelle möchte ich meine Freundin Edith nennen. Sie hat mein Buch gelesen, mir gute Tipps gegeben und konstruktive Kritik geübt. Es war ihr nicht zuviel, auch noch meine Korrekturen erneut zu lesen. Danke Edith, du hast mich sehr ermutigt.

Meiner Mutter, die das fertige Buch als Erste lesen durfte, danke ich ganz besonders, weil sie es in einem Tag 'verschlungen' hat. Sie behauptet, dass sie nicht aufhören konnte zu lesen bis sie fertig war.

Zu guter Letzt danke ich meinem lieben Ehemann Dietmar und meinem Sohn Nicolas, ohne die ich es nie geschafft hätte, dieses Buch unter die Leute zu bringen.

Elisabeth Bonner

Jahrgang 1951, wohnhaft im Saarland, verheiratet, ein Sohn

1969 Abitur in Bonn

1972-1975 1. und 2. Staatsexamen für Lehramt an Grund- und Hauptschulen an der Pädagogischen Hochschule in Bonn

1975-1983 Grund- und Hauptschullehrerin in Rheinland-Pfalz

1983-1985 Umzug der Familie nach Texas und Californien, Ehrenamtliche Tätigkeit in einer Tagesstätte für ‚Handi-capped-People'

1985-1996 Lehrerin an einer Grundschule in Rheinland-Pfalz mit zahlreichen Fort- und Weiterbildungen im Bereich Integration und Reformschule

1996-1999 Aufenthalt in Nord-Frankreich
Tätigkeit als Austausch-Lehrerin im Bereich 'Ecoles Primaires'

1999 Rückkehr ins Saarland und Lehrerin an einer Erweiterten Realschule

2003-2008 Schulleiterin einer Grundschule in der Nähe ihres Wohnortes

2008-2010 Rektorin an einer benachbarten Grundschule

2010-2012 Montessori-Diplom-Kurs und Gründung einer Privatschule

2012-2014 Lehrerin an einer Montessori-Grundschule

Seit 2014 im Ruhestand und in der Flüchtlingsarbeit als ehrenamtliche Lehrerin von 'Deutsch als Zweitsprache' tätig